L'AMI ODD THOMAS

DU MÊME AUTEUR

La Dernière Porte, Lattès, 2003.
Au clair de lune, Lattès, 2004.
Le Visage de l'ange, Lattès, 2006.
L'Étrange Odd Thomas, Lattès, 2007.
Jour fatal, Lattès, 2007.
Le choix vous appartient, Lattès, 2009.

www.editions-jclattes.fr

Dean Koontz

L'AMI ODD THOMAS

Roman

Traduit de l'anglais (États-Unis)
par Dominique Defert

JC Lattès

Titre de l'édition originale :
FOREVER ODD
publiée par Bantam Dell, une division
de Random House, Inc. New York

ISBN : 978-2-7096-2793-1

Publié avec l'accord de Lennart Sane Agency AB.
Première édition mai 2010.

Ce livre est dédié à Trixie, même si elle ne le lira jamais. Les jours où l'inspiration faisait défaut, lorsque le désespoir me guettait, elle parvenait toujours à me faire rire. Dire qu'elle était un « bon chien » est, dans son cas, très en deçà de la vérité. Trixie avait un cœur immense et une âme noble. Elle était un ange à quatre pattes.

« Cette souffrance imméritée sera votre rédemption. »

*Martin Luther King (*in *I Have a Dream).*

« Regardez ces mains, Seigneur, ces pauvres mains qui se sont usées à m'élever. »

Elvis Presley, devant le cercueil de sa mère.

1.

À mon réveil, le vent chaud du désert faisait battre la moustiquaire contre la fenêtre. Était-ce l'orage qui venait ?

L'air charriait diverses senteurs : le parfum évanescent des roses, encore en boutons à cette époque de l'année, l'odeur permanente de la poussière qui, elle, fleurissait douze mois sur douze dans le Mojave.

Il ne pleut jamais sur Pico Mundo, sauf durant notre bref hiver. Mais dans la touffeur de cette nuit de février, je ne percevais nulle odeur annonciatrice d'averse.

Et dans le ciel ne roulait aucun grondement d'orage. Je devais me rendre à l'évidence : si un coup de tonnerre m'avait réveillé, il avait claqué dans mon rêve.

J'ai retenu ma respiration pour écouter le silence – et l'entendre m'écouter en retour.

Les chiffres du réveil luisaient dans l'obscurité : 2 h 41.

Pendant un moment, j'ai été tenté de rester au lit. Mais aujourd'hui je dors moins bien que dans ma jeunesse. J'ai vingt et un ans. Mes vingt ans sont loin – une éternité.

Certain d'avoir de la visite, je m'attendais à trouver deux Elvis au chevet de mon lit, l'un avec un sourire goguenard, l'autre inquiet et déprimé. Pour en avoir le cœur net, j'ai allumé la lumière.

Mais il n'y en avait qu'un seul : celui du panneau en carton, grandeur nature, qui décorait l'entrée des cinémas en 1961, lors de la sortie de *Sous le ciel bleu d'Hawaï.* Avec sa chemise bariolée et sa couronne de fleurs, Elvis paraissait joyeux et satisfait de son sort.

À cette époque, le chanteur avait effectivement de bonnes raisons d'être heureux. Son film était un succès, et la bande originale[1] se plaçait en tête du hit-parade. Il avait reçu six disques d'or cette année-là, dont un pour *Can't Help Falling in Love,* et il venait justement de tomber amoureux de Priscilla Beaulieu.

Avec moins de bonheur, toutefois, sur le conseil de son impresario, Tom Parker, Elvis avait décliné le rôle principal dans *West Side Story* pour jouer dans le navet *Le Shérif de ces dames.* Gladys Presley, sa mère adorée, était morte depuis trois ans et il la pleurait encore. À vingt-six ans à peine, il commençait à avoir des problèmes de poids.

L'Elvis en carton souriait pour l'éternité, jeune et fringant à jamais ; cet Elvis-là ne connaissait ni l'erreur ni le regret, n'éprouvait pas de chagrin, et était immunisé contre le désespoir.

Comme je l'enviais ! Il n'existe nulle part un double de moi en carton à l'image de ce que j'étais jadis, de cet autre moi-même, perdu à jamais.

La lumière des lampadaires qui filtrait par la fenêtre m'a révélé la présence d'une tierce personne dans la chambre – un homme, silencieux et désespéré. À l'évidence, il m'avait regardé dormir, attendant patiemment que je me réveille.

— Bonjour, docteur Jessup, ai-je articulé.

Le Dr Wilbur Jessup ne pouvait bien sûr me répondre. Le chagrin figeait ses traits. Ses yeux étaient deux lacs

1. *Blue Hawaii (N.d.T.).*

de désolation ; toute lueur d'espoir s'y était noyée, engloutie dans ses profondeurs glauques.

— Comme je suis triste de vous voir ici.

Il a serré les poings, non dans l'intention de frapper quoi que ce soit, mais juste pour exprimer sa frustration. Puis il les a plaqués sur sa poitrine.

Le Dr Jessup ne m'avait jamais rendu visite auparavant ; je savais, dans mon cœur, que le médecin n'appartenait plus à Pico Mundo. Mais je ne voulais pas l'admettre, et je continuais à lui parler alors que je sortais du lit.

— J'ai laissé la porte ouverte ?

Il a secoué la tête. Ses yeux se sont emplis de larmes, mais il n'a émis aucun son, pas même un gémissement étouffé.

J'ai sorti un jean de la penderie, l'ai enfilé rapidement.

— J'ai un peu la tête ailleurs ces derniers temps.

Il a ouvert les poings pour regarder ses paumes tremblantes. Puis il a enfoui le visage dans ses mains.

— Il y a tant de choses que je voudrais oublier, ai-je poursuivi en enfilant mes chaussettes et mes baskets. Mais il n'y a que les détails sans importance qui me sortent de l'esprit ; je ne sais plus où j'ai posé mes clés, si j'ai verrouillé ou non la porte, j'oublie de racheter du lait...

Le Dr Jessup, radiologue à l'hôpital du comté, était un brave homme, discret, guère loquace, mais cette fois son mutisme battait des records.

Dormant torse nu, j'ai pris un T-shirt propre dans un tiroir de la commode.

J'en avais quelques noirs, mais la plupart étaient blancs. En plus de mes jeans de rechange, j'avais deux pantalons de toile blancs.

La penderie de l'appartement, pourtant toute petite, était à moitié vide. De même que les tiroirs de la commode.

Je n'ai pas de costume. Pas de cravate. Pas de chaussures de ville à cirer.

Quand il fait frais, j'ai deux pull-overs.

Un jour, j'ai acheté un gilet. Un coup de folie ! J'ai aussitôt compris mon erreur. Je venais de complexifier dangereusement ma garde-robe ; dès le lendemain, je l'ai rapporté au magasin.

Au grand dam de P. Oswald Boone, mon mentor et ami de deux quintaux, qui jugeait que mes goûts vestimentaires spartiates allaient ruiner l'industrie textile du pays.

Secrètement, je me disais que les dimensions gargantuesques des habits d'Ozzie contrebalançaient largement le manque à gagner que j'infligeais à ces malheureuses manufactures.

Le Dr Jessup était pieds nus, en pyjama. Ses vêtements étaient tout froissés par une nuit agitée.

— J'aurais préféré, docteur, vous entendre parler… tellement préféré.

Au lieu de me faire plaisir, le radiologue a baissé les mains qui dissimulaient son visage, tourné les talons et quitté la chambre.

J'ai jeté un coup d'œil sur le mur, en face du lit. Dans son cadre, la carte de prédiction d'une machine diseuse de bonne aventure. Elle promettait : VOUS ÊTES DESTINÉS À VIVRE ENSEMBLE POUR TOUJOURS.

Tous les matins, je commence ma journée en lisant ces quelques mots. Chaque soir, je les lis à nouveau, parfois en boucle, avant de m'endormir – quand le sommeil tarde à venir.

Ce qui me permet de tenir le coup, c'est la certitude que la vie a un sens. Tout comme la mort.

J'ai récupéré mon téléphone portable, sur la table de nuit. Le premier numéro dans les appels abrégés était celui du bureau de Wyatt Porter, le chef de la police de Pico Mundo. Le deuxième était son numéro personnel. Le troisième celui de son portable.

Sans doute allais-je devoir, avant l'aube, appeler le chef Porter, à l'un ou l'autre de ces numéros...

J'ai allumé la lumière dans le salon ; le Dr Jessup se tenait dans l'obscurité, au milieu des meubles chinés dans les dépôts-ventes qui constituaient tout le mobilier de l'appartement.

Le radiologue ne m'a pas suivi quand je me suis dirigé vers la porte d'entrée. Même s'il était venu chercher mon aide, il n'avait pas le courage d'aller plus loin.

Baigné par la douce lumière d'une vieille lampe de bronze, décorée d'un abat-jour à glands, le Dr Jessup semblait se plaire dans cet ameublement hétéroclite – fauteuils rustiques, repose-pieds victorien, reproductions d'œuvres de Maxfield Parrish, vases en verre multicolore.

— Sans vouloir être impoli, docteur, je ne crois pas que votre place soit ici.

Le médecin m'a regardé en silence, avec une sorte de supplique dans les yeux.

— Cet endroit est un sanctuaire consacré au passé. Il y a de la place pour Elvis, pour moi et mes souvenirs, mais pour personne d'autre.

Je suis sorti dans le hall de l'immeuble et j'ai refermé la porte derrière moi.

Dans cette maison victorienne reconvertie en immeuble d'habitation, il n'y a que deux appartements au rez-de-chaussée, le mien et celui du voisin. Cette demeure, autrefois foyer d'une famille prospère et nombreuse, était toujours pleine de charme.

Pendant des années, j'ai loué une pièce unique au-dessus d'un garage. Mon lit se trouvait à deux pas de mon réfrigérateur. Ma vie, alors, était beaucoup plus simple, et le futur plus limpide.

Ce n'est pas par manque d'espace que j'ai troqué mon studio contre cet appartement. Mais parce que mon cœur appartient désormais à cet endroit, et ce pour toujours.

La porte d'entrée de la maison était percée d'un vitrail de forme ovale. La nuit de l'autre côté paraissait se découper en un rébus coloré recélant un sens mystérieux.

Quand je suis sorti sur le perron, la nuit ne m'a paru ni plus ni moins énigmatique que les précédentes – profonde, insondable, nappe vibrante traversée par les ondes invisibles du chaos.

J'ai poursuivi mon chemin; les marches du perron, l'allée dallée, le trottoir de la rue... plus de traces du Dr Jessup.

Sur les monts pelés du désert qui barraient l'horizon à l'est, l'hiver peut être rigoureux, mais, dans la plaine, les nuits restaient douces, même en plein février. Les rangées de lauriers indiens soupiraient et frémissaient sous la brise capiteuse, et des essaims de papillons harcelaient les lampadaires.

Les maisons voisines étaient silencieuses, éteintes et impénétrables comme leurs fenêtres. Aucun chien n'aboyait. Pas un seul hululement de hibou.

Pas un piéton, pas une voiture, non plus; comme si tout le monde avait été emmené au Ciel et que j'étais seul à être resté sur terre pour pénitence.

Au moment où j'abordais l'angle de la rue, le Dr Jessup m'a rejoint. À en juger par l'heure tardive de notre rencontre et par le pyjama qu'il portait, Wilbur Jessup devait sortir tout droit de chez lui – il habitait une maison sur Jacaranda Way, à cinq pâtés de maisons au nord, dans un quartier bien plus huppé que le mien. Il m'a entraîné dans cette direction.

Il pouvait voler, mais il marchait d'un pas lent et lourd. Je me suis mis à courir, pour lui faire presser l'allure.

Même si je redoutais ce qui m'attendait, je voulais arriver là-bas au plus vite. La vie de quelqu'un pouvait encore être en jeu...

À mi-chemin, je me suis rendu compte que j'aurais pu prendre la Chevrolet. Depuis que j'avais le permis de conduire, je n'avais jamais eu de voiture, et me contentais d'emprunter les véhicules des amis au besoin. Mais l'automne dernier, j'avais hérité d'un coupé Chevrolet Camaro de 1980.

Par manque d'habitude, j'avais encore des réflexes de piéton. Être le propriétaire d'un engin de près d'une tonne m'oppressait. J'essayais donc d'y penser le moins possible. Parfois, j'allais jusqu'à oublier sa simple existence.

Sous la face vérolée de la lune, je courais donc.

La maison du Dr Jessup, sur Jacaranda Way, est une jolie bâtisse géorgienne de brique blanche. À côté d'elle se dresse une demeure victorienne de conte de fées, tout en frises et moulures délicates. On dirait une pièce montée de mariage. En face, il y a une autre maison, baroque elle aussi, mais austère et sans la moindre grâce.

Aucune de ces constructions ne paraît à sa place dans le désert, sous les frondaisons des palmiers et les bougainvillées grimpants. Notre ville a été fondée en 1900 par des colons venant de la côte Est ; ils fuyaient les hivers rigoureux, mais ils avaient apporté avec eux leur architecture et leur attitude glaciales.

Toutefois Terri Stambaugh, mon amie et patronne, propriétaire du restaurant le Pico Mundo Grill, considère que ces incongruités sont moins vilaines que les enfilades de cubes de stuc et de toits en terrasse qui se déclinent dans la plupart des villes du désert.

Je veux bien la croire sur parole ; je suis très rarement sorti de Pico Mundo, et jamais je n'ai dépassé les limites du comté.

Mon existence est bien trop remplie pour me donner le goût des voyages. Je ne veux pas savoir ce qui se passe ailleurs, même installé confortablement devant la télé.

La vie dispense ses plaisirs partout, y compris sur le pas de notre porte. Les endroits lointains sont simplement des cadres « exotiques » où souffrir.

En outre, le monde par-delà Pico Mundo est peuplé d'inconnus, et j'ai déjà fort à faire avec les morts que je connaissais de leur vivant.

Chez le Dr Jessup, au rez-de-chaussée et à l'étage, une ou deux lumières brillaient aux fenêtres. Mais les autres étaient éteintes.

Quand j'ai atteint les marches du perron, le Dr Wilbur Jessup m'attendait déjà devant la porte.

Le vent agitait ses cheveux, faisait voleter les pans de son pyjama... Il n'y avait pourtant aucune raison qu'il soit sensible aux déplacements des molécules d'air. De la même manière incongrue, l'ombre et le clair de lune jouaient sur son visage.

Le radiologue avait besoin d'être réconforté ; il n'avait pas encore le courage de me conduire à l'intérieur, là où, sans doute, il était étendu, mort – seul, ou en compagnie.

Je l'ai serré dans mes bras. C'était un pur esprit – invisible, donc, pour tous les mortels (sauf pour moi) – et pourtant je sentais sa chaleur, le contact de son corps contre le mien.

Les morts m'apparaissent sensibles au vent, à la pluie, à l'ombre et à la lumière, je peux voir leur corps, sentir la consistance et la chaleur de leur chair comme celle des vivants, mais peut-être est-ce une illusion, un leurre inventé par mon esprit, une façon, pour moi, de nier le pouvoir réel de la Mort ?

Mon don surnaturel réside sans doute moins dans mon intellect que dans mon cœur. Le cœur est un artiste qui déguise ce qui le dérange et l'effraie ; il appose sur la toile une image moins sinistre, moins douloureuse que l'original.

Le Dr Jessup n'avait pas de substance, mais, quand il s'appuyait ainsi sur moi, je sentais son poids sur mes épaules. Il était traversé de pleurs silencieux.

Les morts ne parlent pas. Peut-être connaissent-ils des secrets sur la Mort qu'il est interdit de dire aux vivants ?

À cet instant, le fait que je sois doué de parole ne me donnait aucun avantage. Les mots ne pouvaient apaiser la douleur de Wilbur Jessup.

Seule la justice pourrait le libérer de ses tourments. Et encore...

De son vivant, j'étais pour lui Odd Thomas, une petite célébrité de Pico Mundo. Certaines personnes me considèrent – à tort – comme un héros, mais la plupart, comme un doux excentrique.

Odd n'est pas un surnom[1] ; c'est mon vrai prénom.

L'histoire de ce prénom est intéressante, certes, mais je l'ai déjà racontée[2]. Tout ce que ça prouve, c'est que j'ai des parents hors norme. Pour ne pas dire carrément fous.

J'imagine que, de son vivant, le Dr Jessup me trouvait bizarre et amusant. Il devait me trouver sympathique aussi.

Mais c'est dans la mort qu'il a compris ce que je suis en réalité : un compagnon pour les âmes errantes.

Je vois les morts et je m'en passerais bien. Toutefois, j'aime trop la vie pour les repousser, car ils méritent ma compassion pour avoir souffert en ce monde.

Lorsque le Dr Jessup m'a lâché et s'est écarté de moi, il avait changé. À présent, ses blessures étaient évidentes.

Il avait été frappé au visage avec un objet contondant, peut-être un tuyau ou un marteau. À plusieurs reprises. Son crâne était fracturé, ses traits déformés.

L'état de ses mains, déchiquetées, meurtries, prouvait qu'il avait tenté de se défendre avec acharnement – ou tenté de porter secours à quelqu'un d'autre. Il vivait seul dans cette maison, seul avec son fils Danny.

1. Odd : étrange, bizarre *(N.d.T.)*.
2. *L'Étrange Odd Thomas*, Lattès, 2007 (*N.d.T.*).

Ma compassion a laissé place à la rage – ce qui est toujours dangereux, car la colère oblitère le jugement, annihile la prudence.

Quand je suis dans cet état – un état que je tente d'éviter et qui m'effraie –, une vague irrépressible déferle en moi ; je sais alors que je ne peux plus faire marche arrière. Il faut que je plonge.

Mes amis, les rares personnes qui connaissent mon secret, prétendent que cette force qui m'entraîne est d'essence divine. Mais cela pourrait être simplement des accès de folie.

À chaque pas, alors que je gravissais les marches du perron et me dirigeais vers la porte, je brûlais d'appeler Wyatt Porter. Mais Danny ne risquait-il pas de périr pendant que j'attendais l'arrivée de la police ?

La porte était entrouverte.

J'ai jeté un coup d'œil derrière moi. Le Dr Jessup préférait hanter le jardin plutôt que la maison. Il faisait les cent pas sur la pelouse.

Ses plaies avaient disparu. Il était redevenu celui qu'il était avant que la Mort ne le fauche ; il avait l'air terrorisé.

Tant qu'ils n'ont pas quitté ce bas monde, les morts peuvent connaître la peur, ce qui paraît incongru puisque, par définition, ils n'ont plus rien à perdre... Et pourtant, parfois, ils sont bel et bien rongés d'angoisse, non à l'idée de ce qui les attend de l'autre côté, mais pour ceux qu'ils laissent derrière.

J'ai poussé la porte. Le battant a tourné sans bruit, comme le mécanisme bien huilé d'un piège qui allait se refermer sur moi.

2.

Les ampoules-flammes dans les vasques d'argent éclairaient un alignement de portes blanches moulurées dans un couloir, toutes fermées, ainsi qu'un escalier, plus loin, s'élevant dans la pénombre.

Le sol de marbre du hall d'entrée, patiné à l'ancienne, était blanc et duveteux comme un nuage de lait. Le tapis persan rouge, cyan et vert semblait flotter au-dessus du sol, tel un taxi volant attendant un client en soif d'aventure.

J'ai franchi le seuil. Le nuage de pierre n'a pas cédé sous mon poids. Le tapis n'a pas bougé sous mes pieds.

Dans ce genre de situation, les portes fermées attirent toujours mes pas. Depuis quelques années, je fais souvent le même cauchemar : j'ouvre une porte blanche à moulures et je me retrouve la gorge transpercée par un objet froid et tranchant, aussi épais qu'une hallebarde de grille en fer forgé.

Je me réveille juste avant de mourir, hoquetant comme si on venait réellement de m'égorger. Impossible, dans ces conditions, de me rendormir. Je n'ai, alors, d'autre solution que de me lever pour affronter la journée, même si l'aube est parfois encore loin.

Mes rêves sont rarement prémonitoires. Je n'ai jamais, par exemple, fait l'amour avec Jennifer Aniston sur un éléphant, nu comme Adam au premier jour.

Sept ans ont passé depuis que j'ai eu, à quatorze ans, ce rêve érotique. Après tout ce temps, j'ai perdu le moindre espoir de le voir un jour devenir réalité.

En revanche, je suis quasiment certain que mon cauchemar avec la porte blanche moulurée va se réaliser. Je ne sais encore si j'en sortirai simplement blessé, mutilé à vie ou mort pour de bon.

Ce n'est cependant pas pour cela que je vais prendre la tangente à chaque fois qu'une porte blanche se dresse sur mon chemin. Certes, ce n'est pas l'envie qui m'en manque... mais j'ai appris que l'on ne peut échapper à son destin, ni même le contourner. Le prix de cette leçon a été exorbitant et m'a laissé le cœur comme une bourse vide, avec juste quelques petites pièces jaunes et esseulées tout au fond.

Je préfère, d'un coup de pied, enfoncer chaque porte qui se présente devant moi et affronter ce qui se trouve derrière, plutôt que fuir, plutôt que rester toujours sur le qui-vive, à sursauter au moindre grincement de gonds, au moindre cliquetis de serrure dans mon dos.

Cette fois, les portes n'exerçaient sur moi aucune attraction. Mon instinct dirigeait mes pas vers l'escalier, avec une certaine urgence.

Le couloir au premier étage était plongé dans la pénombre. Le peu de lumière présente filtrait par deux portes ouvertes.

Aucun de mes cauchemars ne faisait référence à des portes ouvertes. Je me suis donc dirigé sans hésitation vers la première d'entre elles. Elle donnait sur une chambre à coucher.

Le sang impressionne tout le monde, même ceux qui sont accoutumés à côtoyer ses épanchements. Les flaques, les éclaboussures, les dégoulinures créent autant de formes de Rorschach où chaque mortel voit la même symbolique : la fragilité de sa vie, la tangibilité de sa propre mort.

Des traces cramoisies sur un mur – des traces de mains, comme une écriture cunéiforme –, l'ultime appel de la victime : « Au secours, à l'aide, ne m'oubliez pas, vengez-moi ! »

Au sol, à côté du lit, le corps de Wilbur Jessup, bastonné, brisé.

Même si on sait que le corps n'est que le vaisseau, et que c'est l'esprit le fret précieux, personne ne peut rester insensible devant un corps meurtri, mutilé. La tristesse vous envahit, la révolte aussi.

Ce monde, qui a pourtant le potentiel pour être le paradis sur terre, demeure l'antichambre de l'enfer. C'est notre arrogance qui l'y a condamné.

La porte de communication avec la salle de bains adjacente était entrebâillée. Je l'ai poussée du bout du pied.

La lampe de la chambre à coucher, malgré la trace de sang qui obscurcissait l'abat-jour, parvenait à éclairer la petite pièce ; personne.

Il s'agissait, à l'évidence, d'un crime. Je n'ai donc touché à rien. Je marchais avec précaution, en veillant à ne pas détruire d'éventuels indices.

Certains pensent que l'avidité est l'essence du crime, mais l'argent est rarement la motivation du meurtrier. La plupart des homicides ont, au contraire, une autre cause, bien plus sinistre : l'assassin tue celui qu'il envie, par jalousie, parce que ce dernier a ce qui fait défaut au premier.

Ce n'est pas uniquement le drame de l'existence humaine. C'est le moteur de toute l'histoire du monde.

Le simple bon sens, et non quelque don de prescience, m'indiquait le mobile du meurtre : le tueur jalousait le bonheur conjugal que le Dr Jessup avait connu, jusqu'à récemment. Quatorze ans plus tôt, le radiologue avait épousé Carol Makepeace. Ils formaient un couple idéal.

Carol avait apporté à leur foyer un enfant de sept ans, Danny. Wilbur Jessup l'avait adopté.

Danny et moi étions amis depuis le jour où, à l'âge de six ans, nous nous étions découvert une passion commune pour les cartes de monstres qu'on trouvait dans certains paquets de chewing-gum. J'avais échangé avec lui un mille-pattes martien mangeur de cerveau contre un blob de méthane vénusien ; un troc qui avait scellé notre amitié pour la vie.

Le fait que nous ayons été différents de nos congénères, chacun à notre façon, a été un autre facteur de rapprochement mutuel. Moi, je vois les morts errants et Danny souffre d'ostéogenèse imparfaite, autrement dit de la maladie des « os de verre ».

Nos existences à tous les deux ont été définies – distordues – par nos maux. Mes déformations sont pour moi d'ordre social, celles de Danny grandement physiques.

Il y a un an, Carol est morte du cancer. Cette nuit, le Dr Jessup n'est plus… Danny est désormais seul au monde.

Je suis sorti de la chambre parentale et me suis dirigé vers le fond du couloir d'un pas rapide et silencieux, vers la deuxième porte ouverte d'où provenait de la lumière. Je suis passé devant deux portes fermées, guère rassuré à l'idée de laisser derrière moi deux pièces que je n'avais pas inspectées…

Après avoir commis l'erreur, un jour, de regarder le journal télévisé, j'avais été persuadé, pendant une semaine entière, qu'un astéroïde allait vraiment tomber sur terre et éradiquer la civilisation humaine. La présentatrice avait dit que ce n'était pas seulement possible, mais probable. Et, à la fin du bulletin, elle avait souri.

Je me suis donc beaucoup inquiété à propos de cet astéroïde jusqu'à ce que je comprenne que je n'y pouvais rien. Je ne suis pas Superman. Je suis un brave cuisinier, pour l'heure en congé et loin de ses fourneaux.

Pendant un peu plus longtemps encore, c'est cette présentatrice qui m'a angoissé... Comment pouvait-on délivrer une information aussi terrifiante et... sourire ?

Si un jour je dois ouvrir l'une de ces portes blanches et me faire empaler, je peux être certain que l'hallebarde, la lance ou Dieu sait quoi qui me transpercera la gorge aura été forgée par cette femme !

Je suis arrivé devant cette deuxième porte ouverte, je suis entré dans le carré de lumière, j'ai franchi le seuil... Pas de victime. Pas de tueur.

C'était, à l'évidence, la chambre de Danny. Sur le mur, derrière le lit défait, il y avait un poster de John Merrick, le vrai Elephant Man.

Danny avait le sens de l'humour quant aux tares physiques qui l'affectaient. Les déformations touchaient principalement ses bras et ses jambes ; il ne ressemblait donc en rien à John Merrick, mais Elephant Man était son héros.

« Ils l'ont exhibé comme un monstre, m'avait expliqué Danny. Les femmes s'évanouissaient à sa vue, les enfants pleuraient, les hommes grimaçaient de dégoût. Il était méprisé, victime des quolibets. Et pourtant, un siècle plus tard, on a fait un film sur sa vie, et tout le monde aujourd'hui connaît son nom. Qui se souvient du nom du salaud qui le montrait comme un monstre de foire, qui se souvient du nom de ceux qui s'évanouissaient, qui pleuraient, qui grimaçaient d'horreur ? Ils ne sont que poussière, mais lui, Merrick, est immortel ! En plus, quand il se balade dehors avec sa cape et sa capuche, on dirait un jedi ! »

Sur les autres murs, quatre affiches de Demi Moore, cette Athéna sur laquelle le temps n'avait aucune emprise ; elle était plus belle que jamais dans la nouvelle campagne de pub pour Versace.

Vingt et un ans, un mètre quarante-cinq sous la toise (et non un mètre cinquante comme il s'en vantait), les membres déformés par les repousses chaotiques de ses os trop souvent rompus, Danny menait une vie étriquée, mais rêvait en XXL.

Personne ne m'a poignardé quand je suis retourné dans le couloir. Le risque était minime, certes, mais c'est justement au moment où on s'y attend le moins que ce genre de choses arrive. Le fait, donc, méritait d'être signalé.

Le vent du Mojave hululait peut-être encore au-dehors, mais, derrière ces murs massifs, je ne pouvais l'entendre. La maison géorgienne avait des allures de tombeau, immobile, glaciale dans la climatisation, avec cette odeur douceâtre de sang planant dans l'air froid.

Il fallait appeler Wyatt Porter. Debout dans le couloir, j'ai enfoncé la touche « 2 » de mon téléphone – l'appel abrégé pour sa ligne personnelle.

Le chef de la police a répondu à la deuxième sonnerie. Il paraissait déjà réveillé.

Craignant l'assaut d'une présentatrice décérébrée ou pire goule encore, j'ai chuchoté :

— Bonjour, Wyatt. Je suis désolé de vous réveiller.

— Je ne dormais pas. J'étais avec Louis L'Amour.

— L'écrivain ? Je croyais qu'il était mort.

— Aussi mort que Dickens. Dis-moi que c'est juste pour la compagnie que tu m'appelles, pas parce que tu t'es encore fourré dans de sales draps.

— Je ne cherche pas les problèmes, Wyatt, ce sont eux qui me trouvent. Et vous feriez bien de venir chez le Dr Jessup.

— Un simple cambriolage, j'espère.

— Un meurtre. Wilbur Jessup gît dans sa chambre. Salement amoché.

— Et Danny ?

— Je pense qu'on l'a kidnappé.

— Simon...

Simon Makepeace – le premier mari de Carol, le père de Danny – avait été libéré de prison quatre mois plus tôt, après avoir purgé seize ans pour meurtre.

— Venez avec des renforts, lui ai-je conseillé. Et discrètement.

— Il y a encore quelqu'un ?

— Possible. Un pressentiment.

— Va-t'en, Odd !

— Vous savez que je ne peux pas.

— Je ne comprendrai jamais cette force qui te pousse à te jeter dans la gueule du loup.

— Moi non plus, Wyatt.

J'ai raccroché et rangé mon téléphone dans ma poche.

3.

Danny devait être encore dans les parages, prisonnier – sans doute au rez-de-chaussée. Je me suis donc dirigé vers l'escalier, j'ai commencé à descendre. Mais soudain j'ai tourné les talons et rebroussé chemin.

Je pensais que c'était pour me rendre vers les deux portes fermées entre la chambre parentale et celle de Danny, pour découvrir ce qui se cachait derrière. Mais, encore une fois, elles n'ont exercé aucune attraction.

En face, sur le côté gauche du couloir, il y avait trois autres portes fermées. Aucune d'elles ne m'attirait non plus.

En plus de ma capacité à voir les fantômes, un talent que j'aurais volontiers troqué contre un don pour le piano ou l'art floral, la nature m'a doté d'un magnétisme psychique.

Lorsqu'une personne n'est pas à l'endroit où je compte la trouver, il me suffit de me promener à pied, à bicyclette, en voiture, en répétant son nom ou en me remémorant son visage, pour que, parfois en quelques minutes, parfois en une heure, je tombe sur elle. C'est comme ces chiens aimantés que l'on pose sur une table en Formica et que l'on voit se rapprocher inexorablement.

Mais le mot-clé ici est *parfois*.

En effet, mon magnétisme psychique fonctionne par moments avec la précision d'une montre Cartier. À d'autres, il tient plutôt de ces sabliers pour la cuisson des œufs qu'on trouve dans les boutiques d'articles de rebuts ; vous voulez des œufs coques et vous les avez durs.

Ce manque criant de fiabilité concernant mon don ne prouve, de la part de Dieu, ni cruauté ni laxisme, peut-être, à la rigueur, un certain sens de l'humour.

La faute m'en incombe, à moi seul. Je ne sais pas suffisamment me détendre pour permettre à mon don de fonctionner de façon optimale. Sans cesse, des pensées parasites m'envahissent – à savoir, pour le cas présent, que Simon Makepeace, en faisant injure à son nom[1], ouvre brutalement l'une des portes fermées et se jette sur moi pour me bastonner à mort.

J'ai traversé le carré de lumière qui filtrait de la chambre de Danny, là où Demi Moore resplendissait toujours et où Elephant Man demeurait pachydermique et j'ai poursuivi mon chemin dans la pénombre, jusqu'à croiser, tout au bout, un petit corridor perpendiculaire.

La maison était grande. Elle avait été édifiée en 1910 par un immigrant de Philadelphie qui avait fait fortune dans le fromage fondu ou la gelignite – je ne sais jamais lequel des deux !

La gelignite est une gélatine explosive, produite par un mélange de nitroglycérine et de collodion. Au début du siècle dernier, on l'appelait la « dynamite gomme » et cet explosif faisait fureur dans les cercles où on aimait faire sauter toutes sortes de choses.

Quant au fromage fondu, ce n'est que du fromage fondu, comme son nom l'indique ; il sert à maintes préparations culinaires, majoritairement non-détonantes.

J'aurais bien aimé être plus féru d'histoire locale, mais je n'ai jamais été capable de consacrer beaucoup

1. *Makepeace*, littéralement : faiseur de paix *(N.d.T.)*.

de temps à mes études, du moins pas autant que je l'aurais voulu. Les morts sont très accaparants.

J'ai pris à gauche dans ce petit couloir; celui-ci était sombre, mais pas totalement obscur. Au bout du corridor, une pâle lueur révélait une porte ouverte menant à l'escalier de service.

La lumière provenait du rez-de-chaussée, celle de l'escalier étant éteinte.

Il y avait des chambres, des placards. Aucun stimulus ne m'attirait vers eux. Je suis passé devant un ascenseur; cet engin hydraulique avait été installé avant que Wilbur, Carol et Danny, alors âgé de sept ans, n'emménagent dans cette maison.

Quand on est atteint d'ostéogenèse imparfaite, on risque de se briser un os comme un rien. À six ans, Danny s'était cassé le poignet droit en jouant aux cartes.

Un escalier représentait alors un risque maximal. S'il dévalait une volée de marches, Danny était quasiment certain de mourir de multiples fractures du crâne.

Même si je ne redoutais pas les chutes, cet escalier de service m'inquiétait. Il était étroit, en spirale; impossible de voir à plus d'un mètre devant soi.

Mon instinct me disait que quelqu'un y était à l'affût.

Restait l'alternative de l'ascenseur; mais il serait bien trop bruyant. Simon Makepeace serait prêt à me sauter dessus sitôt que les portes de la cabine s'ouvriraient.

Je ne pouvais battre en retraite. Une force me poussait en avant, me pressait de descendre. Je devais atteindre les pièces du rez-de-chaussée, au fond de la maison – vite!

Sans même prendre conscience de ce que je faisais, j'ai appuyé sur le bouton d'appel de l'ascenseur. J'ai retiré mon doigt dans un sursaut, comme si j'avais touché une aiguille.

Les portes ne se sont pas ouvertes. La cabine était au rez-de-chaussée.

Lorsque le piston hydraulique s'est réveillé dans un chuintement et que la cabine a commencé à s'élever vers moi, je me suis aperçu que j'avais un plan – Dieu merci !

Le mot « plan » est un peu exagéré. Disons que j'avais une astuce, une vague possibilité de diversion.

L'ascenseur s'est immobilisé à l'étage avec un *bling !* qui m'a fait sursauter, même si je m'attendais à ce bruit. Lorsque les portes se sont ouvertes, je me suis raidi – par bonheur, personne ne m'a sauté dessus.

Je me suis penché à l'intérieur de la cabine et j'ai appuyé sur le bouton « 0 », pour le renvoyer au rez-de-chaussée.

Dès que les portes ont commencé à se refermer, je me suis précipité dans l'escalier et j'ai dévalé les marches quatre à quatre en aveugle. La diversion serait inopérante sitôt que la cabine serait arrivée à destination ; Simon saurait alors que je n'étais pas dans l'ascenseur.

L'escalier oppressant débouchait dans le vestibule attenant à la cuisine. À Philadelphie, ce genre de vestibules, où l'on retirait ses bottes et ses vêtements de pluie, était indispensable compte tenu de l'humidité du climat, mais ici, dans le désert du Mojave, ces sas carrelés étaient aussi utiles qu'une étagère à skis.

Au moins, il n'était pas bourré de dynamite.

Une porte menait au garage, une autre dans le jardin derrière la maison. Une troisième dans la cuisine.

La maison, à l'origine, n'était pas conçue pour être équipée d'un ascenseur. L'installateur avait été contraint de loger la cage dans un angle de la vaste cuisine.

Je venais d'entrer dans le vestibule, encore étourdi par la descente en spirale, quand j'ai entendu le *bling !* de la cabine arrivant à destination.

J'ai attrapé un balai, arme futile contre un dangereux psychopathe. Au mieux, j'espérais le surprendre en lui donnant un coup au visage, histoire de l'aveugler momentanément et de lui faire perdre l'équilibre.

La sensation de puissance avec ce balai était moins tangible qu'avec un lance-flammes, mais c'était mieux qu'une serpillière, et plus efficace qu'un plumeau.

Je me suis posté à côté de la porte de la cuisine, prêt à frapper quand Simon passerait le seuil. Mais il n'est pas venu.

Après une longue attente, qui m'aurait laissé le temps de repeindre toute la maison m'a-t-il semblé, mais qui n'avait duré sans doute qu'une quinzaine de secondes, j'ai regardé la porte du garage, puis celle donnant sur le jardin.

Simon Makepeace avait-il déjà emmené Danny hors de la maison ? Ils étaient peut-être dans le garage ; Simon au volant de la voiture du Dr Jessup, Danny ligoté sur la banquette arrière ?

Ou alors ils étaient en train de traverser le jardin, pour rejoindre la porte du fond. Simon avait peut-être un véhicule garé dans l'allée derrière la clôture ?

Mais mon instinct m'incitait plutôt à pousser les portes battantes menant à la cuisine.

Seules les lampes des plans de travail étaient allumées, encadrant la pièce d'un rectangle lumineux. Mais la lumière était suffisante pour m'assurer qu'il n'y avait personne dans la pièce.

Et pourtant je percevais une présence. Quelqu'un était peut-être à l'affût, caché derrière l'îlot central.

Brandissant mon balai comme un gourdin, j'ai commencé à faire le tour de la pièce. Les lattes d'acajou grinçaient sous mes pieds.

Alors que j'avais pratiquement fait le tour de l'îlot central, j'ai entendu les portes de l'ascenseur s'ouvrir derrière moi.

Je me suis retourné. Ce n'était pas Makepeace, mais un inconnu. Il avait attendu l'arrivée de la cabine. La découvrant déserte, il avait compris qu'il s'agissait d'une ruse. Réagissant rapidement, il s'était caché dans l'ascenseur, juste avant que je n'entre dans la cuisine.

Il était souple, agile, prêt à bondir. Ses yeux verts luisaient d'un savoir terrible, il avait le regard de celui qui connaissait toutes les portes dérobées du jardin d'Éden. Ses lèvres écailleuses dessinaient un sourire parfait ; un sourire malicieux feignant d'être amical, mais où l'amusement était du venin.

Au moment où j'allais me dire qu'il avait une tête de serpent, ce salaud est passé à l'attaque. Il a pressé la détente d'un Taser – deux dards, avec leurs filaments dans leur traîne, ont percé mon T-shirt pour délivrer leur choc électrique.

Dans l'instant, je suis devenu une sorcière soudain privée de sa magie, tombant en chute libre, accrochée à son balai.

4.

Quand on reçoit une décharge de cinquante mille volts, il se passe un certain temps avant que l'on ne se sente de nouveau prêt à aller danser.

J'étais par terre, à me tortiller comme un cafard blessé, un automate fou ne répondant plus aux commandes ; j'essayais de crier mais ce n'est qu'un sifflement qui s'échappait de ma gorge.

Une onde de douleur, suivie d'une pulsation brûlante, remontait chacun de mes nerfs, une vague si puissante que j'avais l'impression de voir toutes mes liaisons nerveuses s'imprimer en rouge sur ma rétine comme autant d'autoroutes sur une carte routière.

J'ai insulté mon assaillant, mais l'invective s'est réduite à un gémissement ténu. On aurait dit une gerbille terrorisée.

L'inconnu s'est penché au-dessus de moi ; il allait me rouer de coups, c'est sûr. Il avait la tête à faire ça – frapper un homme à terre. Il ne manquait que les bottes cloutées à sa panoplie – sans doute les avait-il portées chez le cordonnier pour qu'on leur ajoute des embouts métalliques !

Mes bras fouettaient l'air, mes mains tremblotaient. Je ne parvenais même pas à me protéger le visage.

Le type parlait, mais je ne comprenais rien ; ses mots étaient comme de la bouillie sonore, traversée de bruits parasites, de crépitements de court-circuit.

Il a ramassé mon balai. À la façon dont il le tenait – la poignée en métal levée au-dessus de mon visage –, j'ai compris qu'il s'apprêtait à me bastonner… après le traitement qu'il allait me faire subir, Elephant Man ferait figure de top model.

Il a brandi cette arme de sorcière, rassemblant ses forces pour l'impact, mais juste avant de me l'abattre sur le crâne, il s'est retourné en direction des fenêtres donnant sur la rue.

Un événement venait apparemment de bouleverser ses priorités… Je l'ai vu jeter le balai, foncer dans le vestibule et s'enfuir de la maison par le jardin.

Ça bourdonnait dans mes oreilles ; je ne pouvais rien entendre. Sans doute étaient-ce Wyatt Porter et ses adjoints qui arrivaient… Je lui avais dit que Wilbur Jessup gisait dans sa chambre à l'étage, mais, par conscience professionnelle, Wyatt allait peut-être ordonner une fouille complète de la maison…

Je ne tenais pas à ce qu'on me trouve là.

À la police de Pico Mundo, seul le chef Porter connaît mes dons. Si on me retrouvait une nouvelle fois sur les lieux d'un crime, ses adjoints allaient encore s'interroger à mon sujet. Ils se posaient déjà suffisamment de questions comme ça !

Il n'y avait guère de risques, pour ne pas dire aucun, que ces hommes en arrivent à la conclusion que les morts, parfois, venaient me trouver pour que je leur rende justice. Mais on n'était jamais trop prudent.

Ma vie est déjà *muy* étrange et *muy* compliquée… Je parviens à maintenir un certain équilibre mental en menant une vie d'ascète. Je ne voyage pas. Je me déplace principalement à pied. Je ne participe à aucune fête. Je ne regarde pas la télévision, ne suis pas la mode.

Je ne trouve aucun intérêt à la politique. Je n'ai aucun plan d'avenir. Je n'ai exercé qu'un seul et unique métier – cuisinier – et ce, depuis que j'ai quitté la maison à l'âge de seize ans. Récemment, j'ai pris un congé sans solde. Le simple fait de devoir faire des pancakes moelleux ou des sandwichs thon-crudités croustillants est devenu un défi insurmontable compte tenu des autres problèmes que je dois gérer.

Si le monde sait qui je suis, découvre ce que je peux voir et faire, ils seront des milliers à faire le pied de grue devant ma porte – des armées d'affligés, de suspicieux, mus par l'espoir, la foi ou le scepticisme.

Ils voudront que je fasse l'intermédiaire entre eux et leurs chers disparus, ils me demanderont de jouer le détective pour chaque meurtre non élucidé. Certains voudront me vénérer, d'autres prouver à tous crins que je suis un charlatan.

Je ne pourrais pas repousser ces gens dans la douleur, pétris d'espérance. Et si, contre toute attente, j'en trouvais le courage, je finirais par ne plus pouvoir me regarder dans un miroir.

Mais je ne peux satisfaire tout le monde ; ces gens me suceraient jusqu'à la moelle avec leur haine et leur amour, tant leur besoin est immense. Ils me lamineraient, me réduiraient en miettes.

Voilà pourquoi on ne devait pas me trouver chez le Dr Jessup. Je me débattais, me tortillais au sol ; la douleur était moins forte, mais je n'étais pas encore maître de mes muscles.

J'avais l'impression d'être un lilliputien, allongé par terre dans la cuisine d'un géant, au pied de la porte de l'office. La poignée culminait à dix mètres au-dessus de moi. Avec mes jambes et mes bras en guimauve, cette poignée était un Graal inaccessible et pourtant (j'ignore comment) j'ai réussi à refermer mes mains dessus.

L'épreuve n'était pas finie pour autant. Il y avait encore une série d'actions que je devais accomplir, toutes insurmontables, mais j'y suis parvenu. Comme toujours, tout n'est qu'une question de persévérance.

Une fois dans l'office, j'ai refermé la porte derrière moi. Il flottait dans la pièce obscure une odeur étrange, une odeur de produits chimiques vaporisés.

J'avais dans la bouche un goût d'aluminium brûlé, à m'en donner la nausée. Je n'avais jamais mangé d'aluminium brûlé, mais j'étais certain que cela avait cette saveur.

Mon cerveau était devenu un bric-à-brac digne du laboratoire de Frankenstein, avec ses résistances en surchauffe et ses condensateurs bourdonnants, traversés d'éclairs et d'étincelles furieuses.

Mes sens – l'odorat, le goût – étaient sans doute dénaturés par le coup de Taser et je ne pouvais plus m'y fier.

J'ai senti quelque chose d'humide couler sur mon menton. Du sang ? Non, de la salive. Je bavais !

Si la police fouillait la maison, on inspecterait forcément l'office. Je n'avais qu'une minute ou deux pour avertir Wyatt Porter.

D'ordinaire, le maniement d'une poche entrait dans le champ de mes compétences. Il suffisait de glisser la main entre les deux pans de tissu pour récupérer les objets qui s'y trouvaient.

Mais, cette fois, il en a été autrement ; d'abord, j'ai mis un temps fou à trouver l'entrée de la poche de mon jean – quelqu'un semblait en avoir cousu les bords ! Ensuite, quand, après bien des efforts, je suis parvenu à y faufiler la main, j'ai eu toutes les peines du monde à l'en sortir. Et, pour finir, lorsque, au prix d'une lutte acharnée, j'ai réussi à extraire mes doigts de la poche, je me suis aperçu que j'avais oublié de prendre le téléphone qui se trouvait à l'intérieur et que tout était à recommencer !

Quand l'odeur étrange a commencé à se transmuter en senteurs familières d'oignons et de pommes de terre, j'ai pu enfin récupérer mon téléphone. Bavant toujours à qui mieux mieux, mais tout fier de ma récente prouesse, j'ai enfoncé la touche « 3 » – l'appel abrégé pour le numéro de portable de Wyatt.

S'il participait lui-même à la fouille de la maison, il risquait de ne pas répondre...

— J'étais sûr que c'était toi ! a déclaré Wyatt Porter en décrochant à la première sonnerie.

— Oui, c'est moi. Je suis ici. Juste ici.

— Tu as l'air bizarre.

— Pas bizarre. Juste *tasé*.

— Quoi ?

— Tasé, Wyatt. Un gros méchant m'a envoyé une vilaine décharge.

— Où es-tu ?

— Dans l'office. Caché.

— Ce n'est pas une bonne idée.

— Ça vaut mieux que de devoir expliquer ma présence à vos adjoints.

Le chef Porter a toujours été un père protecteur pour moi. Comme moi, il ne tient pas à ce que je devienne une bête de foire pour les médias.

— C'est une vraie horreur ce qui s'est passé ici, a-t-il déclaré.

— Oui, Wyatt.

— C'est terrible. Le Dr Jessup était un brave homme. Reste où tu es.

— Simon a kidnappé Danny. Il doit l'emmener hors de la ville à l'heure qu'il est.

— Les deux nationales sont bloquées.

Il n'y avait que deux façons de quitter Pico Mundo, trois si on y incluait le chemin du cimetière.

— Et si quelqu'un ouvre la porte de l'office ?

— Tâche de te faire passer pour une boîte de conserve.

Et il a raccroché.

Je suis resté assis dans le noir, m'efforçant de ne pas trop penser, mais cela ne marche jamais, évidemment –

Danny… il n'était peut-être pas mort, pas encore… mais, en tout cas, il était en grand danger.

Comme sa mère, Danny vivait avec un mal qui mettait son existence gravement en péril : il avait des os en verre ; sa mère était trop jolie.

Simon Makepeace aurait sans doute fait le deuil de Carol si elle avait été laide, ou simplement un peu moins belle. Il n'aurait pas tué un homme pour elle – deux, aujourd'hui, en comptant Wilbur Jessup.

Soudain, je n'étais plus seul dans l'office… La porte ne s'est pas ouverte, mais j'ai su aussitôt que j'avais de la compagnie.

Une main a serré mon épaule ; je n'ai pas sursauté. Mon visiteur était le Dr Jessup, âme errante et tourmentée.

5.

Le Dr Jessup, de son vivant, n'était pas un ennemi. Mort, il ne l'était pas davantage.

De temps en temps, un *poltergeist* – autrement dit un fantôme qui parvient à focaliser sa colère sur des objets – peut causer des dommages corporels aux vivants, mais ces manifestations spectaculaires sont davantage l'expression d'une frustration plutôt qu'une volonté délibérée de faire du mal. Ces « esprits frappeurs », comme on les appelle, considèrent qu'ils ont une affaire à finir en ce bas monde et ce sont des gens obstinés, chez qui la Mort n'a diminué en rien l'entêtement qui les caractérisait de leur vivant.

Les âmes des personnes réellement mauvaises n'errent jamais longtemps sur terre, jamais elles ne tourmentent ni ne tuent les vivants. C'est du Grand-Guignol typique de Hollywood.

Ces âmes-là quittent d'ordinaire rapidement ce monde, comme si elles avaient un rendez-vous urgent, dans l'au-delà, avec quelqu'un qu'elles n'osent pas faire attendre.

Le Dr Jessup était passé au travers de la porte aussi facilement que la pluie au travers du brouillard. Même les murs ne représentaient plus, pour lui, des obstacles.

Lorsqu'il a retiré sa main de mon épaule, j'ai supposé qu'il allait s'asseoir par terre, comme moi, en tailleur. Et c'est ce qu'il a fait : il s'est installé juste en face de moi ; j'en ai eu la preuve lorsqu'il s'est penché vers moi pour me prendre les mains.

Il ne pouvait retrouver sa vie d'antan, mais il avait besoin d'être rassuré. Il n'avait nul besoin de mots pour me dire ce qu'il voulait.

— Je vais faire tout ce que je peux pour Danny, ai-je articulé doucement pour ne pas risquer d'être entendu des pièces voisines.

Cette promesse ne constituait pas une garantie d'airain. Personne ne devait me faire confiance à ce point.

— Mais la triste vérité, ai-je poursuivi, c'est que cela ne sera peut-être pas suffisant. J'ai déjà failli par le passé.

Il m'a serré les mains plus fort.

Par égard pour lui, je voulais l'encourager à quitter ce monde, à accepter le cadeau que la Mort lui offrait.

— Docteur Jessup, tout le monde sait que vous étiez un bon mari pour Carol. Mais tous ne mesurent pas à quel point vous avez été aussi un bon père pour Danny.

Plus un esprit s'attarde en ce bas monde, plus il risque de s'y retrouver prisonnier.

— Vous avez été si bon d'accueillir ce garçon de sept ans avec ses problèmes de santé. Et vous lui avez toujours montré à quel point vous étiez fier de lui, fier de son courage face à la maladie.

Après la vie qu'il avait menée, le Dr Jessup n'avait aucune raison de craindre de quitter ce monde. En revanche, rester ici, sentinelle silencieuse et impotente, ne pouvait lui apporter que tourments.

— Danny vous aime, docteur. Il vous considère comme son propre père, son seul père.

Les ténèbres totales et le silence du Dr Jessup me facilitaient la tâche. Avec le temps, j'aurais dû apprendre à être insensible à la douleur d'autrui, au regret ardent de ceux que la Mort fauchait prématurément, les empêchant de dire adieu aux leurs, et pourtant, année après année, je devenais de plus en plus vulnérable à leur chagrin.

— Vous connaissez Danny, ai-je repris. Il fait le dur. Toujours à fanfaronner. Mais je sais ce qu'il ressent. Et vous savez ce que vous avez représenté pour Carol. Elle était un soleil, tant elle rayonnait d'amour pour vous.

Pendant un moment, je suis resté silencieux avec lui. Si on leur mettait trop la pression, les morts s'accrochaient davantage encore à cette terre, paniquaient parfois.

Plongés dans cet état, ils ne pouvaient plus distinguer le chemin vers l'au-delà, le pont, la porte, ou quelque autre passage.

Je lui ai laissé le temps d'assimiler ce que je venais de dire. Puis j'ai ajouté :

— Vous avez fait tout ce que vous deviez faire ici-bas, et vous l'avez fait à merveille. C'est ce que chacun de nous espère – avoir fait ce qu'il faut de son vivant.

Il y a eu un autre silence mutuel. Il a lâché mes mains.

C'est à ce moment que la porte s'est ouverte. La lumière de la cuisine a dissous les ténèbres et Wyatt Porter est apparu au-dessus de moi.

C'est un grand gaillard, costaud, avec un large visage. Les gens, qui ne discernent pas sa véritable personnalité derrière son regard de cocker, le croient en pleine dépression.

Lorsque j'ai voulu me lever, je me suis aperçu que l'effet du Taser ne s'était pas totalement dissipé. Des crépitements rémanents se sont mis à tinter dans mon crâne.

Wilbur Jessup était parti. Peut-être pour l'Autre Monde. Peut-être pour hanter les abords de la maison...

— Comment te sens-tu ? m'a demandé le chef de la police, en reculant d'un pas.

— Comme un poulet grillé.

— Les Tasers ne causent pas de vrais dégâts.

— Ça ne sent pas les poils brûlés ?

— Non. C'est Makepeace qui t'a fait ça ?

— Non, ai-je répondu en revenant dans la cuisine. C'était un type qui ressemblait à un serpent. Vous avez trouvé Danny ?

— Il n'est pas ici.

— Je m'y attendais.

— La voie est libre. Sors d'ici et va dans la rue derrière.

— D'accord. La rue derrière.

— Attends-moi à côté de l'arbre de la Mort.

— L'arbre de la Mort. D'accord.

— Tu es sûr que ça va, fiston ?

— J'ai la langue qui me picote.

— Tu n'auras qu'à la gratter en m'attendant.

— D'accord.

— Odd ?

— Oui ?

— Sors !

6.

L'arbre de la Mort se dressait à une centaine de mètres de la maison du Dr Jessup, dans le jardin des Ying.

En été et en automne, le brugmansia de dix mètres de haut est festonné de grandes fleurs jaunes en forme de trompettes. On en compte alors plus de cent, parfois même deux cents, mesurant chacune une vingtaine de centimètres, pendant aux branches.

M. Ying adore rappeler l'aspect funeste de cet arbre. Toutes ses parties – racines, tronc, écorce, feuilles, calice et corolle – sont toxiques.

Mâcher ne serait-ce qu'une de ses feuilles provoque des saignements de nez, d'oreilles et d'yeux, suivis d'une diarrhée aiguë pendant laquelle le corps achève de se vider complètement. En moins d'une minute, les dents se déchaussent, la langue vire au noir et le cerveau commence à se liquéfier.

Sans doute est-ce une exagération. Lorsque M. Ying m'a parlé pour la première fois de cet arbre, j'étais âgé de huit ans, et c'est ce que j'ai retenu.

Pourquoi M. Ying – ainsi que son épouse – était-il tellement fier d'avoir planté cet arbre de la Mort ? Cela restait un mystère.

Ernie et Pooka Ying sont des Américains d'origine asiatique, mais ils ne sont pas les avatars d'un

Fu Manchu. Ce sont de braves gens qui ne risquent pas de perpétrer des expériences démoniaques dans un laboratoire secret enterré sous leur maison.

Même s'ils possédaient l'arme absolue pour détruire le monde, je ne pourrais imaginer Pooka Ying appuyer sur le bouton.

Les Ying vont à la messe à l'église Saint-Barthélemy. Ernie appartient au Knights of Columbus[1] et Pooka consacre dix heures chaque semaine aux ventes de charité de l'église.

Les Ying aiment beaucoup le cinéma. Ernie est un grand sentimental; il pleure chaque fois que le héros meurt à l'écran ou pendant les scènes romantiques. Les scènes patriotiques aussi lui arrachent une larme. On dit même qu'il a pleuré en voyant Bruce Lee, à l'écran, recevoir une balle dans le bras.

Année après année, durant trente ans de mariage, en ayant adopté et élevé deux orphelins, ils s'étaient occupés de leur plante fatale, lui apportant de l'engrais, l'arrosant et la taillant avec amour, la traitant pour éloigner les araignées rouges et les mouches blanches. Ils avaient installé, derrière la maison, une grande terrasse en séquoia, de laquelle ils pouvaient admirer à loisir leur arbre de la mort, en prenant le petit déjeuner ou en paressant à la tiédeur du soir.

Pour éviter d'être vu par la nuée de policiers qui allaient papillonner autour de la maison des Jessup pour le restant de la nuit, je suis entré chez les Ying par leur portillon au fond du jardin. M'installer sur la terrasse sans y avoir été invité me semblait impoli. Alors je suis allé m'asseoir sous le brugmansia.

Le garçon de huit ans qui vivait encore en moi se demandait si l'herbe au pied de l'arbre pouvait être également empoisonnée. Auquel cas, les toxines ne

1. Organisation catholique fondée en 1882 *(N.d.T.)*.

risquaient-elles pas de traverser les fibres du fond de mon jean ?

Mon téléphone a sonné.

— Allô ?

— Salut, a dit une voix féminine.

— Qui est à l'appareil ?

— Moi.

— Je pense que vous vous êtes trompée de numéro.

— Tu crois ?

— Oui.

— Comme tu me déçois, a-t-elle dit.

— Cela arrive...

— Tu connais la première règle ?

— Comme je vous l'ai dit, c'est un...

— Tu dois venir seul, a-t-elle lancé.

— C'est un faux numéro et...

— Tu me déçois vraiment.

— Moi ?

— Beaucoup.

— Parce que je vous dis que c'est un faux numéro ?

— C'est tellement... dommage, a-t-elle dit avant de raccrocher.

La femme appelait en mode « anonyme ». Aucun numéro ne s'affichait sur mon écran.

Les progrès de la téléphonie ne facilitaient pas toujours la communication.

J'ai regardé fixement mon portable, certain qu'elle allait composer encore mon numéro, mais il est resté silencieux.

Le vent était tombé d'un coup, comme s'il avait été happé par un trou quelque part dans le désert.

Au-dessus des branches immobiles du brugmansia, qui étaient feuillues mais encore dépourvues de fleurs, les étoiles étaient des aiguilles scintillantes sur la coupe du ciel, la lune du vieil argent.

Ma montre indiquait 3 h 17. Seulement trente-six minutes s'étaient écoulées depuis que le Dr Jessup m'avait tiré de mon lit.

J'avais perdu toute notion du temps ; je pensais que l'aube était sur le point de se lever. Cinquante mille volts auraient pu mettre HS ma montre, mais c'est mon horloge interne qui était toute chamboulée.

Si les branches ne faisaient pas écran, j'aurais pu tenter de repérer Cassiopée, une constellation qui avait une signification particulière pour moi. Dans la mythologie, Cassiopée était la mère d'Andromède.

Une autre Cassiopée, réelle celle-ci, était la mère d'une autre fille, qu'elle avait prénommée Bronwen. Et Bronwen est l'être le plus cher que j'aie connu et connaîtrai jamais.

Quand la constellation Cassiopée passe dans cet hémisphère et que je parviens à l'identifier, je me sens un peu moins seul.

Cela n'a rien de rationnel, et est sans lien aucun avec la configuration des étoiles, mais le cœur ne se nourrit pas de logique pour survivre. La déraison est le meilleur des remèdes, à condition de ne pas en abuser.

Une voiture s'est garée dans la rue, devant le portail, tout feu éteint.

Je me suis relevé sous mon arbre de la Mort ; mes fesses étaient peut-être gangrenées par le poison, mais elles sont restées attachées à mon corps.

— Comment va la langue ? m'a demandé Wyatt, sitôt que je me suis installé sur le siège côté passager.

— Pardon ?

— Ça grattouille encore ?

— Oh, non. Ça s'est arrêté. Je ne l'avais pas remarqué.

— Ce serait peut-être mieux si tu prenais le volant.

— Oui, mais cela risque de paraître bizarre, moi, un simple cuistot, en train de conduire une voiture de police.

Wyatt démarra et alluma les phares.

— Je vais conduire et c'est toi qui me dis quand je dois tourner à droite ou à gauche.

— Essayons. (Voyant que Wyatt avait coupé la radio, j'ai demandé :) Ils ne vont pas avoir besoin de vous joindre ?

— Qui ça ? Mes adjoints ? C'est la phase deux à présent chez Jessup : le relevé des indices ; les gars du labo se débrouillent très bien tout seuls ! Parle-moi plutôt du type au Taser.

— Des petits yeux verts méchants. Un type maigre, vif comme l'éclair. Comme un serpent.

— Tu te concentres sur lui en ce moment ?

— Non. Je l'ai à peine entrevu avant qu'il ne me grille. Pour que ça marche, je dois avoir une image mentale claire, ou un nom.

— Makepeace ?

— On n'est pas sûr que Makepeace soit impliqué.

— Il l'est, j'en mets ma main à couper. Le tueur a continué à tabasser Wilbur bien après qu'il était mort. Ça pue le crime passionnel. Mais il n'est pas venu seul. Il a un complice. Peut-être quelqu'un rencontré en prison.

— Je préfère me concentrer sur Danny…

On a roulé en silence sur deux cents mètres.

Les fenêtres des maisons étaient éteintes. La nuit était claire, mais il flottait dans l'air l'odeur de silice du désert immense qui encerclait notre ville. Des feuilles mortes, tombées des arbres, crissaient sous les roues.

Pico Mundo paraissait avoir été vidé de ses habitants.

Wyatt Porter m'a jeté un regard en coin, puis m'a demandé :

— Tu comptes retourner un jour travailler au Grill ?

— Tôt ou tard, oui.

— Le plus tôt serait le mieux. Tout le monde regrette tes pommes de terre sautées.

— Poke se débrouille très bien, ai-je répondu en faisant référence à Poke Barnett, le deuxième cuisinier du Pico Mundo Grill.

— Elles ne sont pas mauvaises au point de s'étouffer avec, mais il ne joue pas dans la même cour que toi. Sans parler de ses pancakes...

— Ça c'est vrai. Personne ne sait les faire mousseux comme moi.

— Tu as un secret ?

— Non. Juste le coup de main. L'instinct.

— Tu aurais aussi un don pour les pancakes ?

— Possible.

— Tu sens quelque chose ? Une force magnétique ou je ne sais quoi ?

— Non. Pas encore. Et le mieux, c'est de ne pas en parler ; juste de laisser venir...

Le chef de la police a poussé un soupir.

— Décidément, je ne m'habituerai jamais à ton machin psychique.

— Pareil pour moi. Ce n'est naturel pour personne.

Devant le lycée, suspendue entre deux palmiers, une bannière scandait : ALLEZ LES MONSTRES !

De mon temps, les équipes de sport du lycée s'appelaient Les Guerriers. Les pom-pom girls portaient un bandeau sur la tête, hérissé d'une plume. Cela avait été jugé insultant pour les tribus indiennes du coin, même si aucun Amérindien n'était jamais venu se plaindre.

Le conseil d'administration de l'école avait alors remplacé « Les Guerriers » par « Les Monstres de Gila ». Prendre pour emblème le nom de ce reptile en extinction était jugé un excellent choix puisqu'il symbolisait la fragilité du biotope du Mojave.

Au football, au basket, au baseball, en athlétisme, en natation, Les Monstres de Gila n'ont jamais égalé la bravoure et le palmarès des Guerriers. Beaucoup de gens pensent que la faute en incombe aux entraîneurs...

Tous ces gens à l'école doivent pourtant savoir qu'un jour ou l'autre, la chute d'un astéroïde va semer le chaos sur terre, et que le prochain combat de l'humanité ne sera pas de sauvegarder le Mojave mais de défendre sa civilisation ! Mais, de toute évidence, nombre des huiles du lycée vivent encore dans l'ignorance...

Wyatt Porter a semblé lire mes pensées :

— Ç'aurait pu être pire. Une sorte de punaise est aussi en voie d'extinction dans le Mojave. Ils auraient pu s'appeler Les Punaises du désert !

— À gauche, ai-je suggéré.

Wyatt a tourné au carrefour.

— J'ai bien pensé que Simon Makepeace pouvait revenir se venger... mais je m'attendais à ce qu'il le fasse il y a quatre mois, au moment de sa sortie de prison... C'est pour cette raison que j'ai ordonné des rondes dans le quartier du Dr Jessup tout octobre et novembre.

— Danny m'a raconté qu'ils prenaient des précautions à la maison à l'époque, qu'ils avaient installé de nouveaux verrous, une porte blindée, un système d'alarme dernier cri...

— Makepeace a donc eu la jugeote d'attendre. Peu à peu, tout le monde a baissé sa garde. Pour tout dire, depuis la mort de Carol, je ne pensais pas que Makepeace reviendrait à Pico Mundo...

Dix-sept ans plus tôt, d'une jalousie maladive, Simon Makepeace s'était convaincu que sa jeune épouse avait une liaison. Il se trompait.

Persuadé que les rendez-vous galants avaient lieu chez lui, pendant qu'il était au travail, Makepeace a interrogé son fils, alors âgé de quatre ans, pour connaître le nom de l'homme qui rendait visite à sa mère. Comme il n'y avait personne à dénoncer, Danny n'avait pu satisfaire à la demande de son père. Excédé, Makepeace avait saisi Danny par les épaules et l'avait secoué pour lui faire sortir ce nom de force.

Les os fragiles de Danny n'avaient pas résisté à ce traitement : deux côtes cassées, ainsi que la clavicule gauche, les humérus droit et gauche, le radius et le cubitus droits, et trois métacarpes de la main droite.

Voyant que son fils ne lui donnait toujours pas de nom, de dégoût, il avait jeté Danny au sol; fractures supplémentaires : fémur et tibia droits et deux tarses du pied.

Carol faisait les courses à ce moment-là. En rentrant à la maison, elle avait trouvé Danny seul, inconscient, ensanglanté, un morceau d'humérus saillant du biceps droit.

Sachant qu'il risquait d'être poursuivi pour violence à enfant, Simon Makepeace avait pris la fuite. Il savait qu'il n'avait que quelques heures de liberté devant lui.

N'ayant plus rien à perdre, il avait alors décidé d'exécuter sa vengeance sur l'homme qui figurait en haut de sa liste des suspects. Il n'y avait pas d'amant à punir. Et Makepeace avait perpétré le deuxième acte de folie aveugle de sa journée.

Carol était sortie deux fois avec Lewis Hallman avant de se marier. C'était donc lui le suspect numéro un. Makepeace s'était lancé sur les traces de Hallman, à bord de sa Ford Explorer; il l'avait aperçu sur le trottoir. Il lui avait foncé dessus et l'avait écrasé.

Au procès, Makepeace avait prétendu qu'il voulait faire peur à Lewis, pas le tuer. Cette assertion parut peu plausible, puisque après l'avoir renversé, il avait fait demi-tour pour lui rouler dessus une deuxième fois.

Il disait être plein de remords, pétri de honte. Il avait fondu en larmes, reconnu les faits, n'offrant pour seule défense que sa fragilité émotionnelle. Plus d'une fois, dans le box des accusés, il s'était mis à prier.

Le ministère public n'avait pas obtenu la condamnation pour meurtre avec préméditation. Juste pour homicide volontaire.

Si ce même jury pouvait être recomposé, il ne fait nul doute qu'il aurait, lui aussi, approuvé à l'unanimité le changement de nom des « Guerriers » pour « Les Monstres de Gila ».

— Tournez à droite à la prochaine intersection, ai-je conseillé au chef de la police.

Après avoir été de nouveau condamné pour une violente altercation avec un codétenu, Simon Makepeace avait purgé toute sa peine pour meurtre plus une autre peine, plus courte, pour voie de fait. Il n'avait bénéficié d'aucune liberté conditionnelle ; une fois libre, donc, il pouvait fréquenter qui il voulait et aller où bon lui semblait.

Makepeace était donc de retour à Pico Mundo et il avait kidnappé son fils.

Dans ses lettres de prison, Makepeace jugeait le divorce de Carol et son remariage comme une infidélité patente et un acte de haute trahison. S'il ne pouvait avoir la femme qu'il désirait, alors aucun homme ne l'aurait – c'était un trait caractéristique de ce genre d'individus.

Le cancer avait arraché Carol à Wilbur et à Simon Makepeace ; mais Makepeace brûlait toujours de punir l'homme qui lui avait volé son rôle et sa moitié.

Danny, où qu'il soit, était en grand danger.

Même s'il était moins vulnérable psychologiquement et physiquement que dix-sept ans auparavant, Danny ne faisait pas le poids face à Simon Makepeace. Il était entièrement à sa merci.

— Allons à Camp's End...

Camp's End est un quartier délabré où meurent les rêves et naissent les cauchemars. D'autres drames m'avaient déjà conduit dans ces rues désolées.

Wyatt Porter a accéléré avec détermination.

— Si c'est Simon Makepeace, ai-je dit, il ne s'encombrera pas longtemps de Danny. Je suis surpris d'ailleurs qu'il ne l'ait pas tué dans la maison, en même temps que le Dr Jessup.

— Pourquoi donc ?

— Makepeace n'a jamais pu accepter l'idée d'être le père d'un enfant ayant une tare physique. Pour lui, cette ostéogenèse imparfaite prouve simplement une chose… c'est que Carol l'a trompé.

— Alors à chaque fois qu'il regarde Danny, il… (Le chef de la police n'avait pas besoin de terminer sa phrase.) Ce gamin n'a pas la langue dans sa poche ; c'est un vrai emmerdeur, mais je l'ai toujours bien aimé.

Plus on roulait vers l'ouest, plus la lune virait au jaune. Elle serait bientôt orange, comme une citrouille d'Halloween avant l'heure.

7.

Ni les lampadaires, au verre ambré par le temps, ni le clair de lune ne parvenaient à donner une ambiance romantique aux maisons décrépies de Camp's End, succession de constructions croulantes aux murs vérolés. Là un auvent effondré, là un Z de ruban adhésif pour rafistoler une vitre cassée.

En attendant que me vienne l'inspiration, Wyatt Porter tournait dans le quartier, comme un policier faisant ses rondes.

— Depuis que tu ne travailles plus au Grill, que faistu de tes journées ?

— Je lis un peu.

— Les livres sauvent de tout.

— Et je réfléchis.

— Attention aux excès…

— Je m'arrête toujours avant la pente descendante.

— Parfois, c'est déjà trop tard.

Devant les maisons se succédaient des pelouses pelées, des carrés de terre nue ou de pierrailles dans une alternance déprimante.

Les bons jardiniers étaient rares dans ce secteur. Les végétaux qui n'avaient pas été mutilés par des tailles sauvages poussaient de façon anarchique.

— J'aimerais croire en la réincarnation, ai-je dit.

— Pas moi. Un séjour ici me suffit amplement. Fais-moi passer au niveau supérieur, Seigneur, ou fiche-moi à la porte, mais, par pitié, ne me fais pas redoubler !

— Mais si vous voulez quelque chose plus que tout dans cette vie et que vous ne parvenez pas à l'avoir, ce serait bien d'avoir une seconde chance, non ?

— Et essuyer peut-être un nouvel échec ? Mieux vaut accepter son sort sans amertume, être reconnaissant de ce qu'on a, c'est ça la leçon à retenir, du moins pour une bonne part.

— Vous m'avez dit un jour que nous sommes sur cette terre pour profiter sans modération de la cuisine mexicaine, lui ai-je rappelé, parce qu'il n'y a rien de meilleur au monde, et qu'une fois notre panse bien remplie, il est temps pour nous de partir.

— Je ne me souviens pas avoir appris ça au catéchisme. Mais il est possible qu'après deux ou trois canettes de Negra Modelo, j'aie pu avoir cette illumination mystique.

— Je ne vois pas comment on peut passer sa vie entière à Camp's End sans éprouver de la rancœur pour le monde entier.

Pico Mundo est une ville prospère. Mais aucune richesse, si vaste soit-elle, ne peut réparer tous les malheurs, et le défaitisme fera toujours barrage à la chance.

Lorsque, çà et là, un habitant se faisait un honneur d'entretenir sa maison, la peinture fraîche, la clôture d'aplomb, les haies manucurées ne faisaient que mettre en évidence la désolation du voisinage alentour. Chaque îlot d'ordre ne représentait pas un espoir de renouveau pour le reste de la communauté mais une frêle digue qui ne résisterait pas longtemps à la marée du chaos.

Ces rues sinistres me mettaient mal à l'aise ; nous avions beau les parcourir une à une, je n'avais pas l'impression que nous nous rapprochions de Danny et de Simon Makepeace.

J'ai donc proposé que nous bifurquions vers un quartier plus accueillant.

— Il y a pire sort que ceux qui habitent Camp's End, a annoncé Wyatt. Beaucoup sont heureux de vivre ici. Certains même pourraient nous donner des leçons sur le bonheur.

— Je suis heureux, Wyatt, lui ai-je assuré.

Pendant une minute, nous avons roulé en silence.

— Tu es en paix, fiston. Ce n'est pas la même chose.

— Comment ça ?

— Si tu restes tranquille, si tu n'attends pas grand-chose de la vie, la paix vient. Et c'est une bénédiction. Mais, pour le bonheur, c'est différent – il faut choisir de le vivre.

— C'est aussi simple que ça ? Il suffit de le décider ?

— Faire ce choix n'est pas toujours aisé.

— Je croyais qu'il ne fallait pas trop réfléchir ?

— On cherche parfois refuge dans le chagrin, c'est un réconfort comme un autre.

Wyatt s'est tu. Je n'ai rien dit.

— Quoi qu'il se produise dans nos vies, le bonheur est toujours à portée de main, a-t-il repris finalement. Il faut simplement aller le chercher.

— Combien de bières mexicaines il vous a fallu cette fois pour trouver ça ? Trois ? Quatre ?

— Trois. C'est ma limite absolue.

On sillonnait la ville en tout sens, mais je devais me rendre à l'évidence : mon magnétisme psychique ne fonctionnait pas. Peut-être fallait-il que je sois au volant ? Peut-être le choc électrique du Taser avait-il temporairement grillé mes circuits ?

Ou alors Danny était mort et, inconsciemment, je faisais de la résistance, ne voulant pas découvrir son cadavre, son corps meurtri.

À ma demande, à 4 h 04 du matin (à en croire l'horloge digitale de la Bank of America), Wyatt Porter s'est garé devant le Memorial Park au centre de la ville.

— Je crains, cette fois, de ne vous être d'aucune utilité, Wyatt.

Par le passé, je m'étais aperçu que lorsque la situation impliquait des gens très proches de moi, des gens que j'aimais particulièrement, mes dons fonctionnaient moins bien que lorsqu'il s'agissait d'étrangers ; une certaine distance émotionnelle avec les victimes, même infime, semblait m'être nécessaire. Peut-être mes sentiments brouillaient-ils mon magnétisme psychique, comme pouvait le faire une migraine ou l'ébriété.

Danny Jessup était comme un frère pour moi. Je l'adorais.

Mes talents paranormaux n'étaient peut-être pas dus à une simple mutation génétique, peut-être fallait-il y voir une intervention supérieure... auquel cas, la raison de ces dysfonctionnements était peut-être plus profonde. Ces limites d'utilisation de mon don étaient peut-être des garde-fous, pour m'en interdire tout usage à des fins personnelles ; mais, plus probablement, ces échecs servaient à me garder humble.

La leçon de l'humilité, je l'avais pourtant apprise jusqu'au tréfonds... Souvent, la conscience aiguë de mes limites et de mes failles me privait de toute force ; je restais cloué au lit, résigné, dans un état cotonneux, du matin jusqu'à l'après-midi, voire jusqu'au soir, comme si des sangles et des poids de cent kilos m'empêchaient de me lever.

— Tu ne veux pas que je te raccompagne chez toi ? m'a demandé Wyatt au moment où j'ouvrais la portière.

— Non merci, Wyatt. Je suis parfaitement réveillé, en pleine forme et affamé. Je vais être le premier client au Grill.

— Il n'ouvre qu'à 6 heures.

Je suis descendu de voiture et me suis penché à la fenêtre.

— Je vais rester dans le square et nourrir les pigeons en attendant.

— Il n'y a pas de pigeons dans le désert.

— Alors les ptérodactyles !

— Ce que tu vas faire, c'est t'asseoir et réfléchir...

— Non, Wyatt. Je vous promets que non.

J'ai refermé la portière. La voiture de patrouille s'est éloignée.

Une fois que le chef Porter a disparu au bout de la rue, je suis entré dans le parc, j'ai trouvé un banc, et je n'ai pas tenu ma promesse.

8.

Autour du square, un cercle de réverbères noirs, en fer forgé, supportant une couronne de trois globes.

Au centre de Memorial Park se dressait une statue de bronze, représentant trois soldats de la Seconde Guerre mondiale. D'ordinaire, elle était illuminée, mais cette nuit elle était plongée dans l'ombre ; sans doute un vandale avait-il cassé le projecteur.

Ces derniers temps, un groupe de citoyens, petit en nombre mais grand en détermination, demandait le démantèlement de cette statue qu'il jugeait trop militariste. Il voulait que le Memorial Park rende hommage à un homme de paix.

Des noms circulaient... Gandhi, Woodrow Wilson[1], Yasser Arafat.

Si le choix se portait sur une statue du Mahatma, quelqu'un avait proposé que le visage ait les traits de Ben Kinsley, qui avait interprété Gandhi dans le film homonyme. Ainsi pourrait-on convaincre l'acteur d'être présent lors de l'inauguration...

Terri Stambaugh, mon amie et patronne du Grill, s'était donc empressée de surenchérir : il fallait prendre

---

1. Président pacifiste des États-Unis (1913-1921), initiateur de la Société des Nations.

Brad Pitt pour modèle ! S'il y avait une chance qu'une star honore Pico Mundo de sa présence, autant viser au plus haut.

Lors de la même consultation publique, Ozzie Boone s'était proposé comme modèle pour la statue de Gandhi. « Les hommes de ma corpulence ne sont jamais envoyés à la guerre, disait-il. Si tout le monde était gros comme moi, il n'y aurait pas d'armée possible. »

Certains n'y avaient vu qu'une facétie, mais d'autres une vérité universelle qui méritait réflexion.

Un jour peut-être, ces trois GI seraient remplacés par un Gandhi obèse, à l'effigie de Johnny Depp. Mais en attendant les trois soldats étaient toujours là, dans le noir.

Contrairement au centre-ville qui abrite, dans ses rues, de vénérables jacarandas, flamboyant de fleurs pourpres au printemps, Memorial Park propose au promeneur de magnifiques palmiers phœnix. J'ai trouvé un banc sous l'un d'entre eux, face à la rue. Le réverbère le plus proche était à une bonne distance et les palmes de l'arbre, faisant écran au clair de lune toujours plus rubis, m'enveloppait de son ombre.

C'est alors qu'Elvis est venu me trouver. Il s'est matérialisé au moment même où il s'asseyait à côté de moi.

Il portait un uniforme de l'armée datant des années 1950. Je ne saurais dire s'il s'agissait de son uniforme de bidasse ou du costume qu'il portait dans le film *GI Blues*, sorti en salle cinq mois seulement après la fin de son service militaire en 1960.

Les autres défunts, d'ordinaire, me rendent visite dans les habits qu'ils portaient au moment de leur trépas. Seul Elvis change de garde-robe, suivant son humeur du moment.

Peut-être voulait-il montrer sa solidarité avec ceux qui militent pour la sauvegarde des trois GI de bronze. Ou peut-être, simplement, trouvait-il le treillis seyant sur sa personne – ce qui était le cas.

Certaines personnes ont été si célèbres que l'on peut reconstituer leur vie entière, jour par jour. Elvis fait évidemment partie de ce club très fermé.

Toutes ses activités, y compris les plus anodines, ayant été rapportées dans le menu, on est à peu près certain qu'Elvis Presley, de son vivant, n'a jamais mis les pieds à Pico Mundo. Il n'a pas même traversé la ville en train, ni eu une liaison avec une fille originaire d'ici. Rien ne relie donc Elvis à notre petite cité.

Pourquoi a-t-il choisi de hanter ce coin perdu dans la fournaise du Mojave plutôt que les allées ombragées de Graceland, là où il a péri ? Je lui ai posé la question, mais le mystère reste entier ; l'omerta chez les morts n'est pas un vain mot.

De temps en temps, quand nous passons la soirée, tous les deux, à écouter ses tubes (ce qui ne nous est pas arrivé depuis plusieurs semaines), je tente d'engager la conversation. Je lui ai proposé d'utiliser une sorte de langue des signes sommaire : pouce levé pour « oui », pouce en bas pour « non », etc.

Mais Elvis se contente de me regarder en silence, avec ses yeux bouffis encore plus bleus qu'au cinéma, et garde ses secrets. Souvent il sourit, me fait des clins d'œil. Ou me donne un coup de poing taquin sur le haut du bras. Ou encore tapote mon genou.

Elvis est un spectre agréable à vivre.

Mais cette nuit, sur le banc public, il secoue la tête, les sourcils en accent circonflexe, comme pour me dire que ma propension à aller au-devant des ennuis ne laisse pas de l'étonner.

Il restait en ce monde à cause de l'amour de son public, parce que les gens lui avaient tant donné, l'avaient tant aimé de son vivant – du moins était-ce ainsi que j'expliquais sa présence parmi nous. Même si, en tant qu'artiste, il s'était sérieusement égaré et était devenu accroc à toutes sortes de substances, il était mort au summum de sa gloire, à seulement quarante-deux ans...

Mais aujourd'hui j'ai une autre théorie. Quand j'en aurai le courage, je la lui soumettrai.

Si je touche dans le mille, il fondra sûrement en larmes. Cela lui est déjà arrivé avec moi.

Le King s'est penché sur son banc, a tourné la tête vers l'ouest, comme si un bruit avait attiré son attention.

Je n'entendais rien, sinon le bruissement des chauves-souris fendant l'air à la poursuite des phalènes.

Scrutant toujours la rue déserte, il a levé les deux mains comme s'il invitait quelqu'un à nous rejoindre.

Au loin, j'ai entendu un bruit de moteur, un gros véhicule, plus lourd qu'une voiture, qui s'approchait.

Elvis m'a fait un clin d'œil pour me dire que mon magnétisme psychique était en œuvre même si je n'en avais pas eu conscience. Au lieu de sillonner la ville à la recherche du kidnappeur, peut-être m'étais-je installé là où je savais – inconsciemment – qu'il allait passer.

À deux cents mètres, une camionnette blanche crasseuse – une Ford – a débouché dans la rue. Elle roulait vers nous lentement, comme si le chauffeur cherchait quelque chose.

Elvis a posé la main sur mon bras, m'enjoignant de rester assis dans l'ombre du palmier.

La lumière d'un lampadaire a frappé le pare-brise, éclairant l'intérieur de la camionnette au moment où elle passait à notre hauteur. Derrière le volant, j'ai aperçu l'homme à la tête de serpent qui m'avait électrocuté.

Sous le coup de la surprise, je me suis levé d'un bond.

Mon mouvement n'a pas attiré l'attention du conducteur. Il est passé et a tourné au coin de la rue.

Je me suis élancé, abandonnant le sergent Presley sur le banc et les chauves-souris à leur festin aérien.

9.

La camionnette avait disparu au carrefour, et je courais dans son sillage invisible, non parce que je suis courageux et téméraire – je n'ai pas ces qualités chevaleresques –, ni parce que j'aime le danger – je l'exècre ! –, mais parce que l'inaction n'a jamais conduit personne à la rédemption.

Lorsque j'ai atteint l'intersection, j'ai vu la Ford tourner dans une allée, une cinquantaine de mètres plus loin. J'avais perdu pas mal de terrain. J'ai piqué un sprint.

Je me suis retrouvé dans une allée noyée de ténèbres ; avec la rue, derrière moi, qui m'éclairait en contre-jour, je devais ressembler à une cible de stand de tir – une silhouette parfaite ! –, mais, par chance, ce n'était pas un guet-apens et personne n'a fait de carton sur moi.

La camionnette venait de tourner à gauche dans une ruelle. C'est la lumière des feux arrière éclairant l'angle d'un bâtiment qui m'a révélé sa présence.

Tout en courant derrière cette lueur rouge évanescente, j'ai plongé la main dans ma poche à la recherche de mon téléphone portable ; j'avais regagné le terrain perdu car le conducteur avait dû fortement ralentir pour négocier ce virage serré.

Lorsque je suis arrivé à l'entrée du passage, la camionnette avait encore disparu et cette fois aucune traîne lumineuse ne m'indiquait le chemin. Surpris, j'ai levé la tête, dans la crainte futile de voir le van s'élever dans le ciel du désert.

J'ai enfoncé la touche d'appel rapide pour le portable de Wyatt – rien ! Plus de batterie ! J'avais oublié de la mettre en charge la veille !

Les bennes à ordures sous le clair des étoiles, pachydermes ventrus et nauséabonds, occultaient les entrées arrière des restaurants et des boutiques. La plupart des lampes de service, dans leur cage métallique, étaient éteintes à cette heure du petit matin.

Çà et là, les petits immeubles dans la ruelle étaient équipés de portes à volets roulants ; la plupart protégeaient des aires de livraisons et des réserves, quelques-unes seulement – à peine deux ou trois, sans doute – dissimulaient un garage ; mais comment les repérer ?

J'ai rangé mon téléphone inutile et j'ai avancé de quelques pas ; puis je me suis arrêté net – pris d'hésitation.

Retenant mon souffle, j'ai tendu l'oreille. Je n'entendais rien sinon les tambourinements de mon cœur, le va-et-vient de mon sang. Aucun bruit de moteur au ralenti ou s'évanouissant, aucun claquement de portes, aucune voix.

J'avais couru. Je ne pouvais retenir ma respiration plus longtemps. Quand j'ai expulsé l'air de mes poumons, le bruit a résonné dans toute la ruelle.

J'ai plaqué mon oreille contre la porte la plus proche. De l'autre côté de la tôle ondulée, le silence, le néant.

J'ai parcouru tout le passage, passant de porte en porte. Aucun son, aucun indice, mais l'espoir me taraudait.

Le type à la tête de serpent était au volant… Danny devait donc se trouver à l'arrière, avec Simon Makepeace.

J'ai recommencé à courir; je suis sorti de la ruelle, j'ai pris à droite dans la rue, puis à droite encore au carrefour suivant, puis à gauche sur Palomino Avenue... mon magnétisme psychique ne m'avait pas abandonné, il était même en pleine action.

J'étais porté par une force irrépressible, à l'instar d'un pigeon voyageur retournant à son pigeonnier, d'un cheval rentrant à l'écurie, d'une abeille sur le chemin de sa ruche... sauf que je ne me dirigeais pas, moi, vers la chaleur et la sécurité de mon home, mais vers les ennuis. J'ai quitté brusquement Palomino Avenue pour m'engager dans une autre ruelle, dérangeant trois matous en pleine rixe.

Quand le coup de feu a claqué, ma frayeur a été bien pire, c'est sûr, que celle que j'avais causée aux chats à mon arrivée! J'ai failli m'étaler par terre sous le choc, mais, par chance, je suis parvenu à me cacher entre deux bennes à ordure et me suis pelotonné contre le mur.

Les échos de la détonation étaient trompeurs. Impossible de localiser l'origine du tireur. Le son était puissant, sans doute un coup de fusil. Mais d'où était-il parti?

Je n'avais pas d'arme sur moi. Un téléphone – déchargé, qui plus est – ne peut être utilisé, malgré toute la bonne volonté du monde, comme gourdin de fortune.

Au cours de ma vie étrange et dangereuse, je n'ai eu recours qu'une seule fois à une arme à feu – pour abattre un homme qui tirait sur la foule avec sa mitraillette.

Le tuer, c'était sauver des vies. Je n'ai pas plus d'objection intellectuelle ou morale concernant l'usage des armes à feu que j'en ai concernant celui des petites cuillères ou des clés à cliquets.

Mon problème est d'ordre psychologique. Ma mère avait une fascination pour les armes à feu. Et durant mon enfance, elle s'est servie d'un pistolet d'une façon particulièrement traumatisante pour moi, comme je l'ai raconté dans un livre précédent.

Je n'arrive jamais à oublier l'utilisation perverse que ma mère faisait de cette arme. Quand je tiens une arme à feu dans la main, j'ai l'impression qu'elle a une vie propre, une vie froide et reptilienne, ayant un désir farouche d'autonomie.

Un jour, mon aversion pour les armes à feu me sera fatale. Mais je n'ai jamais eu la folie de me croire immortel. Si ce n'est pas une balle de pistolet, un germe malin aura ma peau, ou un poison, ou un pic à glace...

Après être resté terré entre les poubelles pendant une minute, peut-être deux, j'en suis venu à la conclusion que ce coup de feu ne m'était pas destiné. Si on m'avait repéré et tiré dessus, le tueur serait venu sans tarder, aurait engagé une nouvelle cartouche dans la culasse pour lâcher le coup de grâce.

Il y avait des appartements au-dessus de la ruelle où se déroulait ce petit drame du quotidien. Des lumières se sont allumées, la déflagration ayant joué, avant l'heure, le rôle du réveil.

De nouveau en marche, je me suis senti entraîné vers l'intersection suivante ; j'ai pris à gauche sans tergiverser. À moins de cinquante mètres de moi, la camionnette blanche était là, garée devant les cuisines du Blue Moon Café.

Il y avait un parking à côté du bar, qui rejoignait la grand-rue. Le véhicule se trouvait sur une place du fond, face à la ruelle, apparemment abandonné.

Les deux portes de la cabine étaient ouvertes, le plafonnier allumé. Il n'y avait personne dans l'habitacle. En m'approchant avec précaution, j'ai entendu le ronronnement du moteur tournant au ralenti.

Les occupants avaient fui avec précipitation. Ou alors ils comptaient revenir sous peu...

Le Blue Moon ne servait pas de petit déjeuner ; juste le déjeuner et le dîner. Le personnel de cuisine arrivait en milieu de matinée. Le bar devait être fermé. Si Makepeace avait fait sauter la porte, ce n'était sûrement pas pour dévaliser les réfrigérateurs.

Il y avait des façons plus simples d'avoir une part de poulet froid, même si elles étaient un peu moins rapides.

Où étaient-ils allés ? Pourquoi avaient-ils abandonné le véhicule ? Étaient-ils partis pour de bon ou comptaient-ils revenir ?

À la fenêtre d'un appartement du premier étage, une vieille dame, dans une robe de chambre bleue, a regardé ce qui se passait dans la ruelle. Elle paraissait moins inquiète que curieuse.

Je me suis approché de la portière côté passager et j'ai commencé à faire le tour de la camionnette.

À l'arrière, les doubles portes étaient également béantes. Le plafonnier était allumé. Personne.

Au loin des sirènes mugissaient.

Qui avait tiré ? Sur qui ? Pourquoi ?

Diminué et vulnérable comme l'était Danny, il ne pouvait avoir arraché l'arme de ses assaillants. Quand bien même avait-il récupéré le fusil, le recul de l'arme aurait suffi à lui fracturer l'épaule, et peut-être bien aussi le bras entier.

Je tournais autour du véhicule, ne sachant que penser. Qu'était-il arrivé à mon ami aux os de verre ?

10.

Je venais de tirer du lit P. Oswald Boone, ceinture noire de cuisine accusant deux cents kilos sur la balance. Dans son kimono de soie, avec la grâce et la vivacité d'un maître d'arts martiaux, il préparait un petit déjeuner pantagruélique devant ses fourneaux à l'ancienne.

Parfois, son poids m'inquiétait ; je craignais que son cœur ne flanche. Mais quand Ozzie cuisinait, il semblait léger comme une plume ; il défiait littéralement la gravité à l'instar des combattants de *Tigre et Dragon*, en s'abstenant toutefois de faire des saltos au-dessus de l'îlot central.

À le regarder s'activer dans la lumière de l'aube, je me disais que sans le réconfort de la bonne chère, Ozzie serait mort depuis longtemps. La vie est un labyrinthe complexe pour chacun d'entre nous, l'esprit une *terra incognita* – et celle d'Ozzie comptait parmi les plus mystérieuses.

Même s'il n'en parle jamais, je sais qu'il a eu une enfance douloureuse et que ses parents lui ont brisé le cœur. Ses livres, sa corpulence, sont une carapace contre le chagrin.

Ozzie est écrivain ; deux séries de romans à suspense, ainsi que de nombreux essais lui ont apporté renommée et fortune. Ozzie est un boulimique de littérature; il est si prolixe que bientôt le poids de ses écrits dépassera celui de sa chair.

Il soutient qu'écrire est une chimiothérapie psychique contre les tumeurs psychologiques; fort de cette constatation, j'ai écrit ma propre histoire – le drame de la perte, une ode à la persévérance –, puis j'ai rangé le manuscrit au fond d'un tiroir, ayant trouvé la paix, à défaut du bonheur. Au grand désarroi d'Ozzie, j'ai annoncé que mes velléités littéraires s'arrêteraient là.

C'est du moins ce que je croyais... Et voilà que je recommence à coucher des mots sur le papier, à soigner tout seul mes cancers psychologiques.

Peut-être finirai-je par suivre l'exemple d'Ozzie pour le reste, jusqu'à atteindre moi aussi les deux cents kilos. Je ne pourrai alors plus courir avec les fantômes ni pourchasser les méchants dans les ruelles sombres; les enfants riront en lisant les exploits laborieux d'Odd Thomas, le justicier des morts, obèse et pathétique. Mais faire rire les enfants c'est déjà pas si mal dans notre monde si noir.

Pendant qu'Ozzie cuisinait, je lui parlais du Dr Jessup et des événements de la nuit. Je m'inquiétais pour Danny, mais Chester le Terrible ne m'inquiétait pas moins.

Le chat Chester le Terrible est la terreur de tous les chiens du quartier – miracle : il accepte qu'Ozzie vive sous son toit. Ozzie adore ce matou, autant qu'il aime les livres et les bons repas.

Chester le Terrible ne m'a jamais griffé ni montré toute la férocité dont je le sais capable, mais il a souvent uriné sur mes chaussures. Ozzie y voit une marque d'affection. Selon sa théorie, le félin déposerait son odeur sur moi pour m'identifier comme un membre de son clan.

Pourtant, le matou, pour exprimer son affection envers Ozzie, se contente de se pelotonner sur ses genoux et de ronronner...

Depuis que j'étais entré chez Ozzie, je n'avais pas encore vu le Gengis Khan du quartier et cela me rendait nerveux. Mes chaussures étaient toutes neuves !

C'est un gros chat, si téméraire et sûr de lui, qu'il n'est pas du genre à raser les murs. Chester n'entre jamais dans une pièce en catimini, mais torse bombé, comme à la parade. Il exige d'être le centre d'attention, bien qu'il affiche une indifférence superbe, pour ne pas dire du mépris, afin de signifier que son auguste personne doit être vénérée à distance.

Malgré ses entrées en scène pleines de panache, il me prend toujours de court ; en un éclair, au moment où je m'y attends le moins, il est sur mes chaussures. Le premier signe de l'infamie est cette moiteur douce et chaude qui s'insinue entre mes orteils.

Tout le temps qu'Ozzie préparait le petit déjeuner, j'ai veillé à garder les pieds au-dessus du sol, posés sur le barreau de ma chaise.

La terrasse couverte où nous allions prendre le petit déjeuner donnait sur une pelouse parsemée de lauriers, de podocarpus, d'élégants faux poivriers. Les trilles des oiseaux résonnaient dans la lumière mordorée du matin ; la mort, ici, paraissait un mythe ancien.

Heureusement, la table était solide, sinon elle aurait croulé sous les victuailles : omelette au homard, gratin de pommes de terre, montagnes de toasts, bagels, beignets, gâteaux, pichet de jus d'orange, lait, café, chocolat...

— Le nectar des uns est le poison des autres ! a lancé Ozzie en levant une fourchette chargée d'omelette.

— Shakespeare ?

— Lucrèce ! qui a vécu avant la naissance du Christ. J'en fais le serment devant toi, mon garçon : jamais je ne serai comme ces pudibonds adeptes de la macrobiotique qui verdissent d'horreur devant un pot de crème fraîche comme les saints d'esprit devant une bombe H.

— Ozzie, tous ceux qui se soucient de votre santé vous confirmeraient que le lait de soja à la vanille n'est pas aussi mauvais que vous le dites.

— Je t'inderdis de blasphémer dans cette maison ! Ne prononce jamais ici le mot « soja » ! Que je n'aie plus à le répéter !

— Je me suis arrêté, l'autre jour, devant le marchand de glaces. Ils ont des parfums light maintenant.

— Autant sucer de la bouse de vache congelée !

» Où Wyatt Porter pense-t-il que peut se trouver Danny ?

— Makepeace a dû planquer un autre véhicule sur le parking du Blue Moon, au cas où les choses tourneraient mal chez le Dr Jessup.

— Mais personne n'a vu le van devant chez Jessup, le véhicule n'était donc pas repéré.

— Non.

— Et pourtant il a changé de monture au Blue Moon.

— Oui.

— Tu trouves ça plausible ?

— C'est du moins la meilleure hypothèse.

— Pendant seize ans, il n'a cessé de penser à Carol, c'est devenu une obsession. Il lui fallait donc tuer le Dr Jessup. Par vengeance.

— C'est une explication.

— Mais pour Danny ? Qu'a-t-il en tête ?

— Je n'en sais rien.

— Makepeace n'est pas du genre à se sentir des allants de paternité sur le tard.

— Non, sans doute pas, ai-je convenu.

— Comment trouves-tu l'omelette ?

— Délicieuse.

— Il y a de la crème fraîche dedans, et du beurre.

— Le contraire m'eût étonné.

— Et du persil. Je n'ai rien contre un peu de verdure de temps en temps. Les barrages ne serviront à rien si Makepeace a pris un 4 × 4 et coupe à travers champs.

— La police a demandé des hélicos.
— Et tu sens que Danny est encore à Pico Mundo ?
— J'ai une impression bizarre.
— Bizarre, comment ?
— Il y a quelque chose qui cloche.
— Qui cloche ?
— Oui.
— Ah, voilà qui éclaire ma lanterne !
— Je suis désolé, Ozzie. C'est confus. Je n'arrive pas à être plus précis.
— Tu crois qu'il est… mort ?
J'ai secoué la tête.
— Cela me paraît plus compliqué que cela.
— Encore du jus d'orange ? Il est frais. Pressé de ce matin.
Pendant qu'il me servait, j'ai demandé :
— Ozzie… ça m'intrigue… où est Chester le Terrible ?
— Il t'a dans le collimateur, a-t-il répondu en pointant le doigt dans mon dos.
Je me suis retourné. Le chat était posté trois mètres derrière moi, perché sur une ferme de l'auvent.
C'est un chat orange tigré. Ses yeux sont verts comme des émeraudes scintillant au soleil.
D'ordinaire, Chester le Terrible accordait à ma personne, comme au commun des mortels, à peine un regard, comme si tous les êtres humains l'ennuyaient au-delà du supportable. Son attitude exprimait tout son mépris pour l'humanité, un mépris si ardent qu'il aurait fallu vingt pages pour le décrire à un écrivain minimaliste tel que Cormac McCarthy.
Jamais je n'avais suscité un tel intérêt chez ce fauve miniature ; il soutenait mon regard, sans ciller, ses prunelles rivées aux miennes, semblant me trouver aussi fascinant qu'un extraterrestre tricéphale.
Même s'il ne semblait pas prêt à bondir, je ne me sentais guère rassuré à l'idée de lui tourner le dos ; toute-

fois, je préférais encore ça qu'endurer plus longtemps cette confrontation silencieuse les yeux dans les yeux. Ce n'est pas lui qui céderait de toute façon.

Quand je me suis retourné vers la table, Ozzie était en train de me servir une nouvelle ration de gratin.

— Il ne m'a jamais regardé comme ça.

— Il t'a épié ainsi pendant tout le temps que l'on était dans la cuisine.

— Je ne l'ai pas vu…

— Quand tu avais la tête tournée, il s'est faufilé dans la pièce, il a ouvert le placard sous l'évier et s'y est caché.

— Il a été sacrément rapide.

— Chester est le roi des chats, vif comme l'éclair, furtif comme un mirage. Je suis très fier de lui. Une fois dans le placard, il a tenu la porte entrouverte avec son corps pour pouvoir t'observer discrètement.

— Pourquoi ne m'avez-vous rien dit, Ozzie ?

— J'étais curieux de voir ce qu'il allait faire après.

— Ce sont encore mes chaussures qui vont trinquer !

— Je ne crois pas. Chester n'est pas comme d'habitude.

— Il est toujours perché ?

— Oui.

— Et il me regarde encore ?

— Plus attentivement que jamais. Tu veux un gâteau ?

— J'ai un peu l'appétit coupé.

— Allons, Odd… tout ça à cause de Chester ?

— Il n'y est pas totalement étranger. Je me souviens d'un jour, où il avait eu ce comportement bizarre…

— Rafraîchis-moi la mémoire, tu veux bien ?

Ma voix s'est mise à trembler…

— C'était en août… vous savez…

— Oh, tu parles du fantôme…

En août dernier, j'avais découvert que Chester le Terrible, comme moi, voyait les âmes errantes qui s'attardaient en ce monde. Il avait regardé ce spectre avec pas moins d'intensité qu'il me regardait à présent.

— Tu n'es pas mort, m'a rassuré Ozzie. Tu es aussi solide que cette table, même si à côté de moi tu restes un freluquet.

— Chester sait peut-être quelque chose que j'ignore.

— Mon cher Odd, tu es d'une naïveté affligeante quelquefois ; bien sûr qu'il en sait davantage que toi, qu'est-ce que tu imagines !

— Par exemple que mon temps est compté, peut-être ?

— Je suis certain que c'est moins apocalyptique que ça.

— Vous avez une idée ?

— Tu as une souris morte dans les poches ?

— Non, juste un téléphone. Mort aussi.

Ozzie m'a regardé en silence. Il paraissait sincèrement inquiet. Et c'était un trop bon ami pour prendre des gants avec moi.

— Si tu dois mourir bientôt, raison de plus pour prendre du gâteau ! Celui à l'ananas est extra pour terminer un dernier repas.

11.

Quand j'ai proposé de débarrasser la table et de faire la vaisselle avant de m'en aller, Little Ozzie (qui pèse en réalité vingt-cinq kilos de plus que son père, Big Ozzie) a brandi sa tartine beurrée pour me faire asseoir.

— On est là depuis seulement quarante minutes ! Le matin, je reste à table au bas mot une heure et demie. C'est au petit déjeuner que je trouve mes meilleures intrigues, avec une tasse de café et des brioches.

— Vous devriez écrire une série policière dans le monde de la cuisine.

— Les rayons regorgent déjà de romans à suspense avec, comme détective, des chefs, des critiques culinaires...

L'une des séries à succès d'Ozzie narrait les aventures d'un privé obèse, ayant pour femme une beauté fatale qui n'avait d'yeux que pour son époux. Dans la réalité, Ozzie était célibataire...

Son autre série avait pour personnage récurrent une jolie jeune femme détective, pleine de névroses et boulimique. Lorsque Ozzie se fera vomir pour garder la ligne, les poules auront des dents et on le verra se balader en ville en combinaison Lycra !

— Je songe à commencer une série policière ayant pour héros un communicateur animalier.

— Ces gens qui prétendent savoir parler aux chiens et aux chats ?

— Oui, mais cette fois, ce ne serait pas un charlatan.

— Et les toutous l'aideraient à élucider les crimes ?

— Exact. Mais ils lui compliqueraient aussi la tâche. Les chiens, par exemple, lui diraient le plus souvent la vérité, en revanche les oiseaux mentiraient comme des arracheurs de dents, quant aux cochons d'Inde, ils ne pourraient s'empêcher d'exagérer et de fabuler.

— Je plains déjà le pauvre gars...

En silence, Ozzie a étalé de la marmelade de citron sur une tranche de brioche, tout en piochant un gâteau à l'ananas d'un coup de fourchette.

Je devais partir. Il fallait que j'agisse. Rester assis plus longtemps m'était insupportable.

J'ai grignoté un bout de gâteau par politesse.

Le silence s'installait rarement entre nous. Ozzie était du genre intarissable ; et j'étais moi-même plutôt loquace.

Au bout d'une minute ou deux, je me suis aperçu qu'Ozzie me regardait avec autant d'intensité que Chester le Terrible.

J'avais cru que cette pause dans la conversation était due, chez mon hôte, à la mastication d'une bouchée particulièrement récalcitrante, mais je me trompais.

La brioche, c'est essentiellement des œufs, de la levure et du beurre. Ça fond littéralement dans la bouche.

Si Ozzie ne disait rien, c'est parce qu'il ruminait de sombres pensées. Et ces pensées me concernaient.

— Qu'y a-t-il ? ai-je demandé.

— Tu n'es pas venu ici pour déjeuner...

— En tout cas, pas de façon aussi gargantuesque.

— Et tu n'es pas venu ici pour me parler de Wilbur Jessup, ni même de Danny.

— Mais si, Ozzie, c'est la raison même de ma visite...

— Très bien, c'est chose faite... et comme tu ne veux pas de ce gâteau... c'est que tu t'apprêtes à t'en aller.

— Oui, Ozzie, c'est ça... il faut que je m'en aille...

Mais je ne me levais pas de ma chaise.

Sans me lâcher du regard, mon hôte s'est servi une tasse de café colombien dans un thermos en forme de cafetière.

— La duperie n'est pas ton fort, Odd...

— Je vous assure que je peux tromper mon monde, si je le veux.

— Non. Tu ne sais pas mentir. Tu as autant de ruse qu'un agneau.

J'ai détourné les yeux. Chester le Terrible était descendu de son perchoir. Il s'était installé sur les marches du perron, me fixant toujours du regard.

— Mais le plus étonnant, a poursuivi Little Ozzie, c'est que je t'ai rarement vu verser dans l'automystification.

— Vous croyez qu'on va me canoniser pour ça ?

— Tant que tu manqueras de respect envers tes aînés, tu ne risques pas de décrocher ton ticket pour le Pays des Saints.

— Dommage. Je me voyais bien avec une auréole. Cela doit être pratique pour lire la nuit.

— Se mentir à soi-même est aussi vital pour les gens que l'air pour respirer. Tu y as rarement eu recours. Et pourtant tu soutiens que tu es venu me parler de Wilbur et de Danny.

— J'insiste tant que ça ?

— Pas avec une grande conviction.

— Pourquoi, selon vous, suis-je venu ici ? ai-je demandé.

— Tu as toujours, à tort, interprété mon assurance pour de la sagesse, a répondu Ozzie sans hésitation. Alors, quand tu as besoin d'un conseil avisé, tu viens me trouver.

— Vous voulez dire que toutes les pensées profondes dont vous m'avez gratifié jusqu'à présent pour parfaire mon éducation, c'était du vent, de la poudre aux yeux ?

— Évidemment, mon cher Odd ! Comme toi, je ne suis qu'un humain, même si j'ai onze doigts !

Little Ozzie en a effectivement onze – six à la main droite. Un enfant sur quatre-vingt-dix mille naît avec cette malformation, prétend-il. Mais une opération bénigne les débarrasse presque tous de ce doigt supplémentaire.

Pour une raison qu'Ozzie n'a jamais explicitée, ses parents avaient refusé l'opération. Le petit Ozzie était devenu un sujet de fascination pour ses camarades : « le garçon à onze doigts »... puis, « le gros à onze doigts ». Et finalement, « le gros farfelu à onze doigts ».

— Même si mes pensées profondes étaient de la poudre aux yeux, je te les ai offertes avec sincérité.

— Et ça doit me consoler ?

— Bref, tu es venu me trouver, aujourd'hui, l'esprit taraudé par une question philosophique. Elle te brûle les lèvres, mais tu n'oses pas la poser tellement elle te déconcerte.

— Qu'allez-vous chercher !...

J'ai regardé les restes d'omelette figés, Chester le Terrible, la pelouse, les bois d'un vert croquant dans le soleil levant.

Le visage rond d'Ozzie pouvait afficher simultanément le sarcasme et l'affection. Il battait des paupières, attendant que j'avoue.

— Vous connaissez Ernie et Pooka Ying ? lui ai-je demandé finalement.

— Des gens charmants.

— Cet arbre dans leur jardin...

— Le brugmansia. Il est magnifique.

— Tout est mortel dans cet arbre, des racines jusqu'aux feuilles.

Ozzie a eu le sourire de Bouddha si celui-ci avait aimé les romans à suspense et leur litanie de meurtres exotiques.

— Du poison sur pied, a-t-il acquiescé.

— Pourquoi des gens gentils comme Ernie et Pooka ont-ils un arbre aussi sinistre dans leur jardin ?

— Parce qu'il est beau, surtout au printemps.

— Ses fleurs aussi sont toxiques.

Ozzie a mordu une dernière fois dans sa tranche de brioche et l'a mastiquée avec délectation.

— Il y a, dans chacune de ces énormes trompettes, suffisamment de poison pour occire le tiers de la population de Pico Mundo.

— C'est quand même bizarre, pour ne pas dire pervers, de passer autant de temps à entretenir et à chouchouter une telle arme vivante de destruction massive, vous ne trouvez pas ?

— Ernie Ying te paraît bizarre ? Pervers ?

— Non, pas du tout.

— Alors ce doit être Pooka la monstresse ! Derrière ses manières douces et discrètes se cache une affreuse gorgone, *brr !*

— Si vous étiez un vrai ami, vous ne vous moqueriez pas de moi ainsi.

— Mon cher enfant, les amis sont là pour ça, pour se moquer quand il le faut. C'est ainsi que l'on apprend à ne plus dire d'âneries en public. Les railleries des amis sont bienveillantes, un remède contre l'égarement.

— Encore une pensée creuse ?

— Disons à moitié creuse. Puis-je essayer de t'éclairer, mon garçon ?

— Je suis tout ouïe.

— Il n'y a rien de bizarre à faire pousser un brugmansia. Les plantes toxiques pullulent dans les jardins de Pico Mundo.

— Ah oui ?

Je n'étais pas convaincu.

— Tu es tellement occupé par tes fantômes que tu ne sais pratiquement rien du monde des mortels.

— Je sais. Je n'ai même pas le temps d'aller au bowling !

— Ces haies de lauriers roses que l'on trouve partout en ville... En sanscrit, ça s'appelle des « tue-chevaux ». Toutes les parties de cette plante sont mortelles.

— J'aime bien la variété avec des fleurs rouges.

— Si tu les brûles, la fumée est toxique. Si les abeilles les butinent un peu trop, le miel qu'elles fabriquent est empoisonné. Les azalées aussi sont létales.

— Tout le monde plante des azalées.

— Les lauriers roses provoquent, par ingestion, une mort foudroyante. Avec les azalées, l'agonie dure plus longtemps – quelques heures. Nausées, paralysie, attaque cérébrale, coma, mais, à la fin, c'est la mort quand même. Il y a aussi le genévrier sabine, la jusquiame noire, la digitale pourpre... Pico Mundo regorge de plantes toxiques.

— Et on dit que la nature est bienfaitrice...

— Le temps non plus n'a rien d'un bienfaiteur. Il suffit de voir ce qu'il nous fait.

— Il n'empêche, Ozzie, que Ernie et Pooka savent que le brugmansia est mortel. Et pourtant ils l'ont planté chez eux et le bichonnent.

— Il faut voir ça sous la perspective du zen.

— Je veux bien essayer, mais il faut me faire un dessin...

— Ernie et Pooka Ying veulent comprendre la mort, surmonter leur peur. Entretenir cette plante, c'est une façon de domestiquer la mort.

— Ça sent l'explication fumeuse.

— Au contraire, c'est très profond.

Je ne voulais pas du gâteau, mais j'en ai croqué une grosse bouchée. Je me suis versé une tasse de café pour avoir quelque chose à tenir.

Je ne pouvais rester assis sans rien faire. Je me sentais de plus en plus nerveux. Si je ne m'occupais pas les mains, j'allais commencer à déchiqueter les sets de table !

— Pourquoi les gens tolèrent-ils le meurtre? me suis-je étonné.

— Aux dernières nouvelles, c'était encore contraire à la loi.

— Simon Makepeace a tué une fois. Et ils le laissent sortir.

— La loi n'est pas parfaite.

— Vous auriez dû voir dans quel état il a mis le Dr Jessup.

— Nul besoin d'être sur place. Comme tu sais, j'ai beaucoup d'imagination.

Pendant que j'occupais mes mains avec mon gâteau que je ne voulais pas manger et ma tasse de café que je ne voulais pas boire, celles, énormes, d'Ozzie restaient parfaitement tranquilles, posées à plat sur la table.

— Je pense souvent à tous ces gens, à tous ces morts...

Il ne m'a pas demandé à quoi je faisais allusion. Il savait que je parlais de la fusillade au centre commercial en août dernier – quarante et un blessés, dix-neuf morts.

— Je n'ai pas regardé les infos ni ouvert un journal pendant longtemps, ai-je poursuivi. Mais les gens ne peuvent s'empêcher de parler de ce qui se passe dans le monde, alors j'ai entendu des choses.

— Les JT ne sont pas la vie. Les journalistes ont un dicton : « Si ça saigne, ça baigne ! » La violence fait vendre, alors il faut parler de la violence.

— Mais pourquoi les mauvaises nouvelles se vendent-elles mieux que les bonnes ?

Ozzie a poussé un soupir de satisfaction et s'est laissé aller au fond de son siège qui a grincé sous la charge.

— Parfait, on s'approche...

— On s'approche de quoi ?

— De la question qui te brûle les lèvres.

— La fameuse « question philosophique » ? Non, Ozzie. Rien d'aussi précis que ça. Juste des pensées décousues

— Vas-y, vide ton sac…

— Quelle mouche pique les gens ?

— Quels gens ?

— Tous ! L'humanité entière ! Qu'est-ce qui ne tourne pas rond chez les hommes ?

— Tu n'as pas mis longtemps à cracher le morceau…

— Comment ça ?

— Tu dois en avoir la bouche tout en feu. Tu viens de la sortir ta question… Et c'est effectivement une question bien épineuse, en tout cas pour un simple mortel.

— Rassurez-vous, Ozzie, je me contenterai d'un peu de poudre aux yeux…

— La question complète comprend en réalité trois parties. Un : qu'est-ce qui ne tourne pas rond chez les hommes ? Deux : qu'est-ce qui ne tourne pas rond dans la nature, avec ses plantes empoisonnées, ses prédateurs, ses tremblements de terre, ses inondations ? Trois : qu'est-ce qui ne tourne pas rond avec le temps cosmique, pour nous spolier ainsi de tout ?

Ozzie veut me faire croire que sa sagesse n'est que poses et effets de manche. Mais non, elle est authentique. Bien entendu, la vie s'est chargée de lui apprendre que le sage s'expose toujours à la risée populaire.

Un esprit moins noble aurait cherché à dissimuler sa grandeur sous un masque de stupidité. Ozzie, quant à lui, avait choisi de cacher sa véritable sagesse derrière un frontispice pompeux d'érudition, histoire de tromper son monde.

— À ces trois questions, a-t-il poursuivi, il existe une seule et même réponse.

— J'ouvre grand les oreilles…

— Je ne crois pas que je doive te la dire tout de go. Tu vas la réfuter et perdre des années à chercher une réponse plus satisfaisante. Mais si tu trouves cette réponse par toi-même, alors tu seras convaincu de sa véracité.

— C'est tout ce que vous avez à me dire ?

Il a esquissé un sourire et haussé les épaules.

— Je suis venu vous trouver pour assouvir ma soif de connaissance, et tout ce que vous m'offrez, c'est un petit déjeuner ?

— Mais un petit déjeuner de roi ! Je te le dis encore : tu connais la réponse, Odd. Tu la connais depuis toujours. Tu n'as pas à la découvrir, juste à la reconnaître.

J'ai secoué la tête.

— Parfois, vous êtes très frustrant.

— Peut-être, mais je vaux toujours le déplacement. Je suis un spectacle à moi tout seul – un spectacle baroque et démesuré !

— Vous êtes aussi énigmatique que (Chester le Terrible, sur sa marche, a rivé ses yeux aux miens)... que ce satané chat !

— Je vais prendre ça comme un compliment.

— Ce n'en était pas un. (Je me suis levé de table.) Il faut que j'y aille, Ozzie.

Comme de coutume, il a tenu à me raccompagner à la porte. J'ai toujours peur, quand il fait ce genre d'effort, de le voir succomber à une crise cardiaque et s'écrouler face contre terre.

Il m'a serré fort dans ses bras. Moi aussi. C'était toujours comme ça quand on se quittait, comme si nous ne pensions jamais nous revoir.

Parfois, je me demande s'il n'y a pas des erreurs d'aiguillage dans la distribution des âmes, le mauvais esprit se retrouvant dans le mauvais bébé. C'est sans doute une pensée blasphématoire. De toute façon, insolent comme je suis, j'ai grillé depuis longtemps toutes mes chances de devenir un saint.

Avec son cœur immense, Ozzie était fait pour être mince, en bonne santé et pour avoir cinq doigts à chaque main. Et mon existence aurait été plus sensée si j'avais été son fils et non le rejeton de parents névrosés.

— Que vas-tu faire, maintenant ? m'a-t-il demandé, une fois l'embrassade terminée.

— Je ne sais pas. Je ne le sais jamais. Cela s'impose à moi tout seul.

Chester n'a pas uriné sur mes pieds.

J'ai traversé le jardin, sinuant entre les massifs, et je suis sorti par la porte du fond.

12.

Comme je m'y attendais un peu, je me suis retrouvé au Blue Moon Café.

Le dais étoilé pouvait donner à la ruelle un semblant de romantisme, mais, de jour, l'endroit était totalement dénué de charme. Ce n'était pas un coupe-gorge infâme ; juste une ruelle grise et sinistre.

Selon une loi quasi universelle dans l'architecture, on portait davantage de soin aux façades qu'aux entrées de service, aux zones publiques qu'à celles réservées au personnel. La plupart du temps, c'était une simple question de budget, de contingences économiques.

Mais aux dires de Danny Jessup, ce dimorphisme architectural reflétait précisément la nature humaine, la plupart des gens se souciant davantage de leur apparence que de leur âme.

Je suis moins cynique que Danny d'une manière générale et je suis loin de comparer l'âme humaine à une vulgaire entrée de service, mais j'admets qu'il y a une certaine vérité dans ces propos.

Et aujourd'hui, devant le Blue Moon, dans la lumière citronnée du matin, je devais admettre une autre évidence : je ne trouverai rien ici susceptible de me mettre sur la piste de Danny ou de son psychotique de père.

La police avait passé l'endroit au peigne fin et était repartie. La camionnette Ford avait été emportée.

Je ne risquais pas de trouver un indice que les autorités auraient négligé. Je n'allais pas me métamorphoser en Sherlock Holmes et démasquer les méchants par une suite de savantes et lumineuses déductions.

J'étais revenu dans la ruelle derrière le Blue Moon parce que c'est là que mon sixième sens m'avait abandonné. C'est comme si je tenais une bobine de fil entre les mains et qu'elle m'avait soudain échappé, pour rouler hors de ma vue. Si je parvenais à retrouver l'extrémité de la ficelle, je pourrais peut-être la suivre et remonter la piste de la bobine entière.

J'ai levé la tête vers la fenêtre au premier étage, là où la vieille femme, en robe de chambre bleue, m'avait regardé m'approcher du van, quelques heures plus tôt. Les rideaux étaient tirés.

Et si j'allais lui parler ? Mais elle avait évidemment déjà été interrogée par la police. Ils étaient bien plus doués que moi pour tirer les vers du nez à un témoin...

J'ai marché jusqu'au bout de la ruelle. Puis j'ai pris au sud, pour longer le Blue Moon.

Des camions de livraison étaient garés entre les poubelles, délivrant leurs cargaisons matinales qu'il fallait vérifier, ranger, inventorier. Les patrons des boutiques, une heure avant l'arrivée des employés, s'activaient devant les portes des réserves.

La Mort allait et venait, emportant sa moisson d'âmes, mais la vie du commerce, elle, était éternelle.

Quelques personnes m'ont reconnu, m'ont regardé avec intensité. Je ne les connaissais pas bien – voire pas du tout, pour certaines.

Cette attention à mon égard m'était familière sinon agréable. Ces gens me considéraient comme un héros – j'étais le gars qui avait empêché un fou de massacrer toute une foule en août dernier.

Quarante et un blessés. Certains handicapés à vie, d'autres défigurés. Dix-neuf morts.

J'aurais pu éviter ce massacre. Là, oui, j'aurais été un héros !

Wyatt Porter dit que les morts se seraient comptés par centaines sans mon intervention. Mais les victimes potentielles, celles qui ont été épargnées, n'entrent pas dans la balance.

Seuls les morts comptent.

Aucun d'entre eux ne s'est attardé ici. Ils sont tous partis.

Mais je les vois bien trop souvent en rêve. Ils vivent leur vie de tous les jours, comme s'ils étaient encore de ce monde.

Ces nuits-là, mon regret est si vaste que je préférerais ne jamais me réveiller. Mais je me réveille toujours, et je continue à vivre, parce que c'est ce qu'aurait voulu la fille de Cassiopée, avec l'impétuosité de ses dix-neuf ans, c'est ce qu'elle aurait exigé que je fasse.

J'ai une mission à accomplir sur terre. Je dois mériter mon billet, alors seulement je pourrai mourir.

Le seul intérêt de passer pour un héros, c'est la crainte que l'on inspire chez les gens ; et en s'engouffrant dans cette brèche, en arborant un air sombre et en évitant tout contact avec autrui, ne serait-ce que par un simple regard, on est à peu près certain d'avoir une paix royale.

J'ai donc pu me promener dans la ruelle, sous les regards furtifs des gens – mais sans être importuné – jusqu'à déboucher sur un petit terrain vague. Un grillage en interdisait l'accès.

J'ai tenté ma chance au portail. Fermé.

Un écriteau annonçait : RÉSEAU DE COLLECTE DES EAUX PLUVIALES - COMTÉ DE MARAVILLA. Et en lettres rouges : ACCÈS INTERDIT AU PUBLIC.

Et j'ai retrouvé le fil de mon sixième sens. En touchant le grillage, j'étais certain que Danny était passé par là.

Un verrou ne risquait pas d'arrêter un fugitif déterminé comme Simon Makepeace, dont les compétences de criminel avaient dû passablement s'améliorer après son séjour en prison.

Derrière la clôture, au milieu de la friche, se dressait une construction cubique de trois mètres de côté, surmontée d'un toit de tuile canal. Les deux portes de la guérite étaient sans doute fermées à clé aussi, mais la serrure paraissait antédiluvienne.

Si Makepeace et Danny étaient passés par là, ce n'était pas par hasard. Cet itinéraire était prévu.

Peut-être était-ce une voie de retraite au cas où les choses auraient mal tourné chez le Dr Jessup. À cause de ma venue et des barrages routiers dressés par Wyatt Porter pour bloquer les deux sorties possibles de la ville, Makepeace avait opté pour cette solution de repli.

Après s'être garé sur le parking du Blue Moon, Makepeace n'avait pas fait monter Danny dans un autre véhicule. Ils étaient passés par ce portail et cette double porte pour rejoindre le monde souterrain de Pico Mundo, une terre étrangère pour moi.

Mon premier mouvement a été d'alerter Wyatt Porter et de lui faire savoir ma découverte.

Mais, au moment de rebrousser chemin, une autre impulsion a contrecarré la première; une course-poursuite dans ce labyrinthe risquait d'être fatale pour Danny.

En outre, même si sa situation était critique, Danny ne courait pas un danger « imminent ». Dans ce genre de traque, la vélocité était moins cruciale que la furtivité, et le succès dépendait des indices que j'allais parvenir à trouver.

Je n'avais aucun moyen de vérifier ces hypothèses. C'était juste une sensation – une impression, certes, plus prégnante qu'un banal pressentiment, mais notablement moins solide qu'un fait cartésien.

Pourquoi puis-je voir les morts mais non les entendre ? Pourquoi mon magnétisme psychique m'aide-t-il, parfois, à trouver ce que je cherche, mais *parfois* seulement ? Pourquoi puis-je percevoir l'approche d'un danger sans pour autant en discerner les détails ? Tant de questions sans réponses... Peut-être la perfection est-elle bannie de ce monde déchu, et rien ne peut y fonctionner de façon optimale. Ou peut-être ne sais-je pas encore maîtriser tous mes dons.

Durant les événements dramatiques de ce mois d'août, je me suis fié parfois à ma raison, alors que mes sentiments auraient été meilleurs conseillers et c'est là l'un de mes plus grands regrets.

Tous les jours je marche sur un fil, toujours à la limite de la perte d'équilibre. L'essence de ma vie est surnaturelle, et je dois l'accepter si je veux pouvoir faire bon usage de mes pouvoirs. Mais je vis également dans un monde rationnel et je ne suis pas au-dessus des lois. Je ne peux céder à la tentation de me laisser guider uniquement par les signaux que m'envoie l'autre monde ; la chute serait trop douloureuse, car, en ce monde où règne la gravité, toute chute se termine par un violent impact.

Je survis en trouvant le juste milieu entre la raison et la déraison, entre le rationnel et l'irrationnel. Par le passé, j'avais tendance à me cantonner du côté de la logique, aux dépens de la foi – la foi en moi-même et en la source divine de mon don.

Si je ne parviens pas à sauver Danny... s'il meurt comme tous ces gens en août, je vais commencer à me mépriser, à honnir ce don qui m'a été donné. Si je ne peux accomplir ma mission par le seul usage de mon sixième sens, je vais perdre tout respect pour moi-même, toute confiance et c'est un autre chemin, plus sombre, qui s'ouvrira à moi, bien loin de celui que je désirais emprunter... une errance qui rendra, de fait, caduque la prédiction de la machine diseuse de bonne aventure, cette promesse écrite sur cette carte, dans son cadre de verre au-dessus de mon lit, qui me rappelle chaque jour mon unique raison de vivre.

Je dois donc, cette fois, m'aventurer de l'autre côté de la frontière. Je dois me fier à mon intuition, m'y plonger entièrement, plus profond que jamais – corps et âme, avec une foi aveugle.

Je ne vais pas appeler le chef de la police. Puisque mon cœur me dit que je dois y aller seul, je vais cette fois l'écouter.

13.

De retour à mon appartement, j'ai placé dans un petit sac à dos tout l'équipement nécessaire à mon expédition, dont deux lampes électriques avec des piles de rechange.

Je me suis planté devant le lit et j'ai lu la carte dans son cadre : VOUS ÊTES DESTINÉS À VIVRE ENSEMBLE POUR TOUJOURS.

J'ai eu envie de retirer le verre et d'emporter la carte avec moi. Je me serais senti plus en sécurité avec elle, protégé comme par un talisman.

Ce genre de pensée irrationnelle ne m'était jamais d'aucun secours. Une carte délivrée par une machine dans une fête foraine n'était pas un fragment de la croix du Christ !

Une autre pensée, encore moins cartésienne, me taraudait l'esprit : je risquais de mourir dans cette traque, à la poursuite de Danny et de son psychopathe de père… une fois que j'aurai traversé le Styx, une fois sur l'Autre Rive, je serai bien content d'avoir cette carte sur moi pour la ficher sous le nez du GO qui viendra m'accueillir.

« Voilà la promesse que l'on m'a faite, lui dirai-je alors. Elle est arrivée ici avant moi, et maintenant vous devez me conduire à elle. »

En vérité, même si le contexte dans lequel la machine nous a délivré cette prédiction semblait extraordinaire et lourd de sens, cela n'avait rien d'un miracle. La promesse n'était pas d'essence divine; c'était celle que nous nous étions faite l'un à l'autre, une promesse d'amour mutuel, certains que Dieu, dans sa grâce infinie, nous accorderait l'éternité.

Si un GO m'attendait sur l'Autre Rive, une carte crachée par une machine de forain ne suffirait pas à prouver l'existence d'un contrat divin. Si ma vie de l'Autre Côté n'est pas conforme à ce que j'escompte, je ne pourrai intenter un procès pour violation de contrat et exiger le recours d'un avocat pour négocier des dommages et intérêts.

À l'inverse, si cette grâce doit m'être accordée, si la promesse de la carte doit être exaucée, c'est Bronwen Llewellyn en personne – ma Stormy – qui m'accueillera sur le ponton.

La place de cette carte est donc dans son cadre au-dessus du lit. Elle y restera, à l'abri, et continuera de guider mes pas si je reviens vivant de cette expédition.

Quand je suis retourné dans la cuisine pour appeler Terri Stambaugh au Pico Mundo Grill, Elvis était assis à ma table, en pleurs.

Je n'aime pas le voir dans cet état. Le King du rock'n roll ne devrait jamais avoir de chagrin.

Le King ne devrait pas non plus se curer le nez en public, mais il le fait parfois. Je suis sûr que c'est pour rire – un fantôme a, par définition, les narines toujours propres. De temps en temps, il fait mine d'avoir trouvé une crotte et de la jeter sur moi, avec un sourire de gamin espiègle.

Dernièrement, il était d'humeur badine. Mais il peut toujours avoir des coups de blues.

Elvis est mort depuis vingt-huit ans, il n'a rien à faire en ce monde... et pourtant, il ne parvient pas à le quitter. Solitaire, comme seuls les morts peuvent l'être, je comprends qu'il puisse verser certains soirs dans la mélancolie. Mais la cause de son chagrin du jour, c'est la vue de ma salière et de mon poivrier sur la table.

Terri, fan dévote de Presley et encyclopédie vivante du King, m'a donné deux Elvis en céramique, hauts de dix centimètres chacun, datant de 1962. L'Elvis habillé en blanc délivre le sel avec sa guitare, l'autre en noir donne le poivre par sa banane.

Elvis m'a regardé, en désignant la salière, puis le poivrier, et enfin lui-même.

— Quoi ? Qu'y a-t-il ? ai-je demandé, même si je savais qu'il ne pourrait répondre.

Il a levé les yeux au plafond, comme s'il interrogeait les cieux, d'un air suppliant et plein de misère, les joues ruisselantes de larmes silencieuses.

La salière et le poivrier trônaient sur la table depuis Noël. D'ordinaire, Elvis les trouvait amusants.

Je ne pense pas qu'il était peiné de voir qu'on utilisait son image à des fins bassement mercantiles. Sur les centaines, voire les milliers, de gadgets « Elvis » qui s'étaient vendus en un demi-siècle, il y avait bien pire que ces salières, et le King n'en avait jamais interdit la diffusion.

Les larmes roulaient sur ses joues, suivaient la ligne des mâchoires, descendaient le long du menton et tombaient au goutte-à-goutte sur la table.

Je ne pouvais rien pour lui et j'étais pressé de retourner dans la ruelle derrière le Blue Moon ; j'ai décroché mon portable pour appeler le Grill ; là-bas c'était le coup de feu du matin.

Je me suis excusé d'appeler au pire moment.

— Tu es au courant pour les Jessup ? m'a demandé Terri aussitôt.

— Oui. J'étais là-bas cette nuit.

— Tu t'es mouillé dans cette histoire ?

— Jusqu'au cou... Terri, il faut que je te voie.

— Eh bien, passe donc !

— Non, pas au Grill. Toute la bande va vouloir discuter avec moi. Je serais content de les voir, mais je suis plutôt pressé.

— Alors à l'étage.

— J'arrive tout de suite.

Quand j'ai raccroché, Elvis a gesticulé pour attirer mon attention. Il désignait de l'index la salière et du majeur le poivrier, ses doigts formant un V, et il me regardait, en larmes, plein d'espoir.

Jamais il n'avait tenté de communiquer avec moi de la sorte.

— Victoire ? ai-je avancé en regardant le V de ses doigts.

Il a secoué la tête et a agité les doigts dans ma direction, pour m'inciter à réviser mon interprétation.

— Deux ?

Il a acquiescé avec ardeur. Il a désigné encore la salière, puis le poivrier.

— Deux Elvis ?

À cette déclaration, son corps a été pris d'un grand frisson. Il s'est recroquevillé sur sa chaise, la tête enfouie dans les mains, tremblant de tous ses membres.

J'ai posé ma main sur son épaule. Comme tous les autres spectres, il avait, sous ma main, la consistance d'un mortel.

— Je suis désolé, monsieur Elvis. Je ne sais pas ce qui vous tracasse, ni ce que je dois faire.

Il n'avait plus rien à me dire, que ce soit par mimiques ou par gestes. Il s'était replié dans son chagrin, devenant aussi inaccessible pour moi que pour le commun des mortels.

Cela m'embêtait de l'abandonner dans cet état, mais les vivants passaient avant les morts.

14.

Terri Stambaugh dirigeait le Pico Mundo Grill avec son mari, Kelsey; depuis la mort de son époux, à la suite d'un cancer, elle gère toute seule le restaurant et habite, depuis près de dix ans, un petit appartement au-dessus du Grill; on y accède par la ruelle derrière grâce à un escalier extérieur.

Elle avait trente-deux ans à la mort de Kelsey. Depuis sa disparition, elle n'a eu qu'un seul homme dans sa vie : Elvis. Pas son fantôme, mais l'Elvis mythique, la légende vivante.

Elle avait la discographie complète du King et savait tout de la star. Terri s'intéressait à Presley bien avant que je lui apprenne que son spectre, pour des raisons obscures, avait élu domicile dans notre petite ville.

Peut-être sa passion pour Elvis était-elle un moyen de s'interdire d'aimer un autre homme après Kelsey, à qui elle avait donné son cœur pour la vie et bien au-delà du serment de fidélité inhérent au mariage. Terri n'aimait pas simplement la musique du King, ni sa gloire, ni l'image qu'elle se faisait de lui. Terri aimait Elvis en tant qu'homme.

Même s'il avait de nombreuses qualités, le chanteur avait davantage de défauts encore, de failles, de faiblesses. Terri sait qu'il était un monument d'égocentrisme de son vivant, en particulier après la mort de sa mère, la seule personne en qui il avait confiance, et qu'il était resté un adolescent toute sa vie. Elle sait que, durant les dernières années, Elvis avait sombré dans des addictions qui l'avaient transformé, rendu agressif et paranoïaque.

Terri est consciente de tout ça, mais elle l'aime néanmoins. Elle aime ce combat qu'il a mené toute sa vie, sa passion pour la musique, sa dévotion filiale.

Elle aime sa générosité démesurée, même si parfois il s'en servait comme appât ou comme gourdin. Elle aime sa foi de chrétien, même s'il avait péché bien des fois.

Elle l'aime parce que, à la fin, il était resté suffisamment humble pour avouer qu'il avait été loin d'avoir tenu toutes ses promesses, parce qu'il connaissait le regret et le remords. Elvis n'avait jamais trouvé le courage de la véritable contrition, mais il rêvait de l'atteindre, de connaître la rédemption et la renaissance qui s'ensuivaient.

Aimer est aussi vital pour Terri qu'il est vital de nager pour un requin. L'image n'est pas très adroite, mais elle a le mérite d'être exacte. Si un requin cesse de nager, il se noie ; pour survivre, il lui faut perpétuellement avancer. Terri doit aimer pour ne pas mourir.

Ses amis la savent prête à tous les sacrifices pour eux, tant son affection est sans borne. Elle n'aime pas simplement le souvenir magnifié de son mari, elle aime l'homme qu'il était en vrai, avec ses imperfections. De la même façon, elle aime ses amis dans toute leur réalité.

J'ai grimpé les escaliers, appuyé sur la sonnette ; elle a ouvert la porte et m'a tiré à l'intérieur, en disant aussitôt :

— Que puis-je faire pour toi, Odd ? De quoi as-tu besoin ? Dans quel pétrin t'es-tu fourré cette fois ?

À seize ans, quand je voulais échapper à l'enfer psychotique que je vivais chez ma mère, Terri m'avait offert un travail, une nouvelle chance, une nouvelle vie. Et elle ne m'avait jamais lâché. C'est ma patronne, mon amie, la sœur que je n'ai jamais eue.

Après nous être embrassés, on s'est assis à la table de la cuisine, en se tenant les mains sur la toile cirée à damiers. Ses mains étaient solides, usées par le travail, et belles aussi.

Sur la chaîne stéréo tournait *Good Luck Charm*, d'Elvis. La membrane de ses hauts-parleurs n'avait jamais connu d'autres vibrations que celles du King.

Quand je lui ai appris que Danny avait été kidnappé et que mon instinct me demandait de partir seul à sa recherche, ses mains se sont crispées sur les miennes.

— Pourquoi son père l'a-t-il emmené dans ces tunnels ?

— Peut-être a-t-il aperçu les barrages et fait demi-tour ? Peut-être a-t-il une CB branchée sur la fréquence de la police et appris que les sorties de la ville étaient bouclées ? Les conduites de drainage permettent de quitter la ville en passant sous les barrages.

— Mais à pied.

— Il volera un véhicule sitôt qu'il sera remonté à la surface avec Danny.

— Alors il l'a déjà fait. Cela fait plusieurs heures qu'il a emmené Danny dans les tunnels. À l'heure qu'il est, il est déjà loin.

— Possible. Mais je crois qu'il est encore sous terre.

Terri a froncé les sourcils.

— S'il a emmené Danny dans le réseau souterrain, ce n'est donc pas par hasard. Ce n'est pas pour sortir de la ville.

La propriétaire du Grill n'avait aucun don de prescience, mais son intuition féminine faisait des merveilles.

— J'ai dit à Ozzie qu'il y avait quelque chose qui clochait...

— Quoi exactement ?

— Tout... le meurtre du Dr Jessup, l'enlèvement de Danny, tout ! Ça ne tient pas. Je le sens, mais je n'arrive pas à mettre le doigt dessus.

Terri fait partie de la poignée d'élus qui connaissent l'existence de mon magnétisme psychique. Elle sait que je ne peux me soustraire à ses ordres, que rien ne pourra m'empêcher d'aller me jeter dans la gueule du loup. Mais elle voudrait bien, néanmoins, me voir libéré de cette charge.

Moi aussi.

Good Luck Charm a laissé place à *Puppet on a String*. J'ai posé mon téléphone sur la table, en expliquant à Terri que la batterie était à plat. Pouvais-je emprunter le sien et lui laisser le mien pour qu'elle le recharge ?

Elle a ouvert son sac à main et a sorti son portable.

— Ce n'est pas un GPS. C'est un téléphone satellite. Je ne sais pas si ça va marcher là-bas... sous terre.

— On verra bien. Peut-être pas. Mais je pourrai m'en servir quand je ressortirai à la surface, quel que soit l'endroit. Merci, Terri.

J'ai testé la sonnerie, ai baissé un peu le volume.

— Quand le mien sera rechargé, ai-je poursuivi, si tu reçois des appels particuliers... tu voudras bien donner ton numéro, pour qu'on essaie de me joindre sur ton poste ?

— Des appels « particuliers » ? Particuliers comment ?

J'avais eu le temps de réfléchir à l'appel que j'avais reçu pendant que j'attendais Wyatt sous le brugmansia. Peut-être était-ce un faux numéro. Mais peut-être pas.

— Une femme avec une voix voilée, des manières énigmatiques et qui ne veut pas dire son nom... si cette femme appelle, je veux lui parler.

Terri a haussé les sourcils.

— De quoi s'agit-il ?

— Je ne sais pas, ai-je répondu en toute honnêteté. C'est sans doute sans importance.

Sous le regard de Terri, j'ai ramassé le téléphone et l'ai glissé dans la poche de mon sac à dos.

— Quand reviens-tu travailler, Odd ?

— Bientôt, sans doute. Mais pas cette semaine.

— On t'a acheté une nouvelle spatule. Avec une lame bien large, et un bord d'attaque microdenté. Et avec ton nom gravé sur le manche.

— Pas mal...

— Le top du top, tu veux dire ! Le manche est rouge. Ton nom est écrit en blanc, avec le même lettrage que le logo original de Coca Cola.

— Mes fourneaux me manquent. J'adore faire la cuisine.

Pendant quatre ans, le personnel du Grill était devenu ma seconde famille.

Mais, quand je les voyais ces derniers temps, nous n'arrivions pas à retrouver la légèreté et la bonne humeur qui nous unissaient par le passé, et ce pour deux raisons : la profondeur de mon chagrin et leur entêtement à me considérer comme un héros.

— Il faut que j'y aille, Terri, lui ai-je annoncé en chargeant une nouvelle fois mon sac sur les épaules.

— Tu as vu Elvis dernièrement... ? m'a-t-elle demandé (peut-être pour me retenir).

— Je l'ai laissé dans ma cuisine, en larmes.

— Il pleurait ? Encore ? Mais pourquoi, grands dieux ?

Je lui ai alors narré l'épisode avec la salière et le poivrier.

— Il a vraiment fait des efforts pour se faire comprendre... ce qui est nouveau... mais je n'ai pas saisi.

— Moi, je crois que j'ai compris, a-t-elle lancé en m'ouvrant la porte. Tu sais qu'il avait un frère jumeau ?

— Mais oui, bien sûr... j'avais oublié.

— Jesse Garon Presley. Il est mort-né à 4 heures du matin et Elvis Aaron Presley est venu au monde trente-cinq minutes plus tard.

— Je me souviens vaguement. Tu m'as raconté cette histoire, je crois... Jesse a été enterré dans une boîte en carton.

— C'est tout ce que la famille pouvait s'offrir. Il repose au cimetière de Priceville, au nord-est de Tupelo.

— Quelle ironie du sort. De vrais jumeaux... Ils devaient être exactement identiques, même apparence, même voix, probablement même talent. Mais l'un est devenu la plus grande star de rock'n roll de tous les temps, et l'autre a été enterré bébé dans une boîte à chaussures.

— Ça l'a hanté toute sa vie. Il paraît qu'il parlait souvent à Jesse la nuit. Il avait l'impression d'avoir été amputé d'une moitié de lui-même.

— Cela s'est vu dans sa vie – comme s'il était bancal, pas tout à fait entier...

— C'est un peu ça, a-t-elle reconnu.

Moi aussi je connaissais la douleur d'avoir perdu une partie de soi...

— J'ai maintenant beaucoup plus de sympathie pour le personnage.

On s'est serré dans les bras.

— Reviens, Odd. On a besoin de toi, ici.

— Moi aussi, je veux revenir. Il n'y a pas meilleure amie que toi, Terri. Tu offres tout ce qu'il y a à offrir, et tais tout ce qui doit être tû.

— Dans combien de temps dois-je commencer à m'inquiéter ?

— À voir ta tête, tu t'inquiètes déjà.

— Aller dans ces tunnels ne me dit rien qui vaille. C'est comme si tu t'enterrais vivant.

— Je ne suis pas claustrophobe, lui ai-je assuré en sortant sur le palier extérieur.

— Ce n'est pas ce que je veux dire. Je te donne six heures ; passé ce délai, j'appelle Wyatt Porter.

— Je ne préfère pas, Terri. J'en ai la certitude, je le sais dans ma chair... je dois y aller seul.

— Vraiment ? C'est la seule raison ?

— Que veux-tu qu'il y ait d'autre ?

Visiblement, quelque chose lui faisait peur, mais elle ne voulait pas me dire ce que c'était. Au lieu de me répondre, ou même de chercher mon regard pour se rassurer, elle a levé les yeux vers le ciel.

Des nuages bas rampaient au nord. On aurait dit de grosses serpillières venant de frotter un sol crasseux.

— La jalousie obsessionnelle de Simon Makepeace n'explique pas tout dans cette histoire, ai-je déclaré. Il y a quelque chose d'étrange, de pas naturel... Je ne sais pas ce que c'est, mais une équipe du SWAT n'a aucune chance de ramener Danny vivant. Grâce à mon don, c'est moi sa meilleure chance.

J'ai embrassé Terri sur le front, et j'ai descendu l'escalier pour rejoindre la ruelle.

— Danny est déjà mort, c'est ça ? a-t-elle demandé.

— Non. Je perçois sa présence, je suis attiré vers lui.

— Tu es sûr ?

Surpris, je me suis retourné.

— Il est vivant, Terri.

— Si Kelsey et moi avions eu un enfant, il aurait pu avoir ton âge.

J'ai souri.

— C'est gentil de me dire ça.

Elle a poussé un soupir.

— C'est bon. Je te donne huit heures. Pas une minute de plus. Tu es peut-être un médium, un voyant, ou que sais-je encore, mais l'intuition féminine ça existe et ce n'est pas pour des prunes !

Je n'avais nul besoin de mon sixième sens pour savoir que c'était son dernier mot. Inutile de tenter de négocier pour obtenir une rallonge.

— Entendu, Terri. Huit heures. Mais je t'appellerai avant.

Alors que je recommençais à descendre l'escalier, elle a lancé :

— Odd, c'est vraiment pour m'emprunter mon téléphone que tu es venu ici ?

Je me suis arrêté de nouveau, me suis retourné. Elle avait quitté le palier et descendu une marche vers moi.

— Pour ma tranquillité d'esprit, je veux savoir... tu n'es pas venu ici pour me dire « au revoir » ?

— Non.

— Promis ?

— Promis.

— Jure-le !

J'ai levé la main droite comme si je prêtais serment chez les scouts.

Terri était toujours sceptique ;

— Ce serait vraiment nul de me quitter pour toujours sur un mensonge.

— Jamais je ne te ferais ça. En plus, là où je veux aller, je ne peux m'y rendre par un suicide, qu'il soit prémédité ou non. J'ai ma petite vie bizarre à mener. Du mieux que je peux... c'est comme ça que j'aurai mon ticket pour aller là où tu sais.

— Ouais (Terri s'est assise sur la marche). Je vais quand même rester là et te regarder partir. J'ai l'impression que ça porterait malheur si je te tournais le dos maintenant.

— Tu es sûre que ça va ?

— Allez, file ! Si Danny est en vie, va le chercher.

J'ai tourné les talons et j'ai repris ma descente de l'escalier.

— Ne te retourne pas ! m'a-t-elle lancé. Ça aussi, ça porte malheur !

Je suis arrivé en bas des marches et j'ai remonté l'allée pour rejoindre la rue. Je ne me suis pas retourné, mais je l'ai entendue pleurer.

15.

Je n'ai pas cherché à savoir si on m'observait, je ne me suis pas tapi dans un coin en attendant le meilleur moment pour passer à l'action… j'ai marché directement vers la clôture métallique haute de trois mètres et l'ai escaladée. Moins de dix secondes après m'être engagé dans la ruelle, j'atterrissais sur les terres privées du service des eaux du comté.

Peu de gens tentent de pénétrer dans des zones interdites en plein jour. Si quelqu'un m'a vu enjamber le grillage, on supposera que je fais partie du personnel et que j'ai perdu ma clé.

Un jeune homme propre sur lui, rasé de près et bien coiffé n'inspire guère la suspicion. Non seulement j'ai les joues parfaitement glabres, la raie impeccable, mais je n'ai aucun tatouage, ni boucle d'oreilles, ni piercing au nez, aux lèvres ou à la langue.

Par conséquent, le seul risque que j'encours est que l'on me prenne pour un voyageur du temps venant d'un futur où un état totalitaire imposerait au citoyen de s'habiller à la mode des années 1950.

La construction cubique était percée de bouches d'aération sous la rive du toit. Elle n'était pas assez large pour laisser passer un jeune homme svelte, même s'il avait les cheveux coupés bien courts.

Plus tôt dans la matinée, quand j'avais repéré les lieux, j'avais remarqué que la serrure des portes paraissait ancienne. Le mécanisme datait du temps où le gouverneur de la Californie croyait aux vertus médicinales des émeraudes, augurait la fin de l'automobile pour les années 1990, et sortait avec une chanteuse pop nommée Linda Ronstadt.

De près, je me suis aperçu que le canon de la serrure n'était pas seulement ancien, mais de piètre qualité. Le collier n'était même pas pourvu d'une rondelle antiarrachement. Ce genre de système n'était pas plus solide qu'un vulgaire cadenas.

Après mon départ du Grill, j'avais fait une halte au Memorial Park pour récupérer une paire de pinces dans mon sac. Je l'avais glissée sous ma ceinture. Je l'ai sortie et j'ai commencé à m'attaquer à la serrure.

Je n'étais pas discret, mais en trente secondes j'avais arraché le canon. Sans hésitation, comme si j'habitais ici, je suis entré dans la guérite, j'ai allumé la lumière et fermé la porte derrière moi.

La cabane abritait des outils, mais elle faisait surtout office de sas d'accès au réseau souterrain. Un grand escalier hélicoïdal s'enfonçait sous terre.

Tandis que je sondais la spirale des marches de métal avec ma lampe électrique, j'ai songé à l'escalier de service chez le Dr Jessup. Pendant un moment, j'ai eu la sensation d'être entraîné dans un jeu sinistre, un jeu où des dés pipés m'avaient déjà engagé dans une autre descente périlleuse.

Je n'ai pas allumé la lumière de l'escalier, car je craignais que l'interrupteur n'actionne également les lampes dans les tunnels, ce qui aurait, immanquablement, annoncé ma venue.

J'ai compté les marches en descendant… à raison de vingt centimètres par degré, je suis descendu à quinze bons mètres sous la surface – je ne m'attendais pas à m'enfoncer aussi profondément.

Au bas de l'escalier, une porte, équipée d'une serrure surdimensionnée, avec un pêne de deux centimètres de diamètre, pouvant être verrouillée des deux côtés.

J'ai éteint ma lampe de poche.

À ma surprise, ni le pêne en se retirant ni les gonds en pivotant n'ont grincé. La porte était très lourde, mais n'offrait aucune résistance.

Aveugle, retenant mon souffle, j'ai tendu l'oreille. Rien. Le silence. Quand j'en ai eu assez d'écouter du « rien », j'ai osé allumer ma lampe.

De l'autre côté de la porte s'étendait un couloir : quatre mètres de long, un mètre cinquante de large, bas de plafond. En le suivant, je me suis aperçu qu'il décrivait un L. Au bout, une autre porte, digne d'un coffre-fort, avec une fermeture multipoints.

Finalement, l'accès au réseau était plus sophistiqué que je ne l'avais supposé – je n'en voyais pas l'utilité.

De nouveau, j'ai éteint ma lampe. La porte, cette fois encore, s'est ouverte sans bruit.

Dans les ténèbres absolues, j'ai tendu l'oreille à nouveau ; j'ai perçu un faible bruissement continu. En pensée, j'ai imaginé un serpent immense glissant dans l'obscurité.

Mais ce n'était que le chuintement de l'eau coulant sans turbulence dans un tunnel d'évacuation.

J'ai allumé ma lampe, franchi le seuil. Juste devant moi, un chemin de ciment, large de cinquante centimètres, qui semblait, à droite comme à gauche, se perdre à l'infini.

Quarante centimètres sous cette passerelle de visite, une eau grise (une couleur sans doute due à la réflexion des murs du tunnel) coulait avec une lenteur majestueuse. Le faisceau de ma lampe allumait des reflets d'argent à la surface de l'onde.

Au vu du rayon de courbure du conduit, j'estimais que la profondeur de l'eau, à l'aplomb médian de la voûte, ne dépassait pas cinquante centimètres. Juste au pied de la coursive où je me trouvais, il devait y avoir tout au plus trente centimètres d'eau.

Le tunnel mesurait environ quatre mètres de large, une grosse artère dans la chair du désert, qui s'enfonçait dans les entrailles obscures de la terre.

Allumer l'éclairage de service risquait de trahir ma présence. Mais le faisceau de la lampe électrique n'était pas moins dangereux, puisqu'il constituait une mire de visée idéale pour un tireur embusqué.

Ne voulant pas poursuivre mon chemin dans le noir complet, j'ai opté pour la solution la moins pire ; je suis retourné au pied de l'escalier et j'ai trouvé deux interrupteurs. Le premier actionnait l'éclairage de la conduite.

Quand je suis retourné sur la passerelle de visite, des lampes, espacées les unes des autres d'une dizaine de mètres et protégées par un capuchon de verre grillagé, soulignaient en pointillé la voûte du tunnel. On était loin d'y voir comme en plein jour, mais les ténèbres, qui s'accrochaient aux murs en une litanie de jeux d'ombres, étaient passablement refoulées.

Même s'il s'agissait d'une simple conduite de drainage, et non d'un égout, je m'attendais à être assailli par une odeur pestilentielle. L'air sentait certes le moisi, mais cela restait très supportable. Il y avait même ce parfum citronné typique des constructions de ciment.

La majeure partie de l'année, ces conduits étaient à sec. Les moisissures et autres champignons disparaissaient des parois.

J'ai observé le ru artificiel. Il n'avait pas plu depuis cinq jours. Cette eau ne pouvait être les reliques de la dernière averse ruisselant des montagnes à l'est. Dans le désert, les précipitations sont évacuées bien plus vite que ça.

Les nuages qui s'accumulaient au nord quand j'étais sorti de l'appartement de Terri devaient être l'avant-garde des armées célestes de Zeus s'apprêtant à faire tomber un déluge.

On peut se demander pourquoi un comté du désert est doté d'un système de drainage des eaux aussi élaboré que celui-ci. La raison est double : d'un côté, il y a le climat et la géologie, de l'autre la géopolitique.

Il tombe très peu d'eau dans le comté Maravilla, mais quand il y a des précipitations, elles sont cataclysmiques. Le désert n'est pas uniquement constitué de sable. De grandes étendues sont faites de schiste et de roche, avec très peu de terre et de végétation pour absorber une averse et freiner le ravinement.

Des inondations subites peuvent transformer les parties basses du désert en vastes lacs. Sans un réseau de drainage conséquent, Pico Mundo serait menacé.

On peut passer une année entière sans connaître la grosse précipitation digne du déluge biblique, et en avoir cinq l'année suivante.

Toutefois, les installations anti-inondation se résument dans les autres villes du désert à un canevas de rigoles de ciment, d'*arroyos* creusés par le temps, de fossés et de buses d'évacuation se déversant soit dans un lit de rivière asséché soit dans un canal artificiel conçu pour emporter les eaux loin des habitations. S'il n'y avait pas Fort Kraken sur notre commune, une grosse base militaire de l'armée de l'air, nous aurions eu droit au même bricolage.

Depuis soixante ans, Fort Kraken était l'un des fleurons de l'armée. Le système anti-inondation dont bénéficiait Pico Mundo avait été édifié pour protéger les accès et les précieuses installations de la base des caprices de Dame Nature.

Certains pensent qu'il y a sous Fort Kraken un grand centre de commande enterré, conçu, à l'origine, pour répondre à une attaque nucléaire soviétique et servir d'antenne gouvernementale en vue de la reconstruction du sud-ouest des États-Unis, après une guerre atomique.

Avec la fin de la Guerre froide, Fort Kraken avait perdu de son importance stratégique, mais n'avait pas été démantelé, à l'inverse de nombreuses bases militaires. Il paraît que l'on garde ce complexe en activité au cas où la Chine déciderait de nous lancer des milliers de missiles nucléaires sur la tête.

Ces tunnels auraient, dit-on, une utilité autre, et plus secrète, que celle de drainer l'eau. Ils serviraient de conduits d'aération pour le grand bunker souterrain… Et certains d'entre eux seraient même des accès secrets et directs au bunker.

C'est peut-être vrai. Ou alors c'est pure fabulation, à l'instar des légendes urbaines affirmant que les égouts sont peuplés d'alligators, qui auraient été jetés bébés, par leur propriétaire, dans la chasse des toilettes. Ils seraient alors devenus adultes et gigantesques, se gavant de rats et au passage d'égoutiers, et régneraient en maîtres dans les sous-sols de New York.

L'un des plus fervents apôtres de ces rumeurs autour de Fort Kraken est Horton Barks, le rédacteur en chef du *Maravilla County Times*. Barks soutient également qu'il y a vingt ans, lors d'une randonnée dans l'Oregon, il avait dîné avec Big Foot – un repas fort agréable au demeurant, avec, au menu, saucisses en boîte et barres énergétiques.

Avec toutes les étrangetés que j'ai personnellement vécues, je suis tout prêt à croire que Barks a passé une soirée avec l'abominable homme des bois.

Pour l'heure, j'avais décidé de me fier à mon seul instinct ; j'ai pris à droite et me suis engagé dans la succession géométrique d'ombre et de lumière qui pavait la coursive ; je remontais le courant, vers l'amont, vers un danger imminent, qu'il vienne du ciel ou d'autre part.

16.

Une balle de tennis dansant sur l'eau, un sac en plastique ondulant comme une méduse, une carte à jouer – un dix de carreau –, un gant de jardin, un banc de pétales rouges, provenant peut-être d'un cyclamen… Le moindre objet sur l'onde grise luisait d'une aura mystérieuse, porteur d'un message secret – c'est du moins ce qu'il me semblait, car je cherchais désormais un sens à tout, le moindre signe pour m'indiquer le chemin.

Cette eau ne provenait pas de Pico Mundo, mais d'un orage plus loin à l'est ; elle ne charriait pas beaucoup de débris ; ce qui ne serait plus le cas dans quelque temps, lorsque le débit aurait augmenté et que la pluie se mettrait à lessiver les rues de la ville.

Des conduites secondaires alimentaient le tunnel principal. Certaines étaient à sec, mais d'autres apportaient leur contribution et venaient gonfler le ru. La plupart ne mesuraient que soixante centimètres de diamètre, mais quelques-unes étaient aussi larges que la conduite où je me trouvais.

À chaque intersection, la passerelle de visite s'arrêtait et reprenait de l'autre côté du boyau affluent. Au premier gué, j'ai pensé retirer mes chaussures et remonter mon jean pour traverser pieds nus ; mais je risquais de marcher sur quelque chose de coupant et cette perspective m'en a dissuadé.

Mes baskets blanches toutes neuves furent aussitôt trempées. J'aurais pu laisser Chester le Terrible uriner dessus à loisir !

Au fil des kilomètres, alors que je remontais toujours plus vers l'est, sans quasiment sentir la pente, j'étais de plus en plus impressionné par l'importance du réseau souterrain. Le plaisir de la découverte a laissé place à l'admiration pour les concepteurs et les ouvriers qui avaient édifié ce labyrinthe.

Puis, après l'admiration, l'émerveillement est venu.

Le réseau était réellement immense ; parmi les tunnels assez larges pour autoriser le passage d'un homme, certains étaient plongés dans l'obscurité, mais d'autres étaient éclairés. Les lampes formaient alors des serpents lumineux qui se perdaient à l'infini ou se dérobaient à la vue dans des courbes gracieuses.

Je ne voyais aucune fin, mais une litanie de nouveaux embranchements.

N'étais-je pas entré dans une construction entre deux mondes, une zone frontière, un passage ? Je me représentais une coquille de nautile infinie, bifurquant dans de multiples dimensions, dont chaque circonvolution, aux courbes parfaites, était autant d'accès vers de nouvelles réalités.

Sous la ville de New York, il existe, dit-on, sept niveaux souterrains, certains tortueux et étroits, d'autres pharaoniques.

Mais on était à Pico Mundo, berceau des Monstres de Gila. Notre plus grande manifestation culturelle est, tous les ans, la Fête des cactus.

Les zones de fortes contraintes étaient consolidées par des arches et des contre-boutants, et, de place en place, les parois du tunnel étaient pourvues de renforts ; mais tous ces éléments étaient arrondis, sans arêtes vives, et ne rompaient pas l'aspect organique du réseau.

L'immensité de ces tunnels paraissait disproportionnée pour un simple drainage. Au vu de ce dédale, il pouvait pleuvoir cent ans : l'eau ne remplirait pas même à moitié ces artères de béton.

En revanche, je voulais bien croire que ces tunnels, accessoirement collecteurs d'eau de ruissellement, étaient en fait des sortes d'autoroutes souterraines. Des camions auraient pu y circuler sans difficulté, même des semi-remorques, et passer d'un tunnel à l'autre avec à peine une manœuvre au tournant.

Des véhicules classiques de transport de fret comme des lanceurs de missiles...

Ce labyrinthe souterrain devait s'étendre loin au-delà de Pico Mundo et de Fort Kraken, jusqu'aux confins de la vallée Maravilla.

Si les militaires voulaient pouvoir déplacer des ogives nucléaires au cours des premières heures de la dernière guerre mondiale vers des sites en surface où ils pourraient être tirés, alors ce réseau routier en sous-sol était le système idéal. Les tunnels étaient suffisamment enterrés pour résister à l'onde de choc des bombes.

Cette eau collectée si profondément sous la surface n'était sans doute pas déversée dans un réservoir, mais dans un lac souterrain ou quelque formation géologique sous-jacente.

Quand je pense qu'avant le drame je travaillais, insouciant, devant mes fourneaux, à préparer des cheeseburgers, des œufs sur le plat, du bacon grillé, en rêvant de mariage avec ma dulcinée, sans savoir que, sous mes pieds, couraient les autoroutes de l'Armageddon, attendant dans un silence d'airain d'accueillir les convois de la Mort.

Même si, à l'inverse de mes congénères, je peux voir les défunts, le monde se cache derrière bien d'autres voiles, et il faudrait davantage qu'un simple sixième sens pour en discerner les secrets.

Les kilomètres s'enchaînaient, moins vite que je ne l'aurais souhaité. Mon magnétisme psychique était moins efficace que d'ordinaire ; souvent je me trouvais arrêté, plein d'indécision, à une intersection.

Malgré tout, je poursuivais ma progression vers l'est, ou du moins en avais-je l'impression. S'orienter, sous terre, n'est pas facile.

Pour la première fois, j'ai rencontré une jauge de profondeur – un poteau blanc avec des chiffres noirs tous les trente centimètres, planté au milieu du tunnel. Le bâton était gradué jusqu'à trois mètres cinquante, ce qui correspondait quasiment à la hauteur du plafond.

L'eau grise atteignait presque les soixante centimètres de profondeur – à peu près ce que j'avais estimé plus en aval. Mais le détail remarquable, c'était le cadavre qui était coincé au pied du poteau.

Il flottait face dans l'eau ; le pantalon et la chemise, qui ondulaient dans le courant, ne cessaient de changer de forme ; impossible de savoir s'il s'agissait d'un homme ou d'une femme.

Mon cœur battait la chamade, et les coups résonnaient en moi comme dans une coquille vide.

Si c'était Danny, c'était terminé pour moi. Pas seulement mes recherches, tout le reste. Tout.

Un ru vigoureux de soixante centimètres d'eau pouvait déséquilibrer un adulte et l'emporter. Mais la pente de ce tunnel était très faible, le fond égal, le lit sans rétrécissement aucun… Le courant était lent et il le resterait encore pendant un bon moment.

J'ai posé mon sac à dos au sol et j'ai pataugé dans l'eau en direction du poteau. Même si le ru était tranquille et indolent, le courant était toutefois puissant.

De crainte de déclencher le courroux des dieux de ce dédale, j'ai préféré ne pas m'attarder dans l'eau ; au lieu de tenter de retourner le corps pour regarder son visage, j'ai empoigné le bas de son pantalon et ai tiré le cadavre vers la passerelle de visite.

Je suis peut-être à mon aise avec les esprits des morts, mais il n'en est pas de même avec leur dépouille. Ces corps sans vie ressemblent à des vaisseaux vides attendant d'être habités par des esprits malveillants.

Ça ne s'est jamais produit à Pico Mundo, quoiqu'il y ait un employé à la supérette au sujet duquel je me pose quelques questions.

Une fois hissé sur la coursive, j'ai retourné le cadavre sur le dos : c'était Tête de serpent, celui qui m'avait envoyé une décharge de Taser.

Ce n'était pas Danny. Une petite bouffée de soulagement m'a traversé.

Mais, au même moment, mes nerfs se sont mis en pelote et j'ai frissonné de terreur. Le visage de ce mort n'était pas comme les autres.

Ses yeux étaient tellement révulsés que je ne voyais plus les pupilles vertes. Bien qu'il soit mort depuis deux heures peut-être, ses yeux saillaient des orbites, comme si une force à l'intérieur du crâne les poussait vers l'extérieur.

Si son visage avait été exsangue, d'une pâleur de craie, je n'aurais pas été surpris. Si la peau avait viré au vert, comme c'est le cas durant les vingt-quatre heures qui suivent le décès, je me serais simplement demandé ce qui avait accéléré le processus de décomposition, sans être étonné outre mesure.

Mais la peau n'était ni blanche ni verdâtre, pas même livide ; elle portait des marbrures, allant du gris cendre au noir. Comme si la vie était un fluide qu'on avait aspiré jusqu'à la dernière goutte.

Sa bouche béait. Il n'avait plus de langue. Je ne pensais pas qu'on la lui avait coupée. Le mort avait dû l'avaler.

Je ne distinguais aucune blessure sur son crâne. J'étais curieux de connaître les raisons du décès, mais je n'avais nulle intention de le déshabiller pour examiner le reste de son corps.

Je l'ai mis sur le ventre et j'ai tâté ses poches à la recherche d'un portefeuille. Il n'en avait pas.

Si cet homme n'était pas mort de façon accidentelle, s'il avait été assassiné, ce n'était pas, selon toutes probabilités, par Danny, mais plutôt par l'un de ses associés.

J'ai renfilé mon sac à dos et repris mon chemin vers l'est. À plusieurs reprises, je me suis retourné, craignant de voir le cadavre se relever et me suivre. Mais il n'a pas bougé.

17.

Finalement j'ai bifurqué est-sud-est à l'intersection suivante. Ce second tunnel était plongé dans l'ombre.

La lumière filtrant du conduit principal m'a permis de repérer un interrupteur sur la paroi. Il était installé à un mètre quatre-vingts de hauteur, signe que l'eau n'atteignait jamais ce niveau, même en cas de fortes pluies ; c'était bien la preuve que ce réseau était surdimensionné pour les précipitations du Mojave.

J'ai enclenché l'interrupteur. Le tunnel devant moi s'est éclairé – peut-être aussi les autres conduits qui l'alimentaient ?

Comme je progressais globalement vers le sud-est et qu'il pleuvait au nord, ce nouveau passage était à sec.

Le ciment était quasi exempt d'humidité. Une mince pellicule d'alluvions s'était déposée au fond du boyau, parsemé de détritus emportés par la dernière pluie.

Je cherchais à repérer des empreintes de pas, mais il n'y en avait aucune. Si Danny et son ravisseur étaient passés par ici, ils avaient emprunté la coursive.

Mon sixième sens me poussait toujours à avancer, à presser le pas. Plus je m'enfonçais dans ces tunnels, plus je m'interrogeais...

Je pensais à toutes ces plaques d'égout parsemant les rues de Pico Mundo, ces lourds disques de fonte que l'on devait soulever avec un outil spécial...

En toute logique le réseau des égouts, comme celui des services de l'électricité ou des eaux, était entièrement distinct de celui de collecte des eaux pluviales – et de bien moindre ampleur. Sinon, j'aurais forcément croisé de nombreuses échelles ou escaliers de visite menant à la chaussée.

J'avais parcouru plusieurs kilomètres dans le premier tunnel sans rencontrer un seul accès de service analogue à celui que j'avais emprunté à mon arrivée. Mais au bout de deux cents mètres de marche dans ce nouveau collecteur, je suis arrivé devant une porte d'acier.

Mon magnétisme psychique qui m'entraînait vers Danny Jessup est resté inerte devant cette porte. Cette fois, c'était la simple curiosité qui me poussait.

Derrière ce battant – aussi lourd que les deux autres que j'avais passés – j'ai repéré un nouvel interrupteur et un couloir en T. Une porte se dressait à chaque extrémité des barres du T.

Derrière l'une, j'ai découvert un vestibule avec un escalier métallique en spirale, menant sans doute à un poste de visite en surface.

La porte opposée débouchait sur une sorte de sas très haut de plafond abritant un escalier de ciment conventionnel. Les marches conduisaient à une autre porte, quinze mètres plus haut, estampillée SEEPM.

Acronyme sûrement de Service des eaux et électricité de Pico Mundo. Il y avait aussi un numéro : 16 S-SO-V2453, ce qui ne m'inspirait rien.

Je n'ai pas poussé plus loin mon investigation. Les deux réseaux avaient donc, de-ci de-là, des points de jonction...

Sans que je sache pourquoi, j'ai jugé cette information précieuse.

J'ai fait demi-tour pour rejoindre le tunnel de collecte ; avec soulagement, j'ai constaté que Tête de serpent ne m'attendait pas, derrière la porte, avec ses yeux blancs. J'ai repris ma route est-sud-est.

À l'intersection suivante, le chemin de visite s'arrêtait net. Dans la couche de sédiments, cette fois, des traces de pas, traversant la jonction en direction de la passerelle de ciment qui se poursuivait de l'autre côté.

Je suis descendu dans le conduit pour examiner les empreintes.

Les traces de Danny étaient aisément reconnaissables; à la suite de toutes ses fractures et des multiples déformations osseuses dont étaient victimes tous les malades d'ostéogenèse imparfaite, Danny avait la jambe droite vrillée, et plus courte de trois centimètres que la jambe gauche. Il boitait avec un roulement des hanches, et son pied droit avait tendance à traîner par terre.

« Si j'étais en plus bossu, avait-il dit un jour, j'aurais un boulot à vie à Notre-Dame de Paris, avec plein de pourboires et d'avantages en nature, mais encore une fois le destin m'a fait un tour de cochon ! »

À cause de sa petite taille, il se chaussait au rayon enfant, 36 au pied droit, 34 au pied gauche.

Personne d'autre n'aurait pu laisser ces traces...

Quand j'ai mesuré toute la distance qu'ils avaient parcourue, j'en ai eu la nausée – un mélange de colère et de peur.

Danny pouvait faire de courtes marches – quelques pâtés de maison, un tour dans un centre commercial – sans souffrir, parfois même sans inconfort. Mais pour réaliser un périple aussi long, il avait dû endurer le martyre.

Je pensais que Danny avait été kidnappé par deux hommes – son père biologique, Simon Makepeace, et Tête de serpent, désormais mort. Et pourtant, dans le limon, je distinguais trois jeux d'empreintes en plus de celles de Danny.

Deux appartenaient à des adultes – un grand et un plus petit. Le troisième jeu appartenait un adolescent, ou à une femme.

J'ai suivi la trace, traversé l'intersection des tunnels et grimpé sur la nouvelle portion de passerelle. Il n'y avait plus d'empreintes ensuite, juste mon intuition pour me guider.

Cette section à sec du labyrinthe était trop calme à mon goût. Le chuintement de l'eau manquait. Le silence était si épais qu'il se muait en bourdonnement continu.

J'étais sur la bonne voie. Comme je marchais à pas mesurés, je ne respirais pas fort. Tout en progressant, je pouvais donc tendre l'oreille, à la recherche du moindre bruit que pouvait émettre le groupe devant moi. Mais je n'entendais rien – pas de claquements de pas, pas de rumeur de voix.

À deux reprises, je me suis arrêté et j'ai fermé les yeux pour me concentrer. Je ne discernais qu'un gouffre sonore béant, un trou noir avide ; les seuls sons provenaient de mon organisme.

Une telle vacuité laissait augurer que, plus en amont, le groupe avait quitté les tunnels.

Pourquoi Makepeace avait-il kidnappé un fils dont il ne voulait pas, dont il refusait la paternité ?

Réponse : Makepeace pensait que Danny était le rejeton de l'homme qui lui avait volé Carol… le tuer pouvait donc être une vengeance comme une autre. Simon Makepeace était un malade mental. Ni la logique ni les sentiments ordinaires ne servaient d'assises à ses actes. Le pouvoir, le plaisir d'exercer sa domination, la survie… telles étaient ses seules motivations.

Cette réponse m'avait suffi jusqu'à présent, mais ce n'était plus le cas.

Makepeace aurait pu tuer Danny dans sa chambre. Et si mon arrivée dans la maison l'avait dérangé, il aurait pu l'occire dans la camionnette, pendant que Tête de serpent conduisait; il aurait même eu le temps de le torturer à loisir...

Amener Danny dans ce dédale, le faire marcher sur des kilomètres était une forme de torture, certes, mais ce n'était pas assez violent, tant sur le plan physique que dramaturgique; cela ne pouvait satisfaire les pulsions d'un psychopathe qui aimait le sang.

Makepeace et ses deux acolytes avaient une idée derrière la tête, concernant ce pauvre Danny. Mais laquelle?

Ils n'étaient pas passés sous terre pour éviter les barrages, ni les patrouilles aériennes de la police. Il existait mille autres endroits plus confortables où se cacher le temps que cessent les recherches.

De plus en plus inquiet, je pressai le pas; mon magnétisme psychique n'y était pour rien; mais, à chaque intersection, j'avais devant moi, dans les sédiments, les signes manifestes de leur passage.

Les murs gris sans fin, la succession monotone des ombres projetées par les lampes de services, le silence... les deux grandes figures de l'enfer terrifiant tous les pécheurs : la solitude et l'ennui.

Pendant une demi-heure encore, j'ai continué à suivre leurs traces, à pas vif, trottant presque, et je suis arrivé à l'endroit où ils étaient sortis du labyrinthe.

18.

Quand j'ai touché cette nouvelle porte d'acier dans le tunnel, j'ai eu l'impression d'être harponné, tiré brutalement vers le haut comme si ceux que je poursuivais étaient des pêcheurs et moi le poisson ferré.

Derrière la porte, un couloir en L. Au bout du L, une autre porte. J'ai poussé le battant. De l'autre côté, un vestibule, un escalier hélicoïdal et tout en haut une autre guérite avec sa collection d'outils.

Même si cette journée de février était douce, sans chaleur excessive, l'air ici était étouffant. Une odeur de moisi tombait des pannes supportant le toit de tôle ondulé.

Comme pour la baraque à côté du Blue Moon Café, Makepeace avait fait sauter le verrou. En partant, il avait fermé la porte et l'avait verrouillée avec soin.

À l'aide de mon permis de conduire, je peux faire sauter la clenche d'une serrure, mais ce verrou, même s'il était simple et bon marché, résisterait à mon passe-partout de plastique. J'ai sorti à nouveau ma paire de pinces.

Je ne m'inquiétais pas pour le bruit. Makepeace et ses compères étaient passés depuis plusieurs heures et je ne risquais pas de les avertir de ma venue.

Au moment où je refermais les mâchoires de l'outil sur le canon de la serrure, le téléphone de Terri s'est mis à sonner.

Dans un sursaut, j'ai fouillé mes poches pour récupérer l'appareil. J'ai décroché à la troisième sonnerie.

— Oui ?

— Salut.

À ce seul mot, j'ai reconnu la voix rauque et voilée de la femme qui m'avait appelé quelques heures plus tôt alors que j'attendais Wyatt sous le brugmansia des Ying.

— C'est encore vous ?

— Oui, c'est moi.

Elle ne pouvait avoir obtenu ce numéro qu'en parlant à Terri sur mon portable.

— Qui êtes-vous ? ai-je demandé.

— Tu penses encore qu'il s'agit d'un faux numéro ?

— Non. Qui êtes-vous ?

— Tu ne le sais pas ?

— Non. Sinon, je ne vous poserais pas la question…

— Tu devrais pourtant en avoir une petite idée.

— Je ne connais pas votre voix.

— Pourtant beaucoup d'hommes la connaissent…

Soit elle était obligée de parler par énigmes, soit elle aimait être obscure et agacer son monde.

— Je vous ai déjà rencontrée ?

— Pas dans la vie. Mais en rêve, sûrement.

— En rêve ? Je ne comprends pas.

— Tu me déçois.

— Encore ?

— Encore et toujours.

Je songeais aux empreintes dans le limon, à celles qui étaient plus petites, elles n'appartenaient pas à un adolescent.

Ne sachant à quel jeu elle jouait, j'ai attendu.

Elle aussi.

Dans les angles des murs et les recoins, les araignées avaient tissé des toiles. Ces architectes funambules, noires et luisantes, se tenaient immobiles au milieu des carcasses décolorées de mouches et de papillons.

De guerre lasse, j'ai articulé :

— Que voulez-vous ?

— Des miracles.

— Vous pouvez préciser ?

— Accomplir l'impossible.

— Pourquoi m'appeler, moi ?

— Qui d'autre pourrais-je appeler ?

— Je suis un simple cuisinier.

— Étonne-moi !

— Je coupe des frites.

— Offre-moi la caresse de doigts glacés…

— Quoi ?

— Voilà ce que je veux.

— Des doigts glacés ?

— Oui, courant le long de ma colonne vertébrale.

— Appelez plutôt une masseuse eskimo.

— Pourquoi eskimo ?

— Pour les doigts glacés.

Celui qui n'a pas le sens de l'humour demande toujours des éclaircissements :

— C'est une blague ?

— Elle n'est pas terrible, j'en conviens.

— Tu penses que l'on peut rire de tout ? C'est ça ta philosophie de la vie ?

— Non, pas de tout.

— Mais presque, hein, petit con ? Tu rigoles en ce moment ?

— Non. Pas en ce moment.

— Tu sais ce qui serait vraiment drôle ?

Je n'ai rien répondu.

— Que je donne un coup de marteau sur le bras de ton copain tordu.

Au-dessus de ma tête, une harpiste octopède a bougé, jouant des arpèges silencieux sur les fils de sa toile.

— Tu crois que ses os vont se briser comme du verre ?

Je suis resté un moment silencieux, pour réfléchir à ce que j'allais répondre.

— Je suis désolé, ai-je articulé.

— Désolé pour quoi ?

— Pour ma plaisanterie à propos de la masseuse eskimo.

— C'est bon, mon joli, on passe l'éponge.

— Je préfère ça.

— Ça m'a juste énervée sur le coup.

— Je regrette. Vraiment.

— Ça va. Change de disque.

— Ne lui faites pas de mal, je vous en prie.

— C'est prévu, au contraire.

— Pourquoi lui faire du mal ?

— Pour avoir ce que je veux.

— Et qu'est-ce que vous voulez ?

— Des miracles.

— C'est à cause de moi… ça doit être ça… mais je ne comprends rien.

— Des miracles, a-t-elle répété.

— C'est ça, ce que vous attendez de moi ?

— Des merveilles.

— Que dois-je faire pour qu'il ne lui arrive rien ?

— Tu me déçois.

— J'essaie simplement de comprendre.

— Il est fier de son visage, n'est-ce pas ?

— Fier ? Je ne sais pas.

— C'est la seule partie de lui qui soit intacte.

Ma bouche était toute sèche, et ce n'était pas à cause de la chaleur qui régnait dans la cabane.

— Il a une jolie petite gueule, a-t-elle ajouté. Pour l'instant…

Et elle a coupé la communication.

Un instant, j'ai songé composer « *69 », le code de rappel automatique. Mais je me suis abstenu ; ce serait une erreur.

Même si cette conversation énigmatique ne m'avait guère éclairé quant à ses motivations, un fait était évident : cette femme avait l'habitude de commander, et au moindre écart de conduite, elle montrait les dents.

C'était elle qui menait la danse, et je devais faire profil bas. Si je composais « *69 » pour la rappeler, elle allait voir tout rouge.

Elle pouvait se montrer cruelle. Si je la mettais en colère, c'est Danny qui en pâtirait.

Il flottait autour de moi une odeur de pourri, de poussière. Il y avait quelque chose de mort et de desséché dans un coin.

J'ai rangé le téléphone dans ma poche.

Sur son fil de soie, une araignée descendait de sa toile, tournant lentement dans l'air immobile, ses pattes velues avides et frémissantes.

19.

J'ai arraché le canon de la serrure, ouvert la porte et abandonné les araignées à leur festin.

Après l'étrangeté du réseau souterrain et cette conversation énigmatique avec cette femme, je m'attendais, en franchissant le seuil de la porte, à me retrouver dans le monde de Narnia.

Certes, je n'étais plus à Pico Mundo, mais je n'avais pas atterri pour autant sur une terre magique. De tous côtés s'étendait la litanie d'arbustes rabougris et de rocailles du Mojave.

La guérite était construite sur un carré de ciment, ceint d'un grillage pour en interdire l'accès.

Je me suis avancé vers les grilles en examinant le paysage désolé, cherchant à repérer un éventuel observateur. Le terrain alentour n'offrait nulle cachette possible.

Quand j'ai été certain que je n'essuierais pas un tir de barrage une fois à découvert, j'ai escaladé le grillage.

Le sol rocailleux, de l'autre côté, ne portait aucune empreinte. Me fiant à mon instinct, j'ai pris la direction du sud.

Le soleil était à son zénith dans l'azur hivernal. Il restait environ cinq heures de jour.

Au sud et à l'ouest, le ciel était d'un bleu pâle, comme s'il avait été délavé, au fil des millénaires, par le soleil du Mojave.

Par contraste, derrière moi, le tiers nord du ciel charriait des nuées menaçantes – de gros nuages noirs et sales, comme au matin, mais à présent boursouflés, pommelés comme des masses de chair tuméfiée.

Au bout de cent mètres, j'ai atteint le sommet d'une petite colline et je suis descendu dans un vallon où le sol plus meuble présentait des empreintes de pas : celles des ravisseurs et de leur captif.

À en juger par les traces, Danny traînait encore plus la patte que dans les tunnels. Il était facile d'imaginer sa souffrance et son désespoir.

De nombreux malades d'ostéogenèse imparfaite connaissaient une sensible diminution de la fréquence des fractures après la puberté. Danny était de ceux-là.

Arrivé à l'âge adulte, les plus chanceux d'entre eux finissaient par avoir les os aussi solides que leurs congénères sains, même si leur squelette portait les stigmates d'une régénération osseuse erratique. Certains, victimes d'otosclérose, pouvaient devenir sourds, mais tous s'estimaient heureux, car les pires ravages de la maladie appartenaient au passé.

Même si Danny était beaucoup moins fragile que durant son enfance, il devait rester prudent, car il n'appartenait pas à la poignée de bienheureux qui en avaient définitivement fini avec la maladie. Cela faisait très longtemps qu'il ne s'était pas cassé un os de façon incongrue, alors qu'à l'âge de six ans il pouvait se briser le poignet en jouant aux cartes. Mais il y a un an, après une petite chute, il s'était fracturé le radius du bras droit.

Pendant un moment, j'ai examiné les traces les plus petites – c'étaient les empreintes de la femme du téléphone, évidemment. Qui était-elle ? Que voulait-elle ?

J'ai suivi le vallon sur deux cents mètres avant que la piste ne disparaisse sur un versant caillouteux.

Au moment où je commençais à le gravir, le téléphone a sonné de nouveau.

— Odd Thomas ?

C'était encore elle.

— Qui voulez-vous que ce soit ?

— J'ai vu ta photo.

— Mes oreilles sont moins grandes en vrai.

— Tu as le physique de l'emploi.

— Quel emploi ?

— *Mundunugu !*

— C'est un mot qui existe, ça ?

— Tu sais très bien ce que ça veut dire.

— Je suis désolé de vous décevoir à nouveau, mais non, je ne sais pas.

— Menteur ! a-t-elle répliqué, mais sans agressivité.

J'avais l'impression de parler avec le Chapelier fou d'*Alice au pays des merveilles*.

— Tu tiens à ton copain tordu ?

— Danny. Je le veux sain et sauf.

— Tu penses pouvoir le trouver ?

— Je m'y emploie.

— Tu as été si rapide et maintenant, tu es si lent.

— Que savez-vous sur moi ?

D'une voix minaudière, elle a répondu :

— Tu as des secrets inavouables, mon joli.

— Non. Aucun.

— Pour le bien de ton Danny, j'espère que ce n'est pas vrai.

Je commençais à me demander si le Dr Jessup n'avait pas été assassiné à cause de moi...

— Vous allez vous exposer à des tas d'ennuis, ai-je répliqué.

— Personne ne peut m'atteindre.

— Vous êtes sûre ?

— Je suis invincible.

— Vous en avez de la chance !

— Et tu sais pourquoi ?

— Pourquoi ?

— J'en ai trente dans une amulette.

— Trente quoi ?

— Trente *ti bon ange.*

Je n'avais jamais entendu cette expression.

— C'est-à-dire ?

— Tu le sais très bien.

— Pas précisément.

— Menteur !

Elle n'a pas raccroché, mais n'a plus rien dit. Je me suis alors assis par terre, face à l'ouest.

Hormis quelques bosquets de mesquite, çà et là, quelques touffes d'herbe rabougrie, la terre était une étendue grise et jaunâtre.

— Tu es toujours là ?

— Où voulez-vous que je sois ?

— Très bonne question : où es-tu ?

J'ai préféré ne pas répondre :

— Je voudrais parler à Simon.

— Simon, le jeu électronique ?

— Simon Makepeace, ai-je répondu en gardant mon calme.

— Tu crois qu'il est ici ?

— Oui.

— Perdu, mon joli !

— Il a tué Wilbur Jessup.

— Tu es nul à ce petit jeu.

— Ah bon ?

— Ne me déçois pas.

— C'est déjà fait.

— Alors ne me déçois pas *encore.*

— Ou bien ? ai-je répliqué en regrettant aussitôt mes paroles.

— J'ai une proposition à te faire...

J'ai attendu.

— Soit tu nous trouves avant le coucher du soleil, soit on lui casse les deux jambes, qu'en dis-tu ?

— Si vous voulez que je vous trouve, dites-moi où vous êtes, on gagnera du temps.

— Où serait l'intérêt ? Et si tu ne nous as toujours pas trouvés à 21 heures ce soir, on lui cassera aussi les deux bras.

— Ne faites pas ça. Danny ne vous a rien fait. Il n'a jamais fait de mal à qui que ce soit.

— Quelle est la première règle ? a-t-elle demandé.

Je me suis souvenu de notre conversation téléphonique de la nuit.

— Je dois venir seul, ai-je répondu.

— Si tu rappliques avec les flics ou avec qui que ce soit, on réduit en bouillie sa jolie petite gueule. Comme ça, il sera raccord – monstrueux de la tête aux pieds !

Elle a raccroché.

J'avais affaire à une folle. O.K. Ce n'était pas la première fois.

Elle était folle *et* le mal incarné. Ça aussi, j'étais habitué.

20.

J'ai retiré mon sac de mes épaules et ai fouillé ses entrailles à la recherche de ma bouteille d'Evian. L'eau n'était pas fraîche, mais délicieuse.

La bouteille ne contenait pas de l'Evian, mais de l'eau du robinet.

Payer à prix d'or une bouteille d'eau ! Pourquoi pas aussi un bol d'air des montagnes Rocheuses si, un jour, on en met en boîte ?

Je ne suis pas avare, mais j'ai appris à être économe. J'étais un jeune cuisinier, payé honorablement mais pas grassement, j'allais bientôt me marier… j'avais donc besoin de mettre de l'argent de côté pour assurer notre avenir.

Maintenant que Stormy n'est plus là, je n'aurais jamais besoin d'acheter une pièce montée pour les noces. Néanmoins les habitudes ont la vie dure ; quand il s'agit de dépenser pour moi, un sou est un sou.

Avec la vie étrange et mouvementée que je mène, je ne risque pas de faire de vieux os, mais si, par miracle, j'atteins les quatre-vingt-dix ans, je serai comme ces anachorètes excentriques, que tout le monde croit pauvres comme Job, et qui lèguent à leur mort un million de dollars à la SPA, économisés, sou à sou, toute leur vie durant.

Après avoir bu ma fausse Evian, j'ai rangé la bouteille vide dans mon sac, et puis j'ai arrosé la terre du désert avec la cuvée spéciale Odd.

Je devais être près de mon objectif. Et maintenant il y avait un ultimatum : le coucher du soleil.

Avant d'entreprendre la dernière portion du voyage, je devais savoir ce qui s'était passé dans le « vrai » monde.

Les numéros de Wyatt Porter n'étaient pas en mémoire dans le téléphone de Terri, mais je les connaissais par cœur.

Le chef de la police a répondu, sur son portable, à la deuxième sonnerie.

— Ici Porter.

— Wyatt, c'est moi. Excusez-moi de vous déranger.

— Me déranger ? Tu me crois donc en pleine action ?

— Vous ne l'êtes pas ?

— Pour l'instant, fiston, j'imite plutôt une vache.

— Comment ça ?

— Une vache au milieu d'un pré, en train de ruminer.

— Vous n'avez pas l'air aussi tranquille qu'une vache.

— Pas aussi tranquille, mais aussi couillon.

— Aucune piste pour Simon Makepeace ?

— Oh, Simon, c'est réglé. Il est en prison à Santa Barbara.

— Ça a été rapide !

— Plus rapide que l'éclair ! Il a été arrêté, il y a deux jours, pour une bagarre dans un bar. Il a frappé un policier. Il est à l'ombre pour voies de faits sur un représentant des forces de l'ordre.

— Il y a deux jours... ? Alors...

— Alors non, ce n'est pas lui. Makepeace n'a pas tué le Dr Jessup. Mais il s'est réjoui de cette nouvelle.

— C'est peut-être lui, le commanditaire ?

Wyatt a lâché un rire aigre.

— Avec son casier, le seul boulot qu'a pu décrocher Makepeace, c'est videur de fosses septiques. Tout ce qu'il peut se payer, c'est une petite chambre meublée.

— Des gens sont prêts à tuer pour mille dollars.

— Bien sûr, mais je doute qu'un bon pour un curage de cuve gratuit intéresse grand monde dans le milieu.

Le sol mort du désert jouait les Lazare ; il se mettait à respirer comme s'il allait se relever. Les herbes frémissaient. Les buissons de sauge ont bruissé, se sont agités, puis le vent est tombé et le silence est revenu.

J'ai tourné les yeux vers le nord, vers les nuées d'orage.

— Et pour la camionnette ?

— Volée. On n'a pas une empreinte exploitable.

— Aucune autre piste ?

— Non, sauf si les types du labo trouvent des traces d'ADN ou autres indices chez les Jessup. Et toi, où en es-tu ?

J'ai jeté un regard circulaire sur le paysage désolé.

— Je me balade.

— Tu as retrouvé ton magnétisme ?

Mentir à Wyatt était encore plus dur que de me mentir à moi-même...

— Oui, Wyatt.

— Il t'attire vers quoi ?

— Je ne sais pas encore. Je suis la piste.

— Où es-tu en ce moment ?

— Je préfère ne pas le dire.

— Tu ne comptes pas imiter le Justicier solitaire ? s'est inquiété Wyatt.

— Si je n'ai pas le choix...

— Tu n'as ni Tonto ni Silver avec toi. Ce n'est pas raisonnable. Sers-toi de ta tête plutôt !

— Parfois, il vaut mieux écouter son cœur.

— Je ne te ferai pas changer d'avis, je suppose ?

— Non, Wyatt. Mais vous pourriez peut-être aller fouiller la chambre de Danny, pour voir s'il n'a pas fait la connaissance d'une femme, dernièrement.

— Tu sais que je ne suis pas cruel pour deux sous, Odd, mais, en tant que flic, je me dois de rester réaliste.

Si ce pauvre gamin avait une petite amie, tout le monde l'aurait su dès le lendemain matin.

— Ils ont peut-être préféré garder ça secret. Et je ne dis pas que cela a été heureux pour Danny. Peut-être même cette liaison ne lui a-t-elle causé que du tourment.

Il y a eu un silence.

— Tu veux dire qu'il serait tombé dans un guet-apens ?

— La solitude use toutes les défenses.

— Mais ils n'ont rien volé. Ni mis à sac la maison. Ils n'ont pas même pris l'argent dans le portefeuille du Dr Jessup.

— C'est qu'ils veulent obtenir, avec Danny, autre chose que de l'argent.

— Mais quoi ?

— Je n'en sais rien pour l'instant. Je sens juste se profiler quelque chose, un motif général, mais je ne peux en voir encore les détails.

Loin au nord, entre les nuages noirs et la terre grise, la pluie ressemblait à des rideaux mouvants de fumée.

— Il faut que j'y aille, ai-je déclaré.

— Si je trouve quelque chose sur une femme, je t'appelle.

— Non, Wyatt. Il vaut mieux laisser ma ligne libre et économiser mes batteries. Je vous ai appelé juste pour que vous sachiez qu'il y a une femme dans cette histoire, comme ça, s'il m'arrive quelque chose, vous aurez une piste. Une femme et trois hommes.

— Trois ? Celui qui t'a filé un coup de Taser et qui d'autre ?

— Je pensais qu'il y avait, parmi eux, Simon Makepeace, mais ce n'est pas le cas. Tout ce que je sais sur les autres, c'est que l'un a de grands pieds.

— De grands pieds ?

— Priez pour moi, Wyatt.

— Je le fais tous les soirs.

J'ai coupé la communication.

Après avoir rechargé mon sac sur les épaules, j'ai repris mon ascension interrompue par l'appel de la femme. La côte était longue, mais pas trop raide. Des débris de schiste roulaient sous mes pieds; j'ai failli tomber plusieurs fois.

Quelques petits lézards détalaient devant moi. Je me méfiais des serpents.

Des chaussures de marches en cuir épais auraient été plus indiquées pour ce genre de randonnée. Mais peut-être aurais-je ensuite besoin de me déplacer discrètement, et mes baskets blanches seraient alors idéales.

Pourquoi me soucier de mes chaussures, des serpents et de mon équilibre si je devais être tué par un inconnu tapi derrière une porte blanche ? D'un autre côté, rien ne prouvait qu'un rêve récurrent soit prémonitoire ; peut-être était-il dû simplement à une alimentation trop grasse et à l'abus de sauce piquante ?

Haut dans les cieux, une grande porte invisible s'est ouverte, en grondant sur ses gonds, et le vent a de nouveau tourmenté le désert. Quand le coup de tonnerre s'est évanoui, l'air est resté agité cette fois ; un souffle a continué à courir entre les buissons, comme une meute invisible de coyotes.

Une fois arrivé au sommet de la colline, j'ai découvert ma destination en contrebas. Danny Jessup était là-bas, captif.

Au loin, la nationale barrait le paysage. Une route quittait la voie express pour s'enfoncer dans la plaine. Au bout de cette route se dressait le casino en ruine, flanqué de son hôtel – donjon noir contre le ciel. La Mort était venue ici tenir les paris et, comme toujours, elle avait remporté la mise.

21.

Le complexe appartenait à la tribu des Panamint, un groupe de l'ethnie comanche. Aujourd'hui, on nous dit que ces gens – comme tous les Amérindiens avant l'arrivée de Christophe Colomb et l'invasion de la cuisine italienne sur le continent – formaient un peuple paisible, hautement spirituel, altruiste et d'un respect sans faille envers la nature.

Contre toute attente, l'industrie du jeu – une hydre se nourrissant de la faiblesse et du désespoir des hommes, matérialiste à tous crins, d'une avidité insatiable et responsable des verrues architecturales les plus hideuses que le genre humain ait édifié – a été considérée, par les chefs indiens, comme un secteur d'activité idéal pour le peuple indien. L'État de Californie avait donc accordé aux Amérindiens le monopole des casinos sur son territoire.

Se doutant que l'intercession seule du Grand Esprit ne leur permettrait pas de tirer tous les profits possibles de cette nouvelle activité économique, les tribus avaient confié la gérance de leurs établissements à des sociétés spécialisées. Elles ont installé les tables de jeu et les caisses, embauché les croupiers, les brutes habituelles pour garder le temple, et l'argent s'est mis à couler à flot.

L'âge de l'opulence se profilait, chaque natif allait devenir riche. Mais la manne était bien lente à se diffuser, du moins au goût de l'Indien moyen.

Alors le destin, par facétie, leur a fait le coup de l'arroseur arrosé...

L'addiction au jeu, avec son cortège de souffrance, de misère, et sa criminalité afférente ont commencé à faire leurs ravages au sein de la communauté.

Plaisanterie sinistre en fait.

Dans la plaine en contrebas, au beau milieu des terres indiennes, se dressait le Panamint Resort & Spa. Le bâtiment, autrefois, était rutilant, baigné par les néons multicolores, clinquant et tape à l'œil comme tous les établissements de son espèce... mais cette splendeur tapageuse appartenait définitivement au passé.

L'hôtel de seize étages avait désormais la grâce d'une prison. Cinq ans plus tôt, le bâtiment avait essuyé un tremblement de terre et y avait résisté sans gros dégâts, mais la construction n'avait pu contenir l'incendie qui s'était ensuivi. Il n'y avait presque plus aucune vitre aux fenêtres, emportées par les secousses telluriques ou la chaleur des flammes qui avaient dévoré ensuite les étages. De grandes langues de fumée avaient dessiné des arabesques noires sur les murs.

Le casino, avec ses deux niveaux, qui ceignait la tour sur les trois côtés, s'était effondré à un angle. La collection de symboles indiens coulés dans le ciment – qui étaient en fait des interprétations New Age du spiritualisme comanche passées à la moulinette d'Hollywood – s'était détachée de la façade pour s'écraser sur le parking. Il restait encore quelques épaves de voitures, coincées sous les gravats.

Craignant qu'une sentinelle, équipée de jumelles, ne surveille les alentours, je me suis caché derrière le sommet, en espérant ne pas m'être fait déjà repéré.

Dans les jours qui suivirent la catastrophe au casino, beaucoup prédisaient que l'établissement serait reconstruit dans l'année, car l'activité était trop lucrative. Mais quatre ans plus tard, pas un bulldozer ne s'était montré.

Les entreprises de BTP furent accusées d'avoir fait des économies sur les matériaux et la construction, ce qui avait fragilisé l'édifice. Les inspecteurs du comté qui devaient veiller au respect des normes de sécurité avaient été poursuivis en justice pour avoir fermé les yeux et reçu des pots-de-vin ; et ces derniers, à leur tour, avaient accusé les hauts responsables du comté d'avoir orchestré à grande échelle la corruption.

Le scandale avait été alimenté par un cortège de procès, certains iniques, certains légitimes, et par une guerre de communication sans merci il y avait eu des faillites, deux suicides, une multitude de divorces et une opération de changement de sexe.

Les Panamints, qui avaient fait fortune avec le casino, avaient été, du jour au lendemain, réduits à la misère par les condamnations de justice ou étaient ruinés à petit feu par leurs avocats qui se faisaient payer à prix d'or. Ceux qui ne s'étaient pas enrichis, mais étaient devenus des joueurs compulsifs, avaient dû s'expatrier pour aller perdre ailleurs le peu qu'ils avaient.

Aujourd'hui, la moitié des litiges était encore en instance. Et personne ne savait si l'hôtel, un jour, renaîtrait de ses cendres tel un phénix. Même l'autorisation – « l'obligation », arguaient certains – de nettoyer les décombres était suspendue, dans l'attente du jugement en appel d'un procès-clé du drame.

Caché par la crête, j'ai contourné la colline par le sud.

Les ruines étaient ceintes par un chapelet de monts, à l'ouest, au sud et à l'est, dessinant un grand collier de terres, verrouillé au nord par le gigantesque fermoir de la nationale vrombissante. En sinuant entre ces élévations, par d'étroites combes, j'ai finalement rejoint le lit d'un ruisseau à sec qui serpentait en direction de l'est.

Si les ravisseurs de Danny, pour surveiller les alentours, s'étaient installés dans une chambre des étages supérieurs, il valait mieux que je tente une approche par l'arrière du bâtiment, là où je resterais le plus longtemps à couvert.

Pourquoi cette femme était-elle persuadée que je pouvais retrouver leur trace ? Comment savait-elle qu'une force allait m'inciter à les suivre ? Pourquoi voulait-elle que j'arrive jusqu'à eux ? Tant de questions sans réponses... Mais la simple logique, toutefois, m'emplissait d'un terrible doute : Danny lui avait parlé de mon secret.

Ses propos énigmatiques au téléphone, ses piques semblaient destinés à me faire reconnaître mes pouvoirs. Elle voulait une confirmation de ce qu'elle savait déjà.

Un an plus tôt, Danny avait perdu sa mère, emportée par le cancer. J'étais son ami le plus proche, son compagnon dans son chagrin – jusqu'en août, où a débuté le mien.

Danny n'avait pas beaucoup d'amis. Son handicap, son apparence et son esprit caustique limitaient drastiquement sa vie sociale.

Quand je me suis replié sur moi-même, pour m'abîmer entièrement dans ma douleur, et ensuite pour coucher sur le papier les événements de ce mois d'août, j'ai délaissé Danny, du moins je me suis fait moins présent.

Pour le soutenir dans cette épreuve, il y avait son père adoptif. Mais le Dr Jessup était lui aussi dans le chagrin, et, en homme de ressources, il s'était sans doute réfugié dans son travail.

La solitude se présente sous deux formes. Quand elle est désirée, c'est une porte que l'on ferme sur le monde. Mais quand c'est le monde qui nous rejette, la solitude, alors, devient une porte ouverte, inutilisée.

Une femme avait franchi ce seuil au moment où Danny était le plus fragile. Et elle avait une voix chaude et voilée, irrésistible.

22.

Je suis sorti du lit à sec en rampant, laissant les collines derrière moi, pour me cacher dans les buissons de sauge. Mon objectif était le mur d'enceinte qui protégeait le casino du désert.

Des lièvres et autres rongeurs venaient trouver refuge dans ces hautes herbes, contre les rayons ardents du soleil. Et s'il y avait des lièvres et des rats, il y avait aussi des serpents !

Par chance, les serpents sont de nature craintive – mais ils sont notablement moins farouches que des mulots. Pour les faire déguerpir, j'ai fait plein de bruit avant de pénétrer dans les herbes et, tout en progressant, j'ai poussé des grognements, craché, soufflé... bref, j'ai fait tout le vacarme possible pour déloger sur mon chemin tous les habitants.

Comme mes adversaires avaient sans doute élu domicile dans une chambre tout en haut de l'immeuble et que je me trouvais encore à plusieurs centaines de mètres du bâtiment, je pouvais faire tout le bruit que je voulais, on ne risquait pas de me repérer.

Si, d'aventure, ils regardaient dans ma direction, ils pourraient repérer un mouvement dans les herbes. Mais cette agitation ne leur paraîtrait pas suspecte. La brise avait forci et tous les arbustes alentour faseyaient. Des buissons morts roulaient, poussés par le vent, et çà et là, des tourbillons de poussière s'élevaient dans l'air.

De proche en proche, ayant évité les crochets des serpents, le dard des scorpions, les chélicères des tarentules, je suis parvenu au pied du mur d'enceinte. Je me suis relevé et me suis adossé contre la paroi.

J'étais couvert de poussière et de cette substance blanche qui tapissait le dessous des feuilles de sauge.

M'entraîner vers le danger n'était pas le seul inconvénient de mon magnétisme psychique... son usage était également très salissant. J'ai toujours une lessive de retard à la maison !

Après m'être épousseté, j'ai longé le mur qui s'incurvait vers le nord-est. De ce côté, les parpaings étaient simplement peints en blanc ; de l'autre, là où le mur était à vue de la clientèle, ils étaient couverts d'un bel enduit rose.

Après le séisme et l'incendie, les responsables de la tribu avaient planté des écriteaux, tous les trente mètres, mettant en garde les intrus contre les risques d'éboulement et la présence de résidus toxiques. Le désert du Mojave les avait quelque peu effacés, mais leur message restait lisible.

Des palmiers avaient été plantés le long de la face interne du mur d'enceinte. Faute d'arrosage, après que le tremblement de terre eut détruit le système d'irrigation, ces arbres, étrangers au Mojave, étaient tous morts sur pied.

Les palmes étaient tombées au sol, ou pendaient encore au tronc, vestiges bruns et desséchés. Mais j'ai trouvé un groupe d'arbres suffisamment serrés pour faire écran devant la paroi.

J'ai sauté, attrapé le faîte du mur, je me suis hissé jusqu'au sommet et j'ai atterri, de l'autre côté, sur un lit de palmes mortes. En réalité, la manœuvre a été moins aisée que ces mots peuvent le laisser supposer, mais réalisée, au contraire, à l'arraché, avec force grognements et efforts anarchiques – ce qui prouve sans conteste que les singes ne peuvent être mes ancêtres. Sitôt au sol, je me suis accroupi derrière les gros troncs.

De l'autre côté des arbres, une gigantesque piscine, imitant un bassin naturel avec une collection de faux rochers et de fausses cataractes.

L'eau ne coulait plus. Le bassin était à moitié rempli de débris poussés par le vent.

Si les ravisseurs de Danny avaient organisé une vigie, ils devaient surveiller l'angle ouest, la direction par laquelle ils étaient eux-mêmes arrivés, et sans doute la route au nord, qui reliait le complexe hôtelier à la nationale.

À eux trois, ils ne pouvaient couvrir les quatre points cardinaux. En outre, je doutais qu'ils se soient séparés… Au mieux, ils couvraient deux côtés sur quatre.

J'avais donc une chance de quitter ma cachette et d'atteindre le bâtiment sans être repéré.

Ils devaient êtres armés jusqu'aux dents. Mais je ne craignais pas pour ma vie. S'ils avaient voulu me tuer, ils ne m'auraient pas assommé d'un coup de Taser. Tête de serpent m'aurait logé une balle dans la tête.

Plus tard, sans doute, seront-ils heureux de me faire la peau. Mais pour l'heure, ils voulaient autre chose; des miracles, des merveilles, des doigts glacés – du fabuleux, de l'impossible.

Il fallait entrer. Explorer les lieux. Trouver l'endroit où ils gardaient Danny prisonnier… Si, après avoir analysé la situation, je m'apercevais que je ne pouvais le sauver tout seul, j'appellerais Wyatt; mais en dernier recours car, faire venir la police ici, c'était inviter la Mort, j'en avais la certitude.

Je suis sorti de ma cache et j'ai traversé en courant le solarium où les clients, enduits de crème solaire, cuisaient sur leurs chaises longues, préparant consciencieusement le terrain pour les mélanomes.

Au lieu de punchs et planteurs tropicaux, le bar de la piscine, d'inspiration hawaïenne, était couvert d'un glacis de fientes d'oiseaux – offrandes de volatiles invisibles juste au-dessus de ma tête. Les oiseaux étaient perchés sur le toit de palmes en plastique qui protégeait le comptoir, et, à mon passage, ils se sont mis à battre des ailes et à pépier comme pour me mettre en garde.

Le temps de contourner la piscine et d'atteindre les portes arrière de l'hôtel, je me suis aperçu que les oiseaux avaient raison. Démoli, brûlé, ouvert aux quatre vents, mangé par le sable, le Panamint Resort & Spa ne méritait plus une seule étoile au guide Michelin... Il était devenu l'antre de la faune du désert, un terrier de luxe.

Je ne devais plus seulement me méfier de la femme mystérieuse et de ses deux compères, mais aussi des prédateurs qui, eux, ne me préviendraient pas de leurs mauvaises intentions par téléphone portable.

Les vitres des portes coulissantes avaient été brisées par le séisme et remplacées par des panneaux de contreplaqué, pour dissuader les badauds à la curiosité morbide. Agrafés sur les plaques de bois, des avis sous plastique menaçaient les contrevenants de poursuites judiciaires.

Les vis qui maintenaient l'une des plaques avaient été retirées et le panneau déposé. À en juger par la masse de sable et de débris qui était passée par l'ouverture, le démontage n'était pas récent, mais datait de plusieurs semaines, voire de plusieurs mois.

Pendant deux années après l'incendie du complexe, la tribu avait payé des vigiles pour garder les lieux. Mais comme, au fils des procès, il devenait évident que les bâtiments allaient être saisis et vendus au profit des créanciers, les patrouilles de surveillance avaient été jugées – au grand dam desdits créditeurs – une dépense inutile.

L'hôtel s'offrait à moi, éventré, le vent tourbillonnait dans mon dos, l'orage menaçait ; je savais Danny en péril et pourtant j'hésitais à passer le seuil. Je ne suis pas en verre comme Danny Jessup ; je ne suis pas fragile ni physiquement ni psychologiquement, mais, comme tout le monde, j'ai mes frayeurs.

Je n'hésitais pas à cause des ravisseurs et autres menaces vivantes qui pouvaient se trouver dans le bâtiment, mais à cause des morts… de tous ces morts qui pouvaient encore hanter leur tombeau de suie.

23.

Les portes de l'hôtel donnaient sur un petit hall, éclairé par le carré de lumière sale qui filtrait par l'ouverture dans les panneaux de contreplaqué.

Mon ombre, tel un fantôme gris, s'étirait devant moi, des pieds au cou – la tête, quant à elle, était invisible dans la pénombre, comme si j'étais décapité.

J'ai allumé ma lampe électrique et ai balayé la pièce de mon faisceau. Le feu n'avait pas fait rage ici, mais la fumée avait tout noirci.

J'ai été surpris par l'aspect du mobilier – des canapés, des fauteuils, tous méconnaissables ; puis j'ai compris que leur aspect délabré n'était pas dû à la fumée ni à cinq années d'abandon, mais aux lances anti-incendie des pompiers ; l'eau avait détrempé leur rembourrage et fragilisé leur ossature qui avait, avec le temps, croulé sous son propre poids.

Cinq ans après le drame, l'air sentait encore le charbon, le plastique fondu. Sous cette puanteur flottaient d'autres effluves moins forts, mais tout aussi déplaisants, dont il valait mieux ne pas connaître l'origine.

Des empreintes de pas dérangeaient le tapis de suie, de poussière et de sable. Mais les traces si particulières de Danny n'y étaient pas.

Après un second examen, je me suis aperçu que toutes les marques de chaussures étaient anciennes, adoucies par les courants d'air et les derniers dépôts du désert.

Ces empreintes dataient de plusieurs semaines, sinon de plusieurs mois. Les ravisseurs n'étaient pas passés par là.

Une ou deux séries de traces paraissaient plus fraîches que les autres – des empreintes de pattes, de bonne taille. Peut-être les Panamint, il y a cent ans – plus proches de la nature et n'ayant pas goûté au mirage de la roulette –, auraient-ils pu décrypter ces idéogrammes d'un seul coup d'œil ?

Ne comptant aucun pisteur parmi mes aïeux et mon expérience de cuisinier de grill ne m'étant d'aucun secours en la matière, je devais me fier à ma seule imagination pour déduire à quelle créature appartenaient ces traces. Aussitôt l'image d'un « tigre à dents de sabre » s'est imposée à moi, même si l'espèce était éteinte depuis plus de dix mille ans.

Dans le cas peu probable où un smilodon, particulièrement coriace, ait survécu pendant des millénaires, je pensais pouvoir m'en sortir vivant si je tombais nez à nez avec ce fauve. J'avais bien survécu à Chester le Terrible !

Sur la gauche, il y avait un bar avec vue sur la piscine. Une partie du plafond s'était effondrée, juste devant l'entrée du restaurant, dans un entrelacs de plaques de plâtre et de bastaings.

Sur la droite, un couloir se perdait dans des ténèbres que le faisceau de ma lampe ne parvenait à percer totalement. Des lettres de bronze fixées au-dessus du linteau annonçaient : TOILETTES, SALLE DE RÉUNIONS, BAL DE DAME LA CHANCE.

La chance n'avait pas été au rendez-vous pour les gens qui avaient péri dans cette salle. Un grand lustre, non pas fixé à une poutrelle d'acier, comme le spécifiait le cahier des charges, mais à une poutre de bois, s'était écroulé sur la foule, embrochant ceux qui se trouvaient en dessous, tandis que les secousses brisaient les solives du plafond comme autant d'allumettes.

J'ai traversé le hall, me frayant un chemin entre les canapés effondrés et les fauteuils retournés, mettant le cap vers une troisième route : un large couloir menant vraisemblablement vers le grand hall de réception de l'hôtel. Les traces du smilodon prenaient aussi cette direction.

In extremis, j'ai songé à mon téléphone ; je l'ai sorti de ma poche et j'ai coupé la sonnerie pour le mettre sur vibreur. Si la chasseuse de miracles m'appelait de nouveau et que je me trouvais par hasard à proximité de sa cachette, je ne tenais pas à ce que la sonnerie lui révèle ma position.

Je n'étais jamais venu ici durant l'âge d'or de l'établissement. Quand je le peux, quand les morts ne me submergent pas avec leurs doléances, j'aspire au calme, pas à la trépidation du monde. Les parties de cartes, le roulement des dés ne pouvaient m'offrir aucune évasion, mon don restant à jamais mon boulet.

Je ne connaissais pas les lieux, et avec les dégâts causés par le tremblement de terre et l'incendie, j'avais l'impression de me retrouver dans une jungle de béton. Les couloirs, les pièces n'avaient plus de formes claires à la suite de l'effondrement des cloisons ; je traversais un labyrinthe, une succession chaotique de passages et d'ouvertures, çà et là nus et dépouillés, ailleurs luxuriants et menaçants, dont ma lampe n'éclairait que les grandes lignes et les arêtes.

Par un chemin que je ne pourrais jamais retrouver, je suis finalement arrivé dans le casino calciné.

Les salles de casinos n'ont ni fenêtres ni horloges. Les seigneurs des jeux veulent que leurs clients perdent la notion du temps, qu'ils fassent une dernière mise, et une autre, et une autre encore. Mon faisceau s'égarait dans cette salle plus vaste qu'un stade de football, plus vertigineuse aussi.

Un coin du casino s'était effondré, mais le reste de l'immense chaudron était intact.

Des centaines de machines à sous, brisées, jonchaient le sol. D'autres étaient restées en rangs, comme avant la secousse, à moitié fondues, mais encore au garde-à-vous, telles des machines de guerre – une armée de robots, pétrifiés dans leur avancée par une onde de choc qui avait grillé leurs circuits.

La plupart des zones de jeu avaient été réduites en miettes. Deux tables de craps avaient résisté, jonchées de débris noircis tombés des frises du plafond.

Dans les décombres, une table de black-jack éventrée tenait encore debout, flanquée d'une paire de tabourets vides, miraculeusement intacts, comme si le diable et sa belle y étaient assis au moment de l'incendie, et avaient ordonné aux flammes de les contourner pour les laisser jouer tranquille.

Le tabouret voisin, en revanche, était occupé; le joueur avait l'air, quant à lui, parfaitement inoffensif : un homme séduisant aux cheveux clairsemés. Il était assis dans l'ombre et c'est la lueur de ma lampe qui m'a révélé sa présence. Ses bras reposaient sur l'arête capitonnée de la table en croissant, comme s'il attendait que le croupier lui donne ses cartes.

Il faisait un ravisseur et complice de meurtre peu crédible. Il était âgé d'une cinquantaine d'années, le teint pâle, avec une bouche aux lèvres pleines et un menton à fossette. Il ressemblait plutôt à un bibliothécaire, ou à un pharmacien.

Il a relevé la tête à mon approche; je ne savais que penser de son statut sur terre. Je n'ai compris qu'il était un esprit que lorsque j'ai vu dans ses yeux sa surprise; il ne s'attendait pas à ce que je puisse le voir.

Le jour du drame peut-être avait-il été écrasé par les débris, ou brûlé vif?

Il ne m'a pas montré son état au moment de sa mort – une délicatesse dont je lui étais reconnaissant.

Des mouvements à la périphérie du faisceau de ma lampe ont attiré mon attention. Des ténèbres sortaient les autres morts-vivants.

24.

Une jeune femme blonde est entrée dans la lumière ; elle était vêtue d'une robe de soirée bleue et jaune, dévoilant un décolleté généreux. Elle a souri, mais aussitôt son sourire s'est effacé.

Sur ma droite, une vielle femme est arrivée – un long visage, des yeux éteints, sans espoir. Elle a tendu le bras vers moi, puis a regardé sa main en fronçant les sourcils. Elle a arrêté son geste, baissé la tête, comme si elle se trouvait soudain repoussante.

Un homme roux à l'air jovial est apparu à ma gauche ; ses yeux tristes contrastaient avec son grand sourire.

J'ai balayé la pièce de mon faisceau. D'autres morts approchaient. Une serveuse, dans sa tenue kitch de squaw. Un vigile, avec son pistolet à sa ceinture.

Un jeune homme noir, les cheveux rasés sur les tempes comme à la mode de l'époque, tripotait nerveusement sa chemise de soie, sa veste Armani, la pierre de jade en pendentif à son cou, comme si, dans le trépas, il était gêné de jouer encore les mannequins ambulants.

Il y avait maintenant sept joueurs autour de la table de black-jack. Je ne sais si tous avaient péri dans la salle du casino ou si certains d'entre eux étaient morts ailleurs dans l'hôtel. Peut-être étaient-ils les seuls fantômes hantant le Panamint ?

Cent quatre-vingt-deux personnes avaient péri. La majeure partie d'entre eux avaient quitté ce monde en expirant leur dernier souffle. Du moins, je l'espérais ardemment.

D'ordinaire, les esprits qui s'imposaient un si long séjour au purgatoire étaient abîmés dans la mélancolie ou pétris d'angoisse. Ces sept-là n'échappaient pas à la règle.

Le regret les fait venir à moi. J'ignore ce qu'ils désirent exactement, mais je subodore que la plupart espèrent trouver en ma compagnie un surcroît de détermination, le courage enfin de faire le grand saut dans l'Autre Monde.

La peur les inhibe. La peur, le remords, et l'amour qu'ils portent à ceux qu'ils laissent derrière eux.

Parce que je peux les voir, je représente un pont entre la vie et la mort ; ils espèrent que je vais ouvrir la porte pour eux, cette porte qu'ils ont si peur de franchir. Parce que je ressemble à un surfeur californien d'un film des années 1950, moins apprêté mais aussi inoffensif qu'un Frankie Avalon, je leur inspire confiance.

Malheureusement, j'ai beaucoup moins à leur offrir qu'ils ne l'imaginent ; je n'ai pas la sagesse d'un Ozzie, même si celui-ci se défend d'être un mentor pour moi.

Ils semblent reconnaissants que je puisse les toucher, les serrer dans mes bras ; cela les réconforte. Ils m'enlacent en retour, touchent mon visage, m'embrassent les mains.

Leur tristesse est un puits sans fond. Leur détresse m'épuise. Je suis éreinté par leur misère. Parfois, j'ai l'impression que, pour quitter ce monde, il leur faut passer par mon cœur, en le meurtrissant d'ornières.

Je suis allé les voir un à un, pour dire à chacun les mots qu'il attendait.

« Ce monde est perdu à jamais. Il n'y a plus rien à espérer ici, sinon le manque, la frustration, le chagrin. »

« Vous savez désormais qu'une part de vous est immortelle et que votre existence sur terre avait un sens. Mais pour savoir lequel, il faut que vous acceptiez de quitter ce monde. »

Ou encore :

« Vous pensez ne pas avoir droit à la miséricorde, mais elle vous est accordée pour peu que vous laissiez votre peur derrière vous. »

Alors que je parlais tour à tour à chacun des sept morts, un huitième a fait son apparition. Un grand gaillard, taillé comme une armoire à glace, les yeux enfoncés dans les orbites, les traits épais et la coupe militaire. Il m'a regardé par-dessus la tête des autres, et son regard avait la couleur de la bile, et n'était pas moins amer.

Au jeune Noir qui ne cessait de tripoter ses beaux vêtements, j'ai dit :

— Les gens vraiment mauvais ne sont jamais autorisés à s'attarder ici-bas. Le fait que vous soyez ici depuis tout ce temps prouve que vous n'avez rien à craindre de ce qui vous attend de l'Autre Côté.

Pendant que je continuais à faire le tour des morts installés en arc de cercle, le nouveau venu est sorti du groupe, sans me quitter des yeux. Plus il m'écoutait, plus son humeur virait au noir.

— Vous pensez que je vous raconte des histoires ? Peut-être. Je ne suis jamais passé sur l'Autre Rive. Comment pourrais-je savoir alors ce qui vous y attend exactement ?

Leurs yeux luisaient d'espoir ; et je voulais croire que ce qu'ils lisaient dans les miens, ce n'était pas de la pitié, mais de l'empathie.

— La grâce et la beauté de ce monde m'émerveillent. Mais tout est brisé désormais. J'aimerais tellement voir l'original, la version intacte. Pas vous ?

Au dernier, j'ai dit :

— La fille que j'aime… elle pensait qu'on a trois vies, et pas seulement deux. Vous savez comment elle appelait la première ? Le « camp d'entraînement ».

Je me suis tu – non par choix, mais parce que j'étais incapable de continuer. Pendant un moment, je me suis senti comme eux, prisonnier d'un purgatoire, et les mots me manquaient.

Finalement, je me suis repris :

— Elle disait que nous sommes au camp d'entraînement pour apprendre, exercer notre libre-arbitre, connaître nos victoires et nos échecs. Puis que nous passions à la seconde vie, qu'elle appelait le « service actif ».

L'homme aux cheveux roux, dont le sourire joyeux contrastait avec l'inquiétude de son regard, s'est approché de moi et a posé une main sur mon épaule.

— Son prénom est Bronwen, mais elle voulait qu'on l'appelle Stormy. Elle disait que, durant le service actif, on participe à des aventures fantastiques au cours de grandes manœuvres cosmiques, qu'on réalise des merveilles. Et la récompense de tous nos efforts vient dans notre troisième vie, et celle-là dure l'éternité.

Je me suis tu à nouveau ; je ne pouvais plus les regarder en face avec l'assurance nécessaire pour les réconforter ; alors j'ai fermé les yeux et, en pensée, j'ai vu ma Stormy – Stormy qui me donnait de la force, toujours, comme de son vivant.

Les yeux clos, j'ai poursuivi :

— C'est une empêcheuse de tourner en rond, une délicieuse Carabosse… Elle sait non seulement ce qu'elle veut, mais aussi ce qu'il *faut* vouloir – et c'est ce qui fait toute la différence. Quand vous la rencontrerez là-bas, vous la reconnaîtrez aussitôt, c'est certain. Et, comme moi, vous l'aimerez.

Après un autre silence, j'ai rouvert les yeux et pivoté sur moi-même, balayant les alentours. Quatre des sept morts étaient partis : le jeune Noir, la serveuse, la jolie blonde et le rouquin.

Partis peut-être pour l'au-delà. Ou simplement vers une autre salle du casino.

Le costaud avec le crâne rasé paraissait plus en colère que jamais. Il avait les poings serrés, les épaules crispées, comme s'il portait sur le dos un lourd fardeau de rage.

Il s'est éloigné vers le fond de la salle ; même s'il n'avait aucune consistance en ce monde, il soulevait à chaque pas des nuages de cendres. Les débris les plus légers – restes de cartes à jouer, échardes de bois – ont bougé à son passage. Un jeton de cinq dollars, posé en équilibre sur la tranche, s'est mis à osciller et est tombé à plat sur la table, un dé, jauni par les flammes, a même chuté au sol.

Ce type avait le potentiel d'un *poltergeist* – un esprit frappeur – et j'étais soulagé de le voir partir.

25.

La porte pare-feu pendait de guingois, retenue au chambranle par un dernier gond. Le battant métallique renvoyait les rayons de ma lampe sur les rares portions épargnées par la suie.

Si ma mémoire était bonne, des gens étaient morts ici, piétinés, quand la foule s'était ruée vers les sorties de secours. Ce souvenir ne m'inspirait pas d'horreur, mais une profonde tristesse.

Derrière la porte s'élevaient trente-deux volées de marches de ciment desservant les seize étages de l'hôtel. L'escalier, patiné par un lavis de suie, érodé par les moisissures, paraissait mener à l'autel d'un temple ancien. Deux volées de marches supplémentaires permettaient peut-être d'accéder au toit du bâtiment.

J'ai gravi quelques degrés et me suis arrêté net; j'ai tendu l'oreille par acquit de conscience... mais il n'y avait pas un bruit – aucun chuintement ou cliquetis suspect, aucun murmure de voix filtrant des étages supérieurs.

C'est une odeur qui avait mis mes sens en alerte... Contrairement à d'autres parties du casino, l'escalier ne sentait quasiment pas le brûlé. L'air était froid, un peu vicié, mais suffisamment clair pour que je puisse discerner cette odeur mystérieuse, étrangère à l'incendie.

Un parfum ténu, boisé, entre la moisissure et le champignon. Il y avait aussi, dessous, une odeur de viande – de viande crue, et non de sang –, un peu comme lorsqu'on ouvre une cagette de biftecks.

Pour une raison inconnue, j'ai pensé au cadavre que j'avais découvert dans le tunnel – sa face grise et pommelée, ses yeux révulsés, présentant leurs globes laiteux.

Les poils se sont hérissés sur ma nuque, comme si l'air se chargeait soudain d'électricité.

J'ai éteint ma lampe et je suis resté immobile dans les ténèbres absolues, des ténèbres de cauchemars, antre de toutes les peurs.

L'escalier étant enchâssé dans une cage de béton, chaque palier faisait office de chicane à lumière. Une sentinelle, postée un ou deux étages au-dessus de moi, aurait pu remarquer le halo de ma lampe, mais, audelà, personne ne pouvait se douter de ma présence.

Après une minute d'attente, n'ayant entendu ni froissement de vêtements, ni raclement de chaussures sur le ciment, et encore moins senti une langue fourchue m'effleurer le visage, j'ai reculé avec précaution et battu en retraite vers la salle du casino avant d'oser rallumer ma lampe de poche.

Après une courte recherche, j'ai trouvé l'escalier sud. La porte tenait encore sur tous ses gonds, mais elle béait comme celle de l'escalier nord.

En couvrant la lentille frontale de ma lampe, pour en atténuer la luminosité, je me suis approché.

Le silence, comme dans l'autre cage, était parfait, mais je ne devais pas être le seul être vivant à m'y trouver. Ici aussi, au bout d'un moment, j'ai perçu cette odeur étrange et subtile qui m'avait dissuadé d'aller plus loin dans l'autre escalier.

À nouveau, en pensée, j'ai vu le visage du mort qui m'avait envoyé une décharge de Taser, les yeux blancs et révulsés, la bouche ouverte, la langue coincée au fond de la gorge.

Traversé d'un mauvais pressentiment, nourri par cette odeur réelle ou imaginaire, j'ai conclu que les deux escaliers de secours étaient sous surveillance et que je ne pouvais les emprunter.

Toutefois, mon magnétisme psychique me disait que Danny était retenu prisonnier quelque part au-dessus de moi. Danny (l'aimant) exerçait sur moi (la limaille) une force que je ne pouvais ignorer, m'attirait irrésistiblement vers les étages supérieurs.

26.

Dans le grand hall, j'ai trouvé une alcôve abritant dix ascenseurs – cinq de chaque côté. Huit des dix cabines étaient fermées, mais j'étais à peu près certain de pouvoir les forcer au besoin.

Les deux dernières, sur la droite, étaient ouvertes. Dans la première, la cabine était là, trente centimètres plus bas que le niveau du rez-de-chaussée. La seconde donnait dans le vide.

En me penchant, j'ai sondé l'abîme avec ma lampe, faisant luire les rails et les câbles. L'ascenseur se trouvait dix mètres plus bas, dans les sous-sols.

Sur la paroi de droite du puits, une échelle de visite. Elle montait jusqu'en haut du bâtiment.

J'ai pris dans mon sac un étui de spéléologue, j'ai glissé le corps de ma lampe dans le manchon et l'ai arrimé à mon poignet à l'aide des bandes Velcro. Comme une lunette de visée sur un fusil, la lampe surmontait mon avant-bras droit, le faisceau frappait le dos de ma main, et passait entre mes doigts.

J'ai attrapé un échelon de mes deux mains libres, sauté sur l'échelle, et commencé mon ascension.

Après avoir grimpé de quelques mètres, je me suis arrêté pour sonder l'air. Aucune odeur n'a fait passer mes voyants au rouge, à l'inverse de ce qui s'était produit dans les escaliers nord et sud.

Mais le puits était une véritable caisse de résonance. Le moindre son était amplifié à l'envi.

Si une porte palière, plus haut, était ouverte, et que quelqu'un se tenait à proximité, on m'entendrait arriver.

Je devais monter le plus silencieusement possible... donc lentement, si je ne voulais pas me mettre à haleter sous l'effort et alerter tout le voisinage.

La lumière aussi pouvait me trahir. En me cramponnant d'une seule main au barreau, j'ai éteint ma lampe.

Cela n'arrangeait rien ! Il me fallait à présent grimper dans le noir complet. Dans les replis les plus primitifs de mon esprit, là où repose la mémoire ancestrale de mon espèce comme celle, plus ancienne encore, de tous les êtres vivants, l'expérience voulait que toute ascension soit destinée à se rapprocher de la lumière. Monter, pas à pas, dans des ténèbres toujours plus épaisses, était très perturbant. J'en perdais le sens de l'orientation.

Selon mes estimations, six mètres séparaient le rez-de-chaussée du premier étage, puis quatre mètres entre les niveaux suivants.

À raison de six échelons pour un mètre, j'avais grimpé deux étages lorsqu'un grondement a parcouru le puits. Un tremblement de terre ? Je me suis figé sur mon échelle, agrippé aux barreaux de toutes mes forces, prêt à recevoir une pluie de débris.

Mais le puits ne s'est pas mis à trembler. Les câbles sont restés immobiles. Ce grondement provenait d'un coup de tonnerre. Même si l'orage était encore loin, il s'était ostensiblement rapproché.

Échelon après échelon, j'ai repris mon ascension, en me demandant comment j'allais faire sortir Danny de ce haut donjon, si tant est que je parvienne à le délivrer. Puisque des sentinelles étaient vraisemblablement postées dans les escaliers, nous ne pourrions emprunter ce chemin pour nous enfuir. Et, avec son handicap, jamais Danny ne pourrait descendre par cette échelle.

Mais chaque problème en son temps – d'abord, trouver Danny et le délivrer.

À trop anticiper, on ne fait rien, en particulier dans mon cas où toutes les stratégies possibles d'évasion impliquaient le meurtre de l'un au moins de nos adversaires (sinon de tous). Le choix de tuer ne m'était jamais aisé, même si c'était une question de survie, même si c'était moi le « bon » et eux les « méchants ».

Je ne suis pas un James Bond ayant le permis de tuer. Je déteste même encore plus le sang que Miss Moneypenny !

Arrivé au quatrième étage, j'ai trouvé les portes palières ouvertes, les premières depuis le début de mon ascension ; elles formaient un rectangle gris dans le noir du puits.

L'alcôve, derrière l'ouverture, donnait sans doute sur le couloir. Plusieurs portes de chambres devaient être ouvertes, d'autres avaient été défoncées par les pompiers, ou détruites par les flammes. Les fenêtres dans ces chambres qui, contrairement à celles du rez-de-chaussée, n'avaient pas été murées pour dissuader d'éventuels intrus, laissaient passer la lumière, et la faible clarté, par réflexion, parvenait jusqu'à l'alcôve des ascenseurs.

Mon instinct me disait que je n'étais pas monté assez haut, qu'il me fallait poursuivre mon ascension. L'orage lointain a de nouveau fait entendre sa voix de basse alors que je me trouvais entre le sixième et le septième étage. Au moment où je dépassais le huitième, j'ai commencé à me demander combien de *bodachs* s'étaient massés dans l'hôtel pour assister à la catastrophe.

Un *bodach* est une créature des contes de fées des îles britanniques, un être rusé et sournois qui descend par les cheminées la nuit pour emporter les petits enfants qui n'ont pas été sages.

En plus de voir les morts, je peux, à l'occasion, distinguer la présence d'esprits malfaisants que j'appelle des *bodachs*. Ce ne sont pas les *bodachs* de Cornouailles, mais il me faut bien leur donner un nom et celui-ci leur convient à merveille.

Un jeune garçon anglais (la seule personne ayant mon don qu'il m'ait été donné de rencontrer) les avait appelés des *bodachs* en les voyant. Quelques minutes après avoir employé ce mot devant ces créatures, le garçon périssait, renversé par un camion fou.

Je ne parle jamais des *bodachs* quand il y en a dans les parages. Je feins de ne pas les voir, je ne montre ni curiosité ni peur en leur présence. Je suis persuadé que s'ils savaient que je peux les voir, un autre camion fou mettrait fin à mes jours.

Ces êtres sont entièrement noirs, sans traits ; ils sont si fins qu'ils peuvent se faufiler sous une porte, passer par le trou d'une serrure. Ils n'ont pas plus de substance que des ombres.

Ils se déplacent sans bruit, marchent à quatre pattes, furtifs comme des chats – mais des chats de la taille d'un homme. Parfois ils se dressent sur leurs pattes arrière et ressemblent alors à des monstres mi-hommes mi-chiens.

J'ai déjà parlé d'eux dans mon premier livre. Je ne vais pas m'étendre davantage à leur sujet.

Ce ne sont pas des esprits humains et ils n'appartiennent pas à ce monde. Leur royaume, je suppose, est une terre de ténèbres et de hurlements.

Leur présence annonce toujours l'imminence d'un événement sinistre avec de nombreux morts – comme la fusillade du centre commercial en août dernier. Un simple meurtre, comme celui du Dr Jessup, ne les attire pas, ne suffit à les faire sortir de leur antre. Leur prédilection va aux cataclysmes naturels, et à la violence humaine à grande échelle.

Dans les heures qui ont précédé le séisme et l'incendie, ils devaient être des centaines à se presser dans le casino et dans l'hôtel, vibrant d'excitation à l'idée du tsunami de souffrance qui allait déferler – la désolation et la mort, c'était leur menu préféré.

Deux cadavres pour l'instant – le Dr Jessup et Tête de serpent – n'allaient pas susciter l'intérêt des *bodachs*. Leur absence laissait supposer que cette histoire ne se conclurait pas par un bain de sang.

Toutefois, pendant que je poursuivais mon ascension, mon imagination peuplait l'obscurité de myriades de *bodachs*, comme autant de cafards, grouillant sur les murs, avides et frémissants.

27.

Arrivé aux secondes portes palières ouvertes, au douzième étage, j'ai senti, dans ma chair, que j'avais dépassé les sentinelles qui gardaient les escaliers. En fait, j'étais certain d'être parvenu au niveau où Danny était retenu prisonnier.

Mes bras, mes jambes étaient en feu, pas à cause de l'ascension, mais à cause de la tension extrême avec laquelle j'avais progressé. Même mes mâchoires étaient douloureuses, à force d'avoir serré les dents.

Il me fallait quitter l'échelle et faire l'araignée sur le mur pour rejoindre l'alcôve. Je n'avais aucune envie d'affronter ce passage périlleux en pleine obscurité, toutefois, je n'ai utilisé ma lampe qu'un court instant, juste le temps de repérer la première des prises qui permettaient aux équipes d'entretien d'atteindre le palier.

« On », le temps de reconnaître la voie et « Off ».

J'avais beau m'essuyer les mains sur mon jean, elles étaient toujours aussi moites.

Même si j'étais prêt à rejoindre Stormy au service actif, je n'avais pas des nerfs d'acier. Si mes baskets avaient été moins serrées, j'aurais senti mes pieds trembler à l'intérieur !

J'ai tendu la main dans le carré gris, cherché à tâtons la poignée encastrée dans le mur, qui ressemblait à un déroulant pour papier toilette, mais en trois fois plus long. Je m'y suis agrippé avec ma main droite, en regrettant le doux cocon de ma cuisine de restaurant, avec ses fourneaux, son gril, ses friteuses crépitantes, puis j'y ai ajouté la main gauche et, enfin, j'ai quitté mon échelle.

Pendant un moment, je suis resté suspendu dans le vide, mes mains moites refermées sur le barreau, fouillant le mur des orteils à la recherche des prises de pieds. J'en ai trouvé une enfin, *in extremis*, au moment où la panique commençait à me gagner.

Maintenant que j'avais abandonné la sécurité de l'échelle, je mesurais la folie de mon entreprise.

La cabine se trouvait au sous-sol, treize étages plus bas. Tomber de cette hauteur, même en plein jour, ce n'est pas rien. Mais faire cette chute libre dans les ténèbres me glaçait le sang.

Je n'avais ni harnais de sécurité, ni corde pour m'assurer, ni parachute. J'œuvrais en solo intégral, comme ces trompe-la-mort qui escaladent les gratte-ciel.

Entre autres accessoires, il y avait, dans mon sac à dos, des Kleenex, deux barres énergétiques noix de coco-raisin et des lingettes senteur citron. Sur le coup, cela m'avait paru des articles indispensables.

Si je tombais de treize étages sur le toit de la cabine, au moins j'aurais de quoi me moucher, grignoter un morceau et me nettoyer les mains. Je mourrais ainsi dignement, sans la morve au nez et les mains propres.

Pendant que je faisais le singe sur la paroi et que je me juchais enfin sur le palier, j'étais, une fois de plus, porté, poussé par la force de mon magnétisme psychique, une force impérieuse.

Je me suis adossé contre le mur dans l'alcôve, soulagé de ne plus sentir le vide béant derrière moi. J'ai attendu que mes mains tremblantes sèchent, que mon cœur cesse de battre la chamade. À plusieurs reprises, j'ai plié et déplié mon bras gauche pour dissiper une crampe.

Au-delà de l'alcôve plongée dans la pénombre, une lumière grise filtrait des deux extrémités du couloir.

Pas de voix. À en juger par la prestation de la femme au téléphone, elle était du genre loquace, de celles qui aiment s'écouter parler.

Je me suis approché de l'angle du mur et j'ai jeté, avec précaution, un coup d'œil dans le couloir : un long corridor, désert. Çà et là, des portes ouvertes, laissant filtrer la lumière du jour provenant des fenêtres des chambres – exactement comme je l'avais imaginé.

L'hôtel était en forme de I. Chaque extrémité du couloir principal donnait sur un autre corridor perpendiculaire, plus petit, desservant d'autres chambres. Les deux escaliers de service, sous surveillance, se trouvaient dans ces ailes.

Prendre à droite ou à gauche ? Voilà le genre de choix cornélien auquel aurait été confronté un traqueur lambda. Mais pas moi. Avec beaucoup plus d'intensité qu'il n'en avait montré lorsque j'errais dans le labyrinthe souterrain, mon magnétisme psychique m'a indiqué le chemin : à droite, cap au sud.

Des fondations au dernier étage, les niveaux de l'hôtel étaient en béton armé. Le feu n'avait pas suffi à les fragiliser, encore moins à les faire crouler.

Les flammes s'étaient propagées vers les hauteurs par les gaines techniques. Seuls soixante pour cent de ces conduits avaient reçu un traitement ignifuge et étaient protégés par des buses anti-incendie, sur les cent pour cent exigés par le cahier des charges.

Les dégâts étaient donc inégaux. Certains étages étaient quasi réduits en cendres et d'autres avaient plus ou moins été épargnés.

Le douzième étage avait essuyé, comme cataclysme, la fumée et l'eau, mais avait échappé aux flammes dévorantes. Rien n'avait brûlé. La moquette était maculée de suie et de boue. Le papier peint cloquait, et partait en lambeaux. Quelques luminaires au plafond avaient perdu leur coupole de verre translucide et le sol était jonché d'éclats. Il fallait d'ailleurs que je fasse attention où je mettais les pieds car certains morceaux de verre pouvaient aisément traverser une chaussure.

Un vautour du Mojave, à l'évidence, était entré par une fenêtre brisée et n'avait pu retrouver la sortie. Dans ses efforts désespérés, l'oiseau s'était brisé une aile, contre un mur ou une porte. Ses restes macabres, à moitié désagrégés et momifiés par la chaleur du désert, gisaient sur un matelas de plumes, au milieu du couloir.

Même si ce niveau était en meilleur état que d'autres étages, personne n'aurait eu envie d'y séjourner pour les vacances.

Je passai, avec prudence, devant les portes ouvertes, examinant les chambres depuis le seuil. Toutes étaient désertes.

L'agencement du mobilier avait été drastiquement modifié par les secousses ; les meubles étaient renversés, entassés du même côté dans toutes les pièces. Tout était cassé, tordu… irréparable.

Derrière les fenêtres qui étaient brisées ou exemptes de suie, le ciel bas montrait une métastase de nuages d'orage, offrant encore une portion de bleu sain vers le sud, mais qui se réduisait comme peau de chagrin.

Les portes fermées ne m'inquiétaient pas. Si quelqu'un sortait de l'une de ces chambres, je serais prévenu par le cliquetis de la serrure, le grincement des gonds corrodés. En outre, aucune de ces portes n'était blanche et moulurée, à l'inverse de celle de mon rêve derrière laquelle la Mort m'attendait.

À mi-chemin entre l'alcôve des ascenseurs et l'extrémité du couloir, je suis arrivé devant une porte fermée qui m'a attiré irrésistiblement. Le numéro sur la plaque de cuivre terni était le « 1242 ». Comme une marionnette guidée par des fils invisibles, j'ai approché ma main droite de la poignée.

En faisant appel à toute ma volonté, j'ai trouvé la force de suspendre mon geste pour plaquer mon oreille contre le battant. Rien. Le silence.

Écouter aux portes est toujours une perte de temps. On écoute, encore et encore, et quand on se sent suffisamment rassuré, que l'on se dit que la voie est libre, on ouvre la porte et, à chaque fois, un type de l'autre côté vous attend de pied ferme, avec « né pour tuer » tatoué sur le front et, dans la main, un revolver gros comme une citrouille. À tous les coups, on gagne ! C'est aussi incontournable que les trois principes de la thermodynamique.

Quand j'ai ouvert la porte, je ne suis pas tombé nez à nez avec un gros tatoué – autrement dit, toutes les lois universelles s'écroulaient et les poules allaient bientôt avoir des dents !

Comme dans les autres chambres, le mobilier, réorganisé par le tremblement de terre cinq années plus tôt, était empilé sur un côté de la pièce, entremêlant lit, chaises, coiffeuse. L'emploi de chiens avait dû être nécessaire pour s'assurer qu'aucune victime, morte ou en vie, ne se trouvait sous cet amas chaotique

Toutefois, dans cette chambre, une chaise avait été retirée de la pile et placée dans la portion de la pièce déblayée par le séisme. Sur la chaise, ligoté avec du ruban adhésif : Danny Jessup.

28.

Les yeux clos, pâle, immobile, Danny paraissait mort. Mais une pulsation sur sa tempe et la crispation d'un muscle de la mâchoire prouvaient qu'il était en vie. Et qu'il souffrait.

Il ressemblait à cet acteur, Robert Downey Jr, mais sans cette aura d'addiction à l'héroïne qui était synonyme de glamour aujourd'hui chez les stars d'Hollywood.

Le degré de ressemblance, toutefois, s'arrêtait là. Derrière la similitude du visage, il y avait un cerveau dix fois supérieur à celui de n'importe quelle vedette de cinéma des dernières décennies.

L'épaule gauche de Danny est déformée par une excroissance osseuse, suite à la consolidation d'une fracture. Le bras, en prolongement, est si vrillé que la paume de sa main est tournée vers l'extérieur.

Sa hanche gauche est tordue. Il a une jambe plus courte que l'autre. Le tibia droit, après une fracture, s'est épaissi et incurvé. Après la repousse anarchique des os de sa cheville droite, son pied a perdu soixante pour cent de sa mobilité.

Sanglé à la chaise, dans son jean noir et son T-shirt zébré d'un éclair jaune, il aurait pu ressembler à un personnage de conte de fées : le prince charmant victime d'un sort, fruit des amours interdites entre une princesse et un troll.

J'ai refermé la porte derrière moi et j'ai murmuré :

— Tu veux sortir d'ici ?

Ses yeux bleus se sont ouverts et écarquillés de surprise. La peur a laissé place à la mortification ; contre toute attente, mon arrivée ne lui a apporté aucun soulagement.

— Odd, a-t-il chuchoté, tu n'aurais pas dû venir...

J'ai posé mon sac et je l'ai ouvert.

— Il n'y avait rien de bien à la télé !

— Je savais que tu allais venir, mais tu n'aurais pas dû, c'est peine perdue.

J'ai sorti du sac mon canif de pêche.

— Tu es toujours aussi optimiste.

— Sors d'ici tant que tu le peux encore. Elle est plus maboule qu'une poseuse de bombe syphilitique atteinte de la maladie de la vache folle.

— Il n'y a que toi pour aller chercher des images pareilles. Ce serait dommage d'en priver l'humanité.

Ses chevilles étaient attachées aux pieds de la chaise avec plusieurs tours de ruban adhésif. D'autres spires lui plaquaient la poitrine contre le dossier, et ses bras étaient scotchés aux accoudoirs en deux endroits – un lien aux poignets, un autre au creux des coudes.

J'ai commencé à trancher les spires qui enserraient son poignet gauche.

— Odd, arrête ! Même si tu as le temps de me détacher, je ne peux me lever et...

— Si tu as une jambe cassée, l'ai-je interrompu, je peux toujours te porter et te trouver une cachette.

— Non, ce n'est pas ça... ça n'a rien à voir... Si je me lève, ça va exploser.

J'avais achevé de libérer le poignet.

— « Exploser » ? Je déteste ce mot.

— Regarde derrière le dossier.

J'ai fait le tour de la chaise. J'étais déjà allé au cinéma, et, j'avais un peu roulé ma bosse dans la vie... j'ai reconnu aussitôt les pains de plastique ; ils étaient attachés au dossier avec les mêmes spires de ruban adhésif qui enserraient sa poitrine.

Une pile électrique, des fils de couleurs, un objet qui ressemblait à un niveau de charpentier, avec sa bulle pour indiquer l'horizontale, et un autre dispositif étrange, laissant à penser que le concepteur de la bombe connaissait son affaire.

— Si je lève mon cul de cette chaise, Boum ! Si j'essaie de bouger avec la chaise et que le niveau quitte l'horizontale, Boum !

— Effectivement, on a un petit problème.

29.

On a poursuivi notre conversation par murmures, chuchotements, messes basses, *sotto voce, voce velata*, de crainte non seulement que la poseuse de bombe folle ou ses compères ne nous entendent, mais aussi qu'un mot de travers, prononcé trop fort, ne déclenche la mise à feu de la machine infernale.

J'ai retiré la lampe accrochée à mon bras et je l'ai posée par terre.

— Où sont-ils ?

— Je ne sais pas. Odd, il faut que tu te tires d'ici.

— Combien de temps te laissent-ils seul d'ordinaire ?

— Ils passent environ toutes les heures. Elle était là il y a un quart d'heure. Appelle Porter !

— On n'est pas dans sa juridiction.

— Alors le shérif Amory !

— Si la police débarque, tu es mort.

— Qui veux-tu appeler alors ? Le service de dératisation ?

— Tout ce que je sais, c'est que tu vas mourir si je préviens les flics. Je le sais, c'est tout. Cette bombe... ils peuvent la faire sauter à distance ?

— Oui. Elle m'a montré la télécommande. Elle a dit que c'était aussi simple que de changer de chaîne.

— Qui est cette femme ?

— Elle s'appelle Datura. Il y a deux types avec elle. Je ne connais pas leurs noms. Il y en avait un autre aussi.

— Je sais. J'ai retrouvé son corps. Que lui est-il arrivé ?

— Je n'ai pas vu ce qui s'est passé. Un type... bizarre. Comme les deux autres, d'ailleurs.

— C'est quoi, son nom complet ? ai-je demandé en coupant les liens qui enserraient son coude.

— Je ne connais que son prénom : Datura... Odd, arrête ! Ça ne sert à rien. Je ne peux pas me lever de cette chaise !

— Mais je veux que tu sois en mesure de le faire si la situation évolue. Qui est cette femme ? Que veut-elle ?

— Odd, elle va te tuer. Je te le jure. Il faut que tu t'en ailles.

— Pas sans toi, ai-je répliqué en m'attaquant aux tours de ruban adhésif qui entravaient son poignet droit.

Danny a secoué la tête.

— Je ne veux pas que tu te fasses tuer pour moi.

— Pour qui devrais-je mourir, alors ? Pour un inconnu ? Ça n'a pas de sens. Qui est cette femme ?

Danny a poussé un soupir contrit.

— Tu vas me trouver vraiment nul...

— Tu n'es pas nul. Tu es hors norme, nuance. Toi et moi, nous sommes bizarres. Mais pas nuls.

— Non, toi, tu es normal.

J'ai libéré son bras droit.

— À la ville, je suis un brave cuisinier, mais quand j'ajoute un gilet à ma garde-robe, c'est la révolution. Je vois les morts et je parle à Elvis, alors ne me dis pas que je suis comme tout le monde. Qui est cette femme ?

— Tu ne le diras pas à mon père, promis ?

Il ne parlait pas de Simon Makepeace, son père biologique, mais du Dr Jessup. Danny ignorait qu'il était mort.

Ce n'était pas le meilleur moment pour lui annoncer la nouvelle. Le chagrin allait le submerger. J'avais besoin que Danny soit concentré et opérationnel.

Mais Danny a dû voir quelque chose dans mon regard, dans mon expression. Il a aussitôt froncé les sourcils.

— Quoi ?

— Je ne dirai rien à ton père, ai-je répondu avant de porter mon attention sur les liens enserrant sa cheville droite.

— Juré ?

— Si je lui dis, je te donne ma carte du blob vénusien.

— Tu l'as toujours ?

— Tu vois bien que je suis bizarre ! Qui est Datura ?

Danny a pris une grande inspiration et a retenu sa respiration... l'instant s'est éternisé ; il tentait le record d'apnée, ou quoi ?

— Le téléphone rose, a-t-il lâché dans un souffle.

J'ai battu des paupières, un peu perdu.

— Rose ?

Il est devenu pivoine.

— Je suis sûr que tu tombes de haut, mais je ne l'ai jamais fait en vrai avec une fille.

— Pas même avec Demi Moore ?

— Pauvre con.

— Tu n'aurais pas raté une occasion pareille, hein ?

— Bien sûr que non... n'empêche qu'être puceau à vingt et un ans, ce n'est pas bon pour l'ego.

— Désormais, je vais t'appeler Votre Sainteté. Au siècle dernier, des types comme toi et moi étaient appelés des gentlemen. C'est fou comme tout peut changer en cent ans !

— Toi ? Ne me dis pas que tu fais partie du club ! Je manque peut-être d'expérience, mais je ne suis pas totalement naïf.

— C'est pourtant la vérité, ai-je répondu en commençant à couper ses liens à la cheville gauche. Je suis un membre à part entière.

Danny savait que Stormy et moi étions ensemble depuis le lycée. Mais il ignorait que l'on n'avait jamais fait l'amour.

Enfant, elle avait été violée par son beau-père. Pendant longtemps, elle s'était sentie souillée.

Elle voulait attendre le mariage avant de le faire ; pour elle, l'attente, repousser ce bonheur, la purifierait de son passé. Elle ne voulait pas que le souvenir de ces abus sexuels s'immisce dans notre lit.

Stormy voulait que le sexe entre nous soit propre, magnifique et miraculeux. Elle voulait que cela soit sacré ; et cela l'aurait été.

Puis elle est morte. Et nous n'avons jamais partagé cette joie ensemble... mais ce n'est pas si grave, car nous avons connu tant d'autres joies. En quatre ans, on en a fait le plein pour la vie entière.

Danny n'avait nul besoin d'avoir les détails. C'étaient des souvenirs privés, mes perles précieuses.

— Le téléphone rose ? ai-je répété tout en continuant à m'affairer sur sa cheville.

Il a hésité à poursuivre.

— Je voulais savoir ce que ça faisait de le faire au téléphone avec une fille. Une fille qui ne sait pas comment je suis.

J'ai fait exprès de m'attarder sur sa jambe, pour lui laisser le temps de poursuivre.

— J'ai un peu d'argent. (Il faisait allusion à ses créations de sites Web.) C'est moi qui paie mes notes de téléphone. Papa n'a jamais vu passer les numéros surtaxés.

Une fois que j'ai libéré sa cheville, j'ai essuyé consciencieusement la lame de mon canif, maculée de colle, sur mon jean. Je ne pouvais trancher les liens à sa poitrine, puisque la bombe y était attachée.

— Pendant deux minutes, c'était excitant. Mais, rapidement, c'est devenu vulgaire. Grossier. (Sa voix a chevroté :) Tu me prends sans doute pour un pervers.

— Tu es un être humain. Et c'est ce que j'aime chez mes amis.

Il a pris une longue inspiration pour se donner du courage.

— C'était grossier... et ridicule. Alors j'ai demandé à la fille si on pouvait arrêter, parler d'autre chose, de n'importe quoi. Elle a dit d'accord, pas de problème.

Les conversations au téléphone rose étaient facturées à la minute. Danny aurait pu disserter, pendant des heures, sur la qualité de telle ou telle marque de lessive que la fille se serait pâmée d'intérêt.

— On a parlé pendant une demi-heure, des choses qu'on aimait, qu'on n'aimait pas – des livres, des films, de la bouffe, ce genre de choses. C'était génial, Odd. Je ne peux te dire à quel point. Cela m'a fait un bien fou. C'était si... si gentil.

Je ne pensais pas que le mot « gentil » pouvait m'arracher des larmes, mais c'est bien ce qui a failli se produire.

— Dans cette société, on peut avoir un rendez-vous avec la fille de son choix. Au téléphone, s'entend.

— Et la fille, c'était Datura.

— Oui. La deuxième fois qu'on a bavardé, j'ai découvert qu'elle était passionnée par le surnaturel, les fantômes et tout ça.

J'ai refermé mon couteau et l'ai rangé dans mon sac.

— Elle a lu des milliers de bouquins sur le sujet, visité un tas de maisons hantées. Elle s'intéresse à tout ce qui est paranormal.

J'ai fait le tour de la chaise et me suis agenouillé derrière Danny.

— Qu'est-ce que tu fais ?

— Rien. Du calme. J'examine simplement ce machin. Continue à me parler de Datura.

— C'est la partie la plus dure...

— Je sais. Essaie quand même.

Sa voix s'est faite murmure.

— La troisième fois, on a pratiquement parlé que de trucs surnaturels : le triangle des Bermudes, la combustion humaine spontanée, les fantômes de la Maison Blanche. C'était idiot, je sais… mais je voulais lui plaire, l'impressionner.

Je ne suis pas un expert en explosif. Je n'ai approché qu'une fois une autre bombe dans ma vie – en août dernier, dans le centre commercial où il y a eu cette fusillade.

— C'était juste une fille qui était payée pour dire des trucs cochons à des hommes. Mais, pour moi, c'était important qu'elle m'aime bien, et même qu'elle me trouve attirant. Alors je lui ai dit que j'avais un ami qui pouvait voir les morts…

J'ai fermé les yeux.

— Au début, je n'ai pas dit ton nom… Au début, d'ailleurs, elle ne voulait pas me croire. Mais les histoires que je lui ai racontées sur toi étaient si détaillées, si bizarres, qu'elle a compris que je disais vrai.

La bombe du centre commercial était constituée de centaines de kilos d'explosifs cachés dans un camion. Le détonateur était des plus sommaires.

— Nos conversations étaient si agréables. Et le plus merveilleux… enfin, c'est l'effet que ça m'a fait sur le coup, c'est qu'elle a commencé à m'appeler, elle. Cela ne me coûtait plus rien.

J'ai rouvert les yeux et contemplé le paquet fixé au dossier. Cette bombe était d'une fabrication bien plus sophistiquée que l'autre. Elle était conçue pour me mettre au défi de la désamorcer.

— On ne parlait pas toujours de toi. Avec le recul, je m'aperçois qu'elle savait s'y prendre. Elle cachait bien son jeu.

En veillant à ne pas bouger le niveau de charpentier, j'ai suivi du doigt un fil rouge torsadé, et un autre de couleur jaune, moins sinueux. Puis un vert encore.

— Mais, après un moment, a poursuivi Danny, je n'ai plus rien eu à lui raconter sur toi… sauf ce qui s'était passé au centre commercial. Cette histoire a fait le tour du pays et la une de tous les journaux… c'est comme ça qu'elle a su ton nom.

Un fil noir, un fil bleu, un fil blanc, un deuxième fil rouge… j'avais beau les toucher tous, les regarder chacun avec intensité, mon sixième sens restait muet.

— Je regrette tant, Odd. Je m'en veux tellement. Je t'ai trahi.

— Par amour, Danny. Pas pour de l'argent. Ce n'est pas pareil.

— Je ne l'aime pas, Odd.

— D'accord. Alors disons par espoir d'amour.

Perdu par le câblage de la bombe, je suis revenu face à Danny.

Il se frottait le poignet droit, là où les spires de ruban adhésif avaient laissé des sillons pourpres dans sa chair.

— Pour l'espoir d'un amour, ai-je répété. Qui aurait pu résister en pareille situation ?

Les larmes perlèrent dans ses yeux.

— Écoute-moi, ai-je commencé. Toi et moi, on n'est pas fait pour casser notre pipe dans un casino miteux. Si on doit vivre notre dernier chapitre dans un hôtel, autant se louer une suite royale dans un cinq étoiles, tu ne trouves pas ?

Il a acquiescé.

J'ai caché mon sac à dos dans la pile de meubles renversés par le séisme, là où l'on ne risquait pas de le trouver.

— Je sais pourquoi ils t'ont amené ici… ici et pas ailleurs. Si ta Datura croit que je peux voir les morts, elle se dit qu'il doit y en avoir une ribambelle qui traîne dans le secteur. Ce que je ne comprends pas, c'est cette virée dans les conduits souterrains.

— C'est une folle furieuse, Odd. Je ne m'en étais pas rendu compte au téléphone, ou alors je ne voulais pas le voir… J'étais trop content de pouvoir lui conter fleurette. C'est si pathétique. Sa folie est d'un genre bizarre... Elle vit en pleine fabulation, mais elle n'est pas stupide. C'est, au contraire, une rusée. Elle a voulu m'emmener au Panamint par un chemin inhabituel histoire de mettre à l'épreuve ton magnétisme psychique, pour s'assurer qu'il était vrai. Mais il y a autre chose...

À voir son hésitation, ce qu'il s'apprêtait à me révéler n'allait pas être réjouissant... Il ne risquait pas de me dire que Datura chantait du gospel ou qu'elle m'avait préparé mon gâteau préféré.

— Elle veut que tu lui montres des fantômes. Elle pense que tu peux les appeler, les faire parler. Je ne lui ai jamais dit ça, mais elle ne veut pas en démordre. Et ce n'est pas tout. Je ne sais pas pourquoi... (il a secoué la tête d'incrédulité) mais j'ai l'impression qu'elle veut te tuer.

— J'ai le don d'agacer pas mal de gens... Hier soir, derrière le Blue Moon Café, quelqu'un a tiré un coup de fusil.

— C'était l'un de ses sbires. Celui que tu as trouvé mort.

— Sur qui tirait-il ?

— Sur moi. Ils avaient relâché leur surveillance au moment de sortir de la camionnette. J'ai tenté de me sauver. C'était un coup de semonce, pour me dire de ne pas aller plus loin.

Il s'est essuyé les yeux du revers de la main. Trois de ses doigts, après une fracture, s'étaient mal consolidés. Ils étaient plus gros, et déformés par des excroissances osseuses.

— Je n'aurais pas dû m'arrêter. J'aurais dû continuer à courir. Tout ce qu'ils auraient pu faire, c'était de me tirer dans le dos. On n'en serait pas là, maintenant.

Je me suis approché de lui et j'ai enfoncé mon doigt dans l'éclair jaune de son T-shirt.

— Arrête ça. Si tu continues à nager dans cette direction, tu vas te noyer dans l'apitoiement. Ce n'est pas pour toi, Danny.

Il a secoué la tête.

— Dans quelle merde je nous ai foutus...

— Tu n'as jamais pleuré sur ton sort. Jamais. On est deux types bizarres, puceaux qui plus est, mais on est des durs à cuire. N'oublie jamais ça.

Il a esquissé un sourire malgré lui, malgré une nouvelle coulée de larmes.

— Et j'ai encore ma carte du mille-pattes martien mangeur de cerveau.

— On n'est pas des petites choses fragiles, des sentimentaux à la manque !

— Ta remarque sur Demi Moore était drôle.

— Il faut que j'aille repérer les lieux. Pendant mon absence, ne t'avise pas de basculer ta chaise pour déclencher la bombe.

J'ai vu dans son regard qu'il avait envisagé cette possibilité.

— Tu te réduis en bouillie... et comme ça, tu te dis que je peux appeler Wyatt à la rescousse... mais ce serait une grosse erreur d'appréciation. C'est devenu une affaire personnelle. C'est à moi de coincer ces trois affreux. À moi seul. Et je ne sortirai pas d'ici avant de l'avoir fait. Tu as bien saisi, Danny ?

— Quelle merde...

— En plus, il y a ton père. Tu dois vivre pour lui. Tu as pensé à sa peine ?

Danny a poussé un soupir.

— Oui. D'accord.

— Tu dois tenir le coup pour lui. C'est ta mission, à présent.

— P'pa est un type bien.

J'ai ramassé ma lampe.

— Si Datura revient avant mon retour, elle va voir que tes bras et tes jambes sont détachés. C'est tant mieux. Dis-lui simplement que je suis là.

— Que vas-tu faire ?

J'ai haussé les épaules.

— Improviser, comme toujours.

30.

Je suis sorti de la chambre 1242 et j'ai refermé la porte derrière moi. Un coup d'œil à droite, à gauche. Le couloir était toujours désert. Silencieux.

Datura...

Ce prénom paraissait faux, un pseudonyme de scène. À sa naissance, elle devait s'appeler Mary ou Heather, ou quelque autre prénom banal. Datura... ce nom avait des consonances exotiques ; il semblait chargé d'une signification cachée à laquelle elle aimait être associée.

Mon esprit était un lac noir au clair de lune et ce nom était une feuille posée sur l'eau immobile ; elle a flotté un moment à la surface, puis s'est gorgée d'eau, et les courants l'ont entraînée par le fond en une molle spirale.

Datura...

J'étais poussé vers le nord, d'abord vers l'alcôve des ascenseurs, puis au-delà. Si la femme m'attendait à cet étage, elle se trouvait loin de la chambre 1242.

Peut-être préférait-elle se tenir éloignée de Danny parce qu'elle avait perçu chez lui une certaine inclinaison au sacrifice, parce qu'il pouvait, sans crier gare, se faire sauter avec la bombe.

Certes il m'était possible de me laisser entraîner, bille en tête, vers Datura, mais je n'étais guère pressé de la localiser. C'était une Méduse, dont la voix – et non le regard – pouvait pétrifier les hommes, et pour l'heure je préférais rester un garçon de chair, dans toutes ses failles et ses faiblesses.

Le plan idéal : mettre Datura, et les deux affreux, hors d'état de nuire puis récupérer la télécommande de la bombe. Une fois ces trois-là neutralisés, je pourrais appeler sans crainte Wyatt à la rescousse.

Je n'avais guère plus de chance de vaincre ces trois personnes, certainement armées jusqu'aux dents, que les joueurs défunts du casino n'en avaient de récupérer leur vie d'antan sur un coup de dés.

Si j'appelais la police maintenant, je condamnais Danny à une mort certaine. C'était du moins mon intime conviction. La seule façon, donc, de rendre inoffensifs les ravisseurs, c'était de désamorcer la bombe... Mais tripoter ce fouillis de câbles, c'était faire des papouilles à un serpent à sonnette.

Malheureusement, je devais me préparer à cette éventualité. Et je n'en aurais pas terminé pour autant... une fois Danny délivré de la bombe, il nous restait encore à nous échapper d'ici...

Danny n'était pas d'une agilité exemplaire au naturel... Il devait, en outre, être épuisé par cette longue marche forcée jusqu'ici ; il ne pourrait donc se déplacer bien vite. Même dans ses bons jours, lorsqu'il était en forme, mon ami aux os de verre n'aurait pas descendu en courant une volée de marches.

Et pour rejoindre le rez-de-chaussée, c'était vingt-deux volées de marches qu'il allait falloir négocier, sans compter les salles du rez-de-chaussée, dangereusement encombrées de gravats... tout ça avec trois tueurs fous aux trousses.

Il suffisait de rajouter quelques filles en bikini et quelques malabars bodybuildés, et de nous coller dans les mains un bol de vers de terre à avaler chemin faisant, et nous avions la bande-annonce idéale pour un nouvel épisode de *Fear-Factor* !

Tout en remontant le couloir, j'ai fouillé rapidement quelques chambres dans l'espoir de trouver une cachette pour Danny dans le cas, peu probable, où je parvenais à le libérer de cette bombe.

Si je n'avais pas à m'occuper de Danny lorsque les ravisseurs s'élanceraient à ma poursuite, j'aurais plus de chances de m'en sortir. Si je savais mon ami à l'abri, en sécurité, peut-être oserais-je même appeler le chef de la police et sa cavalerie ?

Malheureusement, toutes les chambres se ressemblaient, et aucune n'offrait une cachette sûre face à des poursuivants déterminés. Datura et ses hommes de main, d'un seul regard, repéreraient tous les refuges possibles.

Un bref instant, j'ai songé réarranger les empilements de meubles pour ménager une cache pour mon ami. Mais déplacer des chaises branlantes, des lits et des tables de nuits serait bruyant ; je risquais d'attirer l'attention des ravisseurs avant d'avoir eu le temps d'achever mon projet.

En inspectant la dernière chambre ouverte, j'ai jeté un coup d'œil par la fenêtre. Le paysage était devenu plus sombre, sous le dais d'une armada de nuages noirs qui occultaient les trois-quarts du ciel. Les collines à l'horizon clignotaient comme sous les coups d'un stroboscope, et une canonnade, encore distante, mais inexorable, grondait dans les cieux.

Je me suis souvenu du coup de tonnerre qui avait résonné dans le puits de l'ascenseur, étrange, surnaturel… J'ai battu en retraite vers le couloir.

Toujours personne. J'ai rebroussé chemin vers le nord, dépassé la chambre 1242, et suis retourné dans l'alcôve des ascenseurs.

Neuf des dix portes de cabine étaient closes. Par sécurité, et pour faciliter les interventions des équipes de maintenance, les portes pouvaient être ouvertes manuellement, en cas de coupure d'électricité générale.

Ces portes étaient fermées depuis cinq ans. La fumée avait sans doute grippé les mécanismes.

J'ai tenté ma chance avec le premier ascenseur à ma droite. Les portes étaient entrouvertes. J'ai glissé mes mains dans l'interstice et fait pression sur les battants coulissants. Le vantail droit a bougé un petit peu ; celui de gauche a résisté, avant de céder brusquement, et s'est mis à rouler dans son rail avec des grincements à réveiller les morts.

Malgré la pénombre due aux nuages d'orage, il m'a suffi d'écarter les portes de quelques centimètres pour m'apercevoir que la cabine ne se trouvait pas derrière. Elle devait être coincée à un autre étage.

Seize étages, dix ascenseurs. Les probabilités qu'une des cabines soit arrêtée au douzième étaient minces. Les neuf autres portes pouvaient donner également sur du vide.

Peut-être, en cas de rupture de courant, les cabines étaient-elles programmées pour redescendre toutes au rez-de-chaussée ? Si tel était le cas, mon seul espoir c'est que ce dispositif ait eu une faille – comme tant d'autres systèmes de sécurité dans l'hôtel.

Sitôt que j'ai relâché les portes, elles sont revenues à leur position initiale.

Les portes du deuxième ascenseur étaient fermées plus hermétiquement que les précédentes. Les bords étaient arrondis toutefois, pour faciliter leur préhension en cas de manœuvre d'urgence. En couinant sur leurs roulettes, les portes se sont ouvertes. Les grincements m'ont donné le frisson.

Pas de cabine.

Cette fois, les portes sont restées béantes. Pour éviter des signes patents de mon passage, je les ai refermées à la main, ce qui n'a pas manqué de soulever un nouveau concert de couinements.

J'avais laissé des empreintes ostensibles sur le film de poussière qui recouvrait les battants. J'ai sorti de ma poche un Kleenex et ai passé le mouchoir en papier sur les traces pour les brouiller, en prenant soin de ne pas trop retirer la poussière pour ne pas générer d'autres marques – non moins ostensibles – de mon passage.

La troisième paire de portes s'est révélée inébranlable.

Derrière la numéro quatre, qui, elle, s'est ouverte sans bruit, j'ai trouvé une cabine. J'ai ouvert les vantaux en grand, et après un moment d'hésitation, je suis entré dans l'habitacle.

La cabine n'est pas tombée dans les abysses, malgré mon appréhension. Elle a supporté mon poids presque sans broncher et est restée au niveau du palier.

Les portes se sont refermées toutes seules à moitié ; j'ai dû finir la fermeture à la main – nouvelles traces, nouvelle entrée en action du Kleenex.

J'ai essuyé mes mains crasseuses sur mon jean. Une autre lessive en perspective.

Même si je savais parfaitement quoi faire ensuite, je suis resté cloué sur place dans l'alcôve, tant mon projet me semblait hasardeux. J'essayais de trouver une autre solution. Mais il n'y en avait aucune.

Dans ce genre de moment, je regrettais amèrement mon aversion maladive des armes à feu ! Pourquoi n'avais-je pas travaillé à la surmonter ?

D'un autre côté, quand on tire sur des gens armés, ils ont une fâcheuse tendance à répliquer. Et ça complique invariablement la situation.

Si on ne tire pas le premier (et ce, en étant certain de faire mouche) mieux vaut ne pas être armé. Dans les cas critiques, ceux qui ont un fusil se sentent supérieurs à ceux qui ont les mains vides ; ils sont arrogants, et par conséquent, ils sous-estiment leur adversaire. *A contrario*, un homme désarmé, par nécessité, restera sur le qui-vive : il sera plus en alerte, plus rapide et plus féroce dans ses réactions que son adversaire armé qui, lui, se croit invincible. Ainsi, parfois, être désarmé peut être un avantage...

Avec le recul, je m'aperçois que ce raisonnement est parfaitement absurde. Même sur le moment, je savais qu'il ne tenait pas debout, mais je m'y suis accroché parce que je devais trouver le courage de sortir de cette alcôve et passer à l'action.

Datura...

La feuille coulant au clair de lune, mêlant ses essences à l'eau, emportées par les lents courants, toujours plus loin, toujours plus profond.

Je suis sorti de l'alcôve et j'ai pris à gauche dans le couloir, vers l'aile nord cette fois.

Une employée du téléphone rose, furieuse et démente comme une vache folle, avait eu l'idée tordue de kidnapper Danny pour me contraindre à lui révéler mes secrets. Mais pourquoi avoir tué le Dr Jessup ? Et pourquoi de cette façon aussi brutale ? Juste parce qu'il s'était trouvé au mauvais moment, au mauvais endroit ?

Cette Vampirella du réseau des télécoms, cette dingue triple 6 avait trois compères (deux à présent) qui, apparemment, étaient prêts à commettre tous les crimes pour l'aider dans sa croisade. Il ne s'agissait pas de dévaliser une banque, ni d'attaquer un fourgon blindé, ni de vendre de la drogue. L'argent n'était pas sa motivation ; elle voulait des histoires de fantômes, sentir des doigts glacés caresser son échine... Je ne voyais pas ce que les types de sa bande avaient à y gagner. Ils mettaient leur vie et leur liberté en péril pour elle, pour des raisons qui échappaient à mon entendement.

Certes, les hommes, même dénués de toute pulsion meurtrière, laissent souvent une partie de leur anatomie penser à leur place. Les annales des crimes regorgent de cas de gros benêts menés par le bout du nez – pour ne pas dire par le bout du sexe – par de méchantes femmes.

Si elle était aussi aguichante en vrai qu'elle l'était au téléphone, manipuler les hommes devait être pour Datura un jeu d'enfant. Ses proies de prédilection avaient sans doute plus de testostérone que de globules rouges dans le sang, une incapacité à reconnaître le bien du mal, le goût des émotions fortes, de la cruauté à revendre, et ne connaissaient ni le remords ni les angoisses existentielles.

Elle n'avait eu que l'embarras du choix pour former sa troupe ; le monde d'aujourd'hui regorgeait de ces monstres à sang-froid.

Le Dr Wilbur Jessup n'était pas mort uniquement parce qu'il se trouvait là, mais parce que tuer était un plaisir pour ces types, une libération, une bonne rigolade. Une catharsis dans sa forme la plus élémentaire.

Quelques instants plus tôt, dans l'alcove des ascenseurs, je me demandais encore par quel mystère Datura avait pu monter son équipe. Mais à présent, leur association me paraissait aussi symbiotique qu'inévitable.

Face à ces gens, j'allais avoir besoin de tous mes dons si je voulais m'en sortir vivant.

J'ai continué à avancer, passant devant une litanie de portes, certaines ouvertes, d'autres closes… Jusqu'à me figer devant la 1203 : celle-là était entrebâillée.

31.

La quasi-totalité du mobilier avait été déménagé de la chambre 1203. Il restait seulement les deux tables de nuit, une table ronde et quatre chaises.

On avait fait un peu de ménage aussi. La pièce était loin d'être immaculée, mais elle était bien plus *cosy* que le reste de l'hôtel.

L'orage au loin occultait la lumière du jour, mais de grosses bougies dans des verres rouge et jaune apportaient un peu de clarté. Il y en avait six disposées au sol à chaque coin de la chambre et six autres sur la table.

En d'autres circonstances, les flammes clignotantes auraient dispensé une ambiance chaleureuse. Mais l'effet ici était inquiétant, nimbé d'une aura d'occultisme.

Le parfum des bougies masquait l'odeur rance de poussière et de suie. L'air était plus sucré que fleuri. Une odeur étrange.

Des draps blancs avaient été jetés sur les chaises pour offrir une assise propre.

Les tables de nuit avaient été disposées de part et d'autre de la baie vitrée. Sur chacune d'elles trônait un grand vase noir, et dans chaque vase deux ou trois douzaines de roses ; leur parfum était inexistant ou trop faible pour rivaliser avec l'odeur des bougies.

La femme aimait le décorum et les bivouacs confortables, même en pleine jungle urbaine, telles ces princesses d'Europe, visitant l'Afrique coloniale, qui prenaient le thé sur un tapis persan déroulé sur l'herbe de la savane.

Elle regardait le paysage, me tournant le dos. Elle était vêtue d'un pantalon corsaire noir et d'un chemisier noir aussi. Un mètre soixante-cinq. Des cheveux blonds épais, si clairs qu'ils paraissaient presque blancs, coupés courts, mais pas à la garçonne.

— J'ai quasiment trois heures d'avance sur le coucher du soleil, ai-je annoncé.

Elle n'a pas sursauté. Ne s'est même pas retournée vers moi. Elle a continué à contempler les nuées noires.

— Finalement, tu n'es pas si décevant que ça. Du moins pas totalement.

En direct, sa voix était aussi ensorcelante, aussi sensuelle qu'au téléphone.

— Odd Thomas, tu sais qui est le plus grand médium de l'histoire, la personne qui a su convoquer les esprits et les utiliser mieux que quiconque ?

— Vous ? ai-je avancé.

— Moïse ! Il connaissait les noms secrets de Dieu, c'est comme ça qu'il a pu vaincre le pharaon et ouvrir la mer Rouge.

— Moïse le Médium. Faudra me donner le nom de celui qui vous a fait le catéchisme !

— Des bougies rouges dans des verres rouges, tu as vu ?

— Votre camp est *cosy*.

— Qu'apportent-elles ?

— De la lumière ?

— La gloire ! a-t-elle rectifié. Et des bougies jaunes dans des verres jaunes ?

— J'espère que cette fois, c'est la bonne réponse : de la lumière ?

— La fortune !

En me tournant le dos ainsi, elle voulait m'attirer à la fenêtre, pour me montrer son ascendant sur moi, la toute-puissance de son aura.

J'étais bien décidé à ne pas entrer dans son jeu.

— Gloire et fortune... mon problème, c'est que je n'achète que des bougies blanches.

— Bougies blanches dans du verre blanc apportent la paix. Je ne les utilise jamais.

Je ne voulais en aucun cas m'approcher de la fenêtre, me plier à sa volonté ; j'ai choisi de me diriger vers la table ronde qui trônait entre nous deux. Il y avait, en plus des bougies, d'autres objets sur le plateau ; l'un d'eux était une télécommande.

— Je mets toujours, avant de dormir, du sel entre mes draps et le matelas. Et, au-dessus du lit, j'ai accroché un bouquet de potentille.

— Pour ma part, je dors de moins en moins, ces temps-ci, ai-je répondu. Mais il paraît que c'est normal avec l'âge.

Enfin, elle s'est tournée vers moi.

J'ai ressenti un choc... Dans les mythes, le succube est un démon qui se présente sous la forme d'une femme irrésistible qui séduit les hommes et vole leur âme. Datura, par son visage, son corps, était faite pour mener une telle entreprise.

Sa posture, son attitude trahissaient une assurance d'airain, l'assurance d'une femme consciente de son *sex-appeal*.

Je la contemplais comme j'aurais contemplé un bronze aux proportions harmonieuses, quel que soit le sujet représenté – femme, loup ou pur-sang anglais –, mais l'œuvre était trop lisse, trop parfaite ; il manquait cette aura ineffable qui enflamme le cœur. En sculpture, c'est cette qualité qui différencie l'art de l'artisanat. Chez une femme, c'est ce qui distingue la beauté miraculeuse – celle qui émerveille l'homme, qui le rend humble – de l'attrait purement charnel.

La beauté qui transporte les cœurs est souvent imparfaite, elle laisse entrevoir la grâce et la gentillesse, elle éveille davantage la tendresse que le désir.

Les prunelles bleues de Datura, intenses, directes, promettaient mille extases, mille plaisirs, mais le regard était trop vif, trop acéré pour étourdir l'âme ; pour reprendre la métaphore habituelle, ces yeux-là ne lançaient pas des flèches ardentes transperçant le cœur mais des coups de poignards pour le déchiqueter.

— Les bougies sentent bon, ai-je dit d'un ton détaché, pour lui prouver que je n'étais pas impressionné par son physique.

— C'est de l'huile magique Cléopâtre.

— Connais pas.

— Es-tu réellement ignorant de ces mystères, Odd Thomas ? Ou me joues-tu encore la comédie du benêt ?

— Je prends l'option « Ignorant ». Et pas seulement des pouvoirs magiques des fleurs et des parfums. J'ignore des tas de choses, des pans entiers du savoir humain me sont inconnus. Je n'en suis pas fier, mais c'est la stricte vérité.

Elle avait un verre de vin à la main. Elle en a bu une longue gorgée, avec délectation, puis m'a regardé.

— Les bougies sont parfumées à l'huile Cléopâtre. L'huile Cléopâtre est un philtre d'amour. Elle envoûte les hommes, les incite à obéir à celle qui a allumé les bougies. (Elle a désigné la bouteille de vin et un autre verre sur la table.) Ça te tente ?

— C'est très aimable à vous, mais je préfère garder les idées claires.

Si Mona Lisa avait eu le sourire de Datura, la peinture serait restée aux oubliettes.

— Oui, c'est sans doute préférable.

— C'est la télécommande de la bombe ?

Seule une fugace crispation de son sourire a trahi sa surprise.

— C'était sympa, cette bafouille avec Danny ?

— La télécommande... elle a deux boutons.

— Le noir commande la mise à feu. Le blanc, le désamorçage.

L'appareil était plus près d'elle que de moi. Si je me ruais sur la table, elle atteindrait la télécommande la première.

Je ne suis pas du genre à frapper les femmes, mais j'aurais pu faire une exception pour elle.

Elle devait être armée toutefois, et cela refrénait mes élans. J'étais certain qu'elle me plongerait un couteau dans le ventre au moment même où je lèverais le poing pour lui asséner un crochet.

Je craignais également que, par une pulsion maligne, elle presse le bouton noir.

— Danny t'a beaucoup parlé de moi ?

J'ai décidé de passer la brosse à reluire :

— Comment une femme qui a tout pour elle peut-elle se retrouver dans un téléphone rose ?

— J'ai fait quelques films X. Ça payait bien. Mais les carrières sont courtes dans le métier. Et puis j'ai rencontré ce gars qui avait un site porno en ligne et une société de téléphone rose. Ces trucs-là, ce sont des pompes à fric, il suffit d'ouvrir le robinet pour que l'argent coule à flot. Je l'ai épousé. Il est mort. Et j'ai hérité de l'affaire.

— Vous l'avez épousé, il est mort et vous voilà riche.

— La chance sourit à certains. À moi, en tout cas. Je suis née sous une bonne étoile.

— Vous êtes la patronne et pourtant vous continuez à passer les coups de fils.

Cette fois, son sourire a semblé moins artificiel.

— Il y a tant de garçons paumés. C'est drôle de les mettre dans tous leurs états rien qu'avec des mots. Ils ne se rendent même pas compte comme c'est humiliant –

pour eux. Et ils payent ! Ils payent pour qu'on se paye leur tête !

Derrière elle, les éclairs, toujours hauts dans le ciel, faisaient clignoter les nuages, comme des voiles de lumière illuminés par les battements d'une aile invisible. Mais les grondements du tonnerre se rapprochaient, puissants, sauvages – ce n'était pas la voix des anges mais celle d'un démon.

— Quelqu'un a dû tuer un serpent noir et l'a pendu à un arbre.

Je commençais à m'habituer à ses déclarations énigmatiques et je pensais, une fois encore, pouvoir rester impassible, mais je n'ai pu m'empêcher de montrer ma perplexité :

— Un serpent noir ? Pendu à un arbre ?

Elle a désigné le ciel plombé.

— Pour faire venir la pluie, il suffit d'accrocher le cadavre d'un serpent noir à une branche.

— J'ignorais ce détail.

— Menteur ! (Elle a bu une nouvelle lampée.) Bref, pour ce qui est de l'argent, j'ai de quoi voir venir pour plusieurs années. Cela me donne la liberté de poursuivre mon chemin spirituel.

— Sans vouloir vous offenser, j'ai du mal à vous imaginer recluse en prière.

— Le magnétisme psychique est une nouveauté pour moi.

— C'est juste un nom de mon cru pour désigner l'intuition, ai-je répondu en haussant les épaules.

— C'est plus que ça. Danny m'a raconté. Et tu viens de m'en faire une belle démonstration. Tu peux convoquer les esprits.

— Non. Pas moi. Il faut demander à Moïse.

— Tu vois les esprits.

Si je jouais l'idiot, ça allait l'énerver et ça ne ferait qu'aggraver la situation.

— Je ne les convoque pas. Ce sont eux qui viennent à moi. Et d'ailleurs je m'en passerais bien.

— Il doit y avoir plein de fantômes ici.

— Oui. Quelques-uns.

— Je veux les voir.

— Impossible.

— Alors je vais tuer Danny.

— Je vous jure que je ne peux pas les faire venir sur commande.

— Je veux les voir, a-t-elle répété d'un ton de glace.

— Je ne suis pas médium.

— Menteur.

— Ils ne viennent pas sous une forme ectoplasmique que tout le monde peut voir. Je suis le seul à pouvoir les distinguer.

— Tu n'es pas comme les autres, c'est ça ?

— Non, malheureusement.

— Je veux leur parler.

— Les morts ne parlent pas.

Elle s'est emparée de la télécommande.

— Je vais faire sauter l'autre petit con. Je suis sérieuse.

Prenant un risque que j'espérais calculé, j'ai répliqué :

— Vous allez le faire de toute façon, que j'accède ou non à vos désirs. Ce serait trop risqué de le laisser en vie. Vous n'avez aucune envie qu'on vous coince pour le meurtre du Dr Jessup.

Elle a reposé la télécommande et s'est adossée à la fenêtre, prenant la pose, les reins cambrés, les seins pointés vers moi.

— Et toi ? Je vais te tuer aussi ?

— C'est évident.

— Alors pourquoi es-tu venu ?

— Pour gagner du temps.

— Je t'ai ordonné de venir seul.

— Il n'y a personne, lui ai-je assuré.

— Alors, gagner du temps pour quoi ? Dans quel but ?

— Dans l'espoir que le destin me donne un coup de pouce, m'offre une occasion à saisir.

Elle avait autant d'humour qu'une pelle à tarte, mais ma réponse l'a visiblement amusée.

— Tu penses que je peux commettre des erreurs ?

— Tuer le Dr Jessup en était une.

— Ne sois pas plus bête que tu n'es. Il fallait bien que les garçons s'amusent, a-t-elle répondu comme si le meurtre du radiologue était une nécessité évidente. Comme si cela faisait partie du marché.

Quand on parlait du loup... Les « garçons » ont fait leur apparition. Je me suis retourné à leur arrivée.

Le premier ressemblait à un cyborg de laboratoire, mi-homme, mi-machine, ayant eu pour aïeul une locomotive. Énorme, robuste, le genre de gros bébé tout en muscle, mais dont la lenteur apparente n'était qu'un leurre ; à n'en pas douter, ce modèle-là pouvait vous foncer dessus plus vite encore qu'un train fou.

Un faciès de brute épaisse. Un regard aussi intense que celui de Datura, mais plus impénétrable.

Il n'y avait pas que de la méfiance dans ces yeux-là, mais du mystère, quelque chose d'indicible. J'avais la sensation troublante que derrière ces prunelles se cachait un esprit bien différent de celui des autres mortels, une *terra incognita* digne des mondes des confins de l'univers.

À en juger par sa corpulence, le fusil dans ses mains paraissait un accessoire superflu. L'inconnu est allé se poster derrière la fenêtre, arme aux poings, pour surveiller le désert.

L'autre était costaud, mais pas aussi impressionnant que son acolyte. Il était jeune encore et avait cet air bouffi et revêche d'un pilier de bar passant sa vie à boire et à se bagarrer – deux vices auxquels il devait s'adonner sans modération.

Son regard a croisé le mien, mais avec moins d'effronterie que l'*homo locomotivus*. Ses yeux ont glissé sur moi, comme si je le mettais mal à l'aise – ce qui me paraissait peu vraisemblable. Un taureau furieux, lancé au grand galop, ne l'aurait pas impressionné.

Il n'avait pas d'arme à la main ; peut-être en avait-il une cachée sous sa veste ?

Il a tiré une chaise, s'est assis, et s'est servi le verre de vin que Datura m'avait proposé.

Comme la femme, les deux sbires étaient vêtus de noir. Ce n'était pas un hasard. Sans doute Datura aimait-elle le noir et exigeait que ses « garçons » l'imitent.

Ils gardaient les escaliers. Elle ne les avait ni appelés par téléphone, ni prévenus par texto, mais ils savaient que je leur étais passé sous le nez et que je me trouvais avec elle.

— Ça, a-t-elle annoncé en désignant M. Locomotive, c'est Cheval André.

Il ne m'a pas accordé un regard. Et je n'ai pas eu droit au « ravi de faire votre connaissance » d'usage.

Pendant que le soiffard vidait son troisième verre de rouge cul sec, Datura continuait les présentations.

— Et ça, c'est Cheval Robert.

Robert contemplait les flammes dansantes des bougies.

— André et Robert Cheval. Ce sont des frères ?

— Cheval n'est pas un nom de famille. C'est leur qualificatif : « Cheval ».

— Cheval André et Cheval Robert, ai-je ânonné avant de me tourner vers la femme, j'ai eu des expériences bien souvent étranges, mais là c'est vraiment trop bizarre pour moi.

— Si tu me montres des fantômes, et tout ce que je veux, je pourrai leur demander de t'épargner. Ça te dirait de devenir mon Cheval Odd ?

— Ça alors, c'est une offre bien tentante, mais j'ignore ce qu'implique ma charge de « cheval » en terme de travail, de salaire, de couverture sociale...

— Le travail d'André et de Robert, c'est de m'obéir – m'obéir en tout. En compensation, je satisfais leurs besoins. Je veille à ce qu'ils ne manquent de rien. Et de temps en temps, comme pour Wilbur Jessup, je leur offre un petit extra.

Les deux hommes la regardaient avec une avidité qui n'était qu'en partie d'ordre sexuel. Je sentais chez eux d'autres pulsions, qui n'avaient rien à voir avec le sexe, un besoin qu'elle seule pouvait satisfaire, si aberrant que je n'espérais jamais en découvrir la véritable nature.

— Ces garçons sont insatiables, a-t-elle déclaré dans un sourire minaudier.

Un éclair aveuglant, cette fois effilé comme une dent de dragon, a transpercé les nuages. Puis un autre, juste après. Le tonnerre a claqué, assourdissant. Et le ciel, pris de convulsions, a vomi des gouttes de pluie par millions.

32.

Les trombes d'eau semblaient emporter avec elles la lumière du ciel ; d'un seul coup, une aura sombre et sinistre a nimbé la pièce, comme si la pluie n'était pas seulement un phénomène atmosphérique mais un jugement moral.

Dans cette nouvelle pénombre, les flammes des bougies se sont faites soudain plus vives. Des chimères rouges et orange couraient sur les murs, agitaient leurs cheveux au plafond.

Cheval André a posé son fusil au sol et a contemplé la tempête, ses deux grosses mains posées sur le rebord de la fenêtre, comme si les éclairs le nourrissaient d'énergie.

Cheval Robert est resté à la table, le regard rivé sur les bougies. Des arabesques rayonnantes, promesses de gloire et de fortune, dansaient sur son visage.

Datura a tiré une autre chaise et m'a demandé de m'asseoir. J'ai obtempéré ; il était inutile de la défier. Comme je l'avais dit en toute franchise, mon but était de gagner du temps et d'attendre que le destin tourne la situation en ma faveur. En bon cheval, donc, je me suis assis sans objection.

Elle a marché de long en large dans la pièce, en buvant son vin, s'arrêtant pour humer les roses, s'étirant comme une chatte, souple, gracieuse, sûre de son *sex-appeal*.

Elle a recommencé à me parler, à me tester; elle allait et venait dans la pièce, s'arrêtait parfois pour contempler, d'un air pénétré, les volutes de lumières qui jouaient au plafond...

— Il y a une femme à San Francisco qui lévite quand elle psalmodie des prières. Seuls quelques élus sont invités à venir l'observer aux solstices ou à la Toussaint. Je suis sûr que tu connais son nom et que tu es allé la voir, n'est-ce pas ?

— Non, je n'ai pas eu ce plaisir.

— Il y a une jolie maison à Savannah dont une jeune femme a hérité de son oncle. Le vieux lui a légué aussi un journal dans lequel il raconte qu'il a tué dix-neuf enfants et qu'il les a enterrés dans la cave. Il savait qu'elle ne préviendrait pas la police, même après sa mort. Tu as sans doute été plusieurs fois là-bas...

— Je ne voyage jamais.

— Moi, j'y ai été invitée plusieurs fois. Si l'alignement des planètes est propice et si les invités sont de qualité, on peut entendre les voix des enfants gémissant dans leur tombe. Ils supplient pour qu'on les laisse sortir de là ; ils ignorent qu'ils sont morts, alors ils pleurent, se lamentent, demandent qu'on les délivre. Un spectacle réellement impressionnant, comme tu le sais.

André debout à la fenêtre, Robert assis à la table... Le premier les yeux rivés sur les nuées noires, le second sur les flammes dansantes des chandelles, l'un comme l'autre hypnotisés par la voix envoûtante de Datura... Aucun des deux n'avait prononcé un mot. C'étaient des hommes étranges, silencieux, impassibles, comme détachés de tout.

Elle s'est approchée, s'est penchée au-dessus de moi et a sorti de son décolleté affolant un pendentif : une larme de pierre, peut-être un rubis, gros comme un noyau de pêche.

— J'en ai capturé trente là-dedans.

— Vous me l'avez dit au téléphone. Trente... trente bidules dans une amulette.

— Tu connais parfaitement le terme. Trente *ti bon ange.*

— J'imagine que ça ne doit pas être facile d'en attraper autant.

— Regarde ! On peut les voir à l'intérieur, a-t-elle lancé en me mettant la pierre sous le nez. Les autres ne les voient pas, mais toi, tu le peux, j'en suis sûre.

— Ils sont très mignons.

— Tu peux jouer l'innocent avec les autres, mais pas avec moi. Avec trente *ti bon ange,* je suis invincible.

— Vous me l'avez déjà dit. Ce doit être très rassurant de se savoir invincible.

— Il m'en faut un de plus encore, et celui-là doit être d'un genre spécial. Il faut que ce soit le tien.

— Vous m'en voyez flatté.

— Comme tu le sais, il y a deux façons de récupérer un *ti bon ange,* a-t-elle poursuivi en rangeant la pierre entre ses seins. (Elle s'est versé un nouveau verre de vin.) Je peux te le prendre par le rituel de l'eau. C'est la méthode la moins douloureuse.

— Va pour l'eau.

— Ou alors, André et Robert peuvent te forcer à avaler la pierre... Ensuite je t'ouvre les entrailles comme un poisson et je récupère ma pierre dans ton estomac pendant que tu agonises. Avec ton *ti bon ange* dedans !

Malgré cette annonce, ses deux canassons d'hommes n'ont pas bronché. Ils sont restés aussi immobiles que deux crotales à l'affût.

Elle a pris son verre, s'est dirigée vers les roses.

— Si tu me montres des fantômes, je prendrai ton *ti bon ange* de la façon indolore. Mais si tu t'évertues à jouer le crétin-qui-ne-sait-rien, tu vas vivre la pire journée de ta vie. Et connaître une souffrance que peu de gens ont endurée.

33.

Le monde est devenu fou. Il y a vingt ans, cette affirmation pouvait paraître exagérée ; aujourd'hui, elle est irréfutable, à moins de faire partie de la bande de déments qui l'habitent.

Dans cet asile global, les gens de l'espèce de Datura trônent au sommet, ils sont la jet-set de la folie. Leur ascension n'est pas due au mérite, mais à la force de leurs convictions.

La société s'évertuant à renier, dans ses principes fondateurs, la quête de la Vérité, l'individu se tourne alors vers *sa* vérité – qui n'a souvent rien à voir avec la Vérité générale ; ces vérités « restreintes » ne sont qu'un échantillonnage de préférences personnelles et de préjugés.

Plus un système de croyance est superficiel, plus la ferveur de ses fidèles est grande. Les plus revendicatifs, les plus fanatiques sont toujours ceux dont la foi est basée sur les fondations les plus branlantes.

Une femme qui veut récupérer le *ti bon ange* de quelqu'un (de quoi qu'il puisse s'agir), en forçant cette personne à avaler un caillou, puis en l'éviscérant vivante pour récolter ledit caillou dans son estomac, est, à mes yeux, une fanatique mentalement dérangée ; en toute humilité, je juge que cette personne s'inscrit hors du cadre de la philosophie occidentale et qu'elle n'est pas digne, si belle soit-elle, de participer au concours de miss Amérique.

Certes, puisqu'il s'agit de *mon* estomac, on pourra arguer que mon analyse n'est pas impartiale. À cela, je répondrai que la critique est facile lorsqu'on ne risque pas soi-même l'éviscération !

Datura avait trouvé sa vérité dans le fatras de l'occultisme. Sa beauté, sa soif de pouvoir, sa cruauté attiraient à elle des individus comme André et Robert, qui croyaient, certes, en son système étrange de pensée, mais qui adoraient surtout Datura telle une icône païenne.

En regardant la jeune femme tourner en rond comme une lionne en cage, je me demandais combien d'employés parmi le personnel de ses sociétés – le site porno en ligne, le téléphone rose – avaient été remplacés par des fidèles voués à sa cause, combien d'autres, trop faibles pour résister, avaient été convertis.

De combien d'âmes damnées disposait-elle ainsi pour tuer en son nom ? Un pressentiment me disait que, tout étrange qu'ils étaient, André et Robert n'étaient pas ses seuls soldats.

Et les équivalentes féminines d'un André ou d'un Robert, à quoi ressemblaient-elles ? L'idée de leur confier nos enfants, si elles travaillaient dans une crèche, faisait froid dans le dos.

Si je parvenais à m'échapper, à désamorcer la bombe, à délivrer Danny et à faire arrêter Datura, nul doute que j'allais être haï par ses ouailles. Si cette armée était modeste, elle pourrait perdre sa cohésion, se fragmenter. Les mercenaires trouveraient alors un autre gourou ou bien retourneraient à leur nihilisme originel, et on m'oublierait rapidement.

Mais si ses entreprises finançaient son armée, étaient la manne du culte, déménager et changer de nom, pour m'appeler Odd Smith, par exemple, ne suffirait à assurer ma sécurité.

Comme électrisée par les lames de lumière qui déchiraient le ciel, Datura a pris une poignée de roses dans l'un des vases et l'a agitée vers moi, en fouettant l'air rageusement, tout en reprenant son énumération de ses aventures surnaturelles :

— À Paris, dans le *sous-sol*[1] d'un immeuble réquisitionné par la Gestapo pendant l'Occupation, un officier nommé Gessel a violé de nombreuses femmes pendant ses interrogatoires; il les torturait par sadisme, les fouettait parfois jusqu'à la mort.

Les pétales volaient autour d'elle pendant qu'elle singeait la brutalité de Gessel.

— L'une de ses victimes, avec l'énergie du désespoir, s'est défendue : elle lui a attrapé la gorge à pleines dents et lui a sectionné la carotide. Gessel est mort dans sa propre salle de torture et, depuis ce jour, il hante les lieux.

Une fleur déchiquetée s'est détachée de sa tige et a atterri sur mes genoux. Surpris, je l'ai chassée du revers de la main comme s'il s'était agi d'une tarentule.

— À l'invitation du propriétaire actuel de l'immeuble, a poursuivi Datura, je suis allée dans ce *sous-sol*, qui est en fait une cave, deux niveaux sous le rez-de-chaussée. On doit se déshabiller dans cette pièce, s'offrir à lui... J'ai senti les mains de Gessel partout sur moi – avides, ardentes, affamées –, son sexe qui me pénétrait... Mais je n'ai pas pu le voir. On m'avait pourtant dit que je pourrais le voir, voir son fantôme de la tête aux pieds! (Dans un accès de rage, elle a jeté les fleurs par terre et les a piétinées.) Je voulais voir Gessel! J'ai senti sa présence. J'ai senti sa puissance, son désir, sa haine sans fin. Mais je ne l'ai pas vu. Cette preuve ultime, le contact visuel, m'a été refusée!

1. En français dans le texte *(N.d.T.)*.

Le souffle court, le visage empourpré, non à cause de ses gesticulations, mais de sa colère, elle s'est approchée de Robert, qui était assis en face de moi, et lui a tendu sa main droite.

Il a porté la paume de la femme à sa bouche. L'espace d'un instant, j'ai cru qu'il lui embrassait la main, un curieux moment de tendresse pour ces deux sauvages.

Mais les bruits de succion ont mis fin à cette illusion.

À la fenêtre, André a quitté du regard la tempête qui le mettait en transe. La lumière des bougies dansait sur son visage, sans parvenir à en adoucir les traits.

Telle une montagne de chair, il a marché vers la table et s'est planté à côté de la chaise de Robert.

Quand Datura avait empoigné les roses, des épines lui avaient percé la peau. Elle n'avait montré aucune douleur pendant sa tirade, mais à présent elle saignait.

Robert aurait bien léché les blessures jusqu'à la dernière goutte de sang. En s'activant, il poussait de longs soupirs de satisfaction.

Malgré l'étrangeté de cette vision, je doutais que ce fussent là les seuls « besoins » des chevaux de Datura. Ça, ce n'était qu'une mise en bouche...

Avec une expression de souveraineté perverse, la déesse du téléphone rose a privé Robert de son festin pour offrir sa chair en communion à André.

J'ai voulu reporter mon attention vers la fenêtre, vers le spectacle de l'orage, mais je ne parvenais à détacher mon regard de cette scène inquiétante qui se jouait à la table.

Le géant a approché sa bouche de la paume en coupe et s'est mit à la lécher à petits coups de langue comme un chaton. Ce n'était pas pour se nourrir, mais pour boire autre chose que du simple sang, un élixir mystérieux et impie.

Pendant que Cheval André jouissait des grâces de sa maîtresse, Cheval Robert regardait, le visage distordu d'envie.

Depuis que j'étais entré dans cette chambre 1203, le parfum Cléopâtre était devenu si capiteux qu'il me donnait des haut-le-cœur.

Alors que je faisais mon possible pour refréner les nausées, j'ai eu une vision. Je ne prétends pas qu'il faille la prendre au pied de la lettre, mais sa portée métaphorique n'en reste pas moins déroutante :

Durant cette communion du sang, Datura n'était plus une femme, elle n'était plus un être sexué, mais un spécimen hermaphrodite appartenant à une espèce cousine des insectes. Si la foudre embrasait le ciel derrière elle, l'éclairant en contre-jour, j'étais persuadé de découvrir que son corps humain n'était qu'une carapace abritant une créature à six pattes.

Elle a retiré sa main ; André a eu du mal à la lâcher. Mais sitôt qu'elle lui a tourné le dos, il est retourné docilement à son poste à la fenêtre, les mains posées à plat sur le verre pour regarder fixement les nuées noires.

Robert a reporté son attention sur les bougies. Son visage s'est fait immobile, mais dans ses yeux dansaient les reflets des flammes.

Datura s'est intéressée de nouveau à ma personne. Pendant un moment, elle m'a regardé comme si elle ne se rappelait plus qui j'étais. Et puis elle a souri.

Elle a ramassé son verre et est venue à moi.

Si j'avais compris qu'elle comptait s'asseoir sur mes genoux, je me serais levé d'un bond ; mais le temps que je saisisse son intention, elle était déjà à califourchon sur moi.

Son souffle chaud, à l'odeur de raisin, courait sur mon visage.

— Alors, ce coup de pouce du destin, tu l'entrevois ?

— Pas encore.

— Je veux que tu boives avec moi, a-t-elle susurré en approchant son verre de mes lèvres.

34.

Elle tenait le verre dans sa main blessée par les épines, la main qu'avaient léchée les deux hommes.

J'ai été pris d'un nouveau haut-le-cœur. J'ai rejeté ma tête en arrière au contact glacé du verre sur ma bouche.

— Bois avec moi, a-t-elle répété, de sa voix voilée, ensorcelante même en ces circonstances.

— Je n'en veux pas.

— Détrompe-toi. Tu en veux, mais tu ne le sais pas encore. Tu n'as pas encore découvert ta véritable nature.

Elle a pressé le verre sur mes lèvres ; j'ai encore détourné la tête.

— Le pauvre chéri… qui a peur d'être contaminé. Tu me trouves sale ?

Pour Danny, il valait mieux ne pas l'offenser ouvertement. Maintenant que j'étais ici, à sa merci, Danny ne lui servait plus à rien… Pour me punir, elle pouvait appuyer sur le bouton de la télécommande.

Sans grande conviction, j'ai répondu :

— J'attrape facilement un rhume.

— Mais je ne suis pas enrhumée.

— On ne sait jamais. Vous pourriez être infectée et ne pas encore avoir de symptômes.

— Je prends de l'échinacée. Tu devrais faire pareil. Et dire adieu aux rhumes !

— Je ne suis pas très « plante ».

Elle a passé son bras autour de mon cou.

— Le lobby pharmaceutique t'a lavé le cerveau, mon joli.

— Vous avez sans doute raison.

— Les lobby, celui des médicaments, du pétrole, du tabac, des médias... tous vampirisent la tête des gens. Ils déversent leur poison. Tu n'as pas besoin de produits chimiques. La nature soigne tous les maux.

— C'est vrai que le brugmansia a des effets frappants, ai-je répondu. Je regrette d'ailleurs de ne pas avoir une feuille sur moi. Ou une fleur, ou une racine. J'en aurais fait bon usage.

— Je ne connais pas cette plante.

Derrière le bouquet du cabernet sauvignon, je sentais, dans son haleine, une autre odeur, plus acide, astringente, que je ne parvenais à identifier.

J'avais lu un article sur les glandes sudoripares et l'haleinc dcs tucurs psychopathes ; on disait qu'il dégageait une odeur particulière parce que leur dérèglement mental s'accompagnait de certains dysfonctionnements physiologiques. Peut-être, dans son souffle, était-ce l'odeur de la folie ?

— Une cuillère de graines de moutarde est la panacée universelle, a-t-elle déclaré.

— J'en prendrais bien une louche !

— Manger de la racine de High John apporte la fortune.

— C'est moins fatigant que de travailler.

Elle a de nouveau pressé son verre sur mes lèvres ; quand j'ai voulu reculer, elle m'en a empêché en plaquant son bras derrière ma nuque.

J'ai détourné la tête. Elle a éloigné le verre et, à ma surprise, s'est mise à rire.

— Je sais que tu es un *mundunugu*, mais tu es un expert pour te faire passer pour une grenouille de bénitier !

Une bourrasque a projeté une salve de pluie sur les vitres.

Elle a remué ses fesses sur mes cuisses, m'a souri et embrassé sur le front.

— C'est idiot de se priver des bienfaits des herbes médicinales, Odd. Tu ne manges pas de viande, n'est-ce pas, mon joli ?

— Je suis cuisinier préposé aux grillades.

— Je le sais, mais ne me dis pas que tu manges de la viande !

— Si. Et même des cheeseburgers au bacon.

— Mais c'est une horreur. Tu veux te tuer ?

— Et des frites aussi.

— C'est suicidaire !

Elle a aspiré une lampée de vin et me l'a crachée à la figure.

— Tu crois pouvoir me résister ? Sache que Datura obtient toujours ce qu'elle veut. Que je peux te briser.

Ma mère n'y a pas réussi, ai-je rétorqué en pensée en essuyant mon visage du revers de la main.

— André et Robert peuvent te tenir et moi te pincer le nez. Dès que tu ouvriras la bouche pour respirer, je te verserai le vin dans le gosier. Et puis je casserai le verre sur tes dents et te forcerai à mâcher les morceaux. C'est cela que tu veux ?

Avant qu'elle ne recommence à approcher le vin, j'ai lancé :

— Vous voulez voir les morts ?

De nombreux hommes, sans doute, ont vu cette flamme d'excitation s'allumer dans les yeux de Datura, mais ce qu'ils prenaient pour du désir n'était que de l'avidité ; ces yeux-là avaient l'éclat glacé d'un crocodile affamé.

Elle a cherché mon regard.

— Tu m'as dit que personne d'autre que toi ne pouvait les voir.

— Je voulais garder mes secrets.

— Alors, tu peux les appeler.

— Oui, ai-je menti.

— Je le savais !

— Les morts sont ici, comme vous le supposiez.

Elle a regardé autour d'elle. La lumière des bougies faisait trembloter les ombres.

— Pas dans cette pièce, ai-je dit.

— Où sont-ils ?

— En bas. J'en ai vu plusieurs dans la salle du casino.

Elle s'est levée.

— Fais-les venir ici !

— Ce sont eux qui choisissent les lieux qu'ils hantent.

— Tu as le pouvoir de les convoquer !

— Cela ne marche pas comme ça. À quelques exceptions près, ils restent à l'endroit où ils ont péri… ou chez eux, là où ils ont été le plus heureux de leur vivant.

Datura a posé son verre sur la table.

— Quel tour caches-tu dans ta manche ?

— Je suis en T-shirt, ai-je précisé.

Elle a plissé les yeux.

— Que mijotes-tu ?

— Gessel, cet agent de la Gestapo… ai-je répondu en me levant de ma chaise, se manifeste-t-il ailleurs que dans la cave de cet immeuble ? Ailleurs que dans la pièce même où il est mort ?

Elle a réfléchi un moment.

— Entendu. Descendons au casino.

35.

Pour faciliter leur exploration du Panamint, Datura et ses sbires avaient emporté des lampes à pétrole, qui repoussaient bien mieux les ténèbres que des lampes torches classiques.

André, s'apprêtant à quitter la chambre 1203, a posé son fusil au pied de la fenêtre – c'était la preuve que les deux hommes devaient avoir des pistolets sous leurs vestes noires.

Ils ont laissé également la télécommande sur la table. Si mes tentatives pour faire venir les morts n'étaient pas concluantes, Datura ne pourrait faire sauter Danny sur-le-champ… Elle serait contrainte de remonter ici pour déclencher l'explosion.

Au moment où nous allions sortir de la chambre, Datura s'est rappelée qu'elle n'avait pas mangé de banane depuis la veille. Ce détail nutritionnel semblait l'inquiéter au plus haut point.

Des glacières avec la nourriture et les boissons se trouvaient dans la salle de bain. Elle est partie se chercher une Chiquita premier choix.

Pendant qu'elle pelait le fruit, elle m'a expliqué que le bananier, « comme tu le sais, mon joli, est l'arbre du fruit défendu au jardin d'Éden. »

— Je croyais que c'était un pommier.

— Ne joue pas au crétin avec moi !

Même si elle était certaine que je connaissais cette épineuse question théologique, elle s'est fait un devoir de m'expliquer que le Serpent (avec un S majuscule) était immortel parce qu'il mangeait deux fois par jour une banane. Et tous les serpents (avec un petit « s », cette fois) peuvent vivre mille ans rien qu'en suivant ce simple précepte alimentaire.

— Mais vous n'êtes pas un serpent.

— À l'âge de dix-neuf ans, m'a-t-elle confié, j'ai pratiqué un *wanga*, un charme pour capturer l'esprit d'un serpent. Il est enroulé autour de mes côtes... tu le vois, n'est-ce pas ? Et il va y demeurer l'éternité.

— Ou mille ans, tout au moins.

Sa théologie en patchwork – dont les pièces étaient cousues, à l'évidence, avec du fil vaudou et Dieu savait quoi encore – faisait de Jim Jones en Guyane, de David Koresh à Waco, et du gourou qui avait organisé un suicide collectif aux environs de San Diego en l'honneur du passage de la comète de Haley, des hommes de foi parfaitement saints d'esprit.

Au lieu de manger cette banane en nous gratifiant d'un show érotico-sensuel, elle a dévoré le fruit avec une détermination canine, mâchant sans plaisir, grimaçant à chaque bouchée.

Datura avait vingt-cinq ou vingt-six ans et s'astreignait à ce régime sans doute depuis sa majorité.

Après avoir ingurgité, au bas mot, cinq mille bananes, il était normal qu'elle soit un tantinet dégoûtée – d'autant plus si elle songeait aux milliers qu'il lui faudrait encore avaler ! Avec son espérance de vie de mille ans (en sa qualité de serpent – petit « s ») il lui restait la bagatelle de sept cent dix mille bananes à manger.

Être catholique était bien moins contraignant, en particulier un catholique comme moi qui fréquentait l'église en touriste.

Dans une large mesure, Datura était une âme égarée, pitoyable, mais sa fatuité et son ignorance la rendaient très dangereuse. L'Histoire regorgeait d'exemples de fous, qui, accompagnés de leurs fidèles et cultivant à parts égales l'ignorance et la mégalomanie, avaient massacré des millions d'innocents.

Une fois sa banane mastiquée et l'esprit du serpent rassasié, nous avons pu nous mettre en marche vers le casino.

Une vibration dans l'aine m'a fait sursauter. Par réflexe, j'ai plongé la main dans ma poche : le téléphone satellite de Terri !

Datura avait remarqué mon geste.

— Qu'as-tu là-dedans ?

Je ne pouvais pas le lui cacher.

— Mon portable, c'est tout. Je l'ai mis sur vibreur. Et ça m'a surpris.

— Il sonne encore ?

— Oui.

Je l'ai posé dans ma paume ouverte. On l'a tous les deux regardé vibrer jusqu'à ce que la personne qui appelait raccroche.

— C'est un regrettable oubli. Il me semble plus prudent de ne pas te le laisser.

Je ne pouvais qu'obéir.

Elle a emporté l'appareil dans la salle de bains. Elle l'a cogné sur le coin du lavabo. Une fois. Deux fois.

Elle est revenue, sourire aux lèvres.

— Un jour, on était au cinéma, et un connard a pris deux appels pendant le film. Après la séance, on l'a suivi et André lui a cassé les deux jambes avec une batte de baseball.

Comme quoi, même les tueurs psychopathes pouvaient faire preuve de conscience civique !

— Maintenant, allons au casino ! a-t-elle ordonné.

J'étais arrivé dans la chambre 1203 avec une lampe électrique. Elle était toujours accrochée à ma ceinture et personne n'a rien trouvé à y redire.

Robert, avec sa lampe-tempête, ouvrait la marche vers les escaliers. André fermait la procession, avec la deuxième lampe à pétrole.

Pris en sandwich entre ces deux grands gaillards, Datura et moi descendions les degrés de ciment, non pas l'un derrière l'autre, mais côte à côte – sur son ordre.

Dès la première volée de marches, j'ai entendu un sifflement menaçant. Le serpent, lové dans son thorax, s'était-il réveillé ? Mais ce n'était que le chuintement des flammes dans les manchons des lanternes.

À la seconde volée, elle m'a pris la main. Je l'aurais bien retirée de dégoût, mais je craignais que, par vengeance, elle ne demande à André de me trancher le poignet pour m'apprendre les bonnes manières avec les dames.

Mais la peur de son courroux n'était pas la seule explication à ma docilité... Elle m'avait pris la main sans effronterie, sans arrogance, mais avec hésitation, presque avec timidité ; et puis elle me l'a serrée très fort comme une enfant s'apprêtant à vivre une aventure effrayante.

Je n'aurais pas misé un dollar sur le fait qu'il subsiste chez cette femme démente la moindre trace de son innocence d'enfant... Mais la façon dont elle avait glissé ses doigts dans les miens, avec une sorte de soumission et de confiance, et son émotion à l'idée de ce qu'elle allait vivre m'avaient touché.

Dans la lumière féerique des lanternes, qui la nimbait d'une aura quasi surnaturelle, elle a tourné la tête vers moi ; et ses yeux brillaient d'excitation. Ce n'était pas ce regard froid et implacable de Méduse. Juste la joie de ce qui allait arriver.

De la même manière, son sourire était sans moquerie ni menace ; la simple expression d'un ravissement à l'idée de vivre un moment inoubliable.

Surtout ne pas céder à la compassion. Il était trop tentant – et trop facile aussi – d'imaginer les traumatismes qu'elle avait vécus enfant et qui l'avaient conduite à devenir ce monstre psychopathe. Le piège aurait été de croire que je pouvais lui faire oublier ses souffrances – et en inverser les effets – en faisant montre de gentillesse à son égard.

Rien ne prouvait d'ailleurs qu'elle ait subi quelque drame dans son enfance... Elle était peut-être née ainsi, dépourvue des gènes d'empathie pour ses semblables et autres briques biologiques essentielles de notre espèce. Auquel cas elle pourrait interpréter ma gentillesse pour de la faiblesse. Et dans le monde des prédateurs, montrer la moindre faille était une invite à l'assaut.

En outre, même si des drames familiaux l'avaient marquée à vie, cela n'excusait pas ce qu'elle avait fait à Wilbur Jessup.

Je me souviens d'un naturaliste qui, déçu par la bêtise humaine, était parti tourner un documentaire pour vanter la supériorité éthique des animaux, en particulier parmi les ours, chez qui il discernait non seulement une harmonie intime avec la nature, mais aussi une joie de vivre inaccessible aux humains, ainsi qu'une dignité morale, une compassion envers les autres espèces vivantes, et même une sensibilité mystique qu'il jugeait édifiante et admirable. Finalement un ours l'avait dévoré.

Avant que j'aie le temps de me perdre dans des brumes aussi illusoires que celles de ce naturaliste défunt, Datura m'a rappelé à la dure réalité, dès la quatrième volée de marches, en me narrant une autre de ses expériences magiques. Elle aimait tant le son de sa propre voix qu'elle ne pouvait tromper longtemps son monde par son sourire et son silence.

— À Port-au-Prince, à condition d'être invité par un adepte juju reconnu, on peut assister à une cérémonie interdite que redoutent la plupart des pratiquants vaudous. Dans mon cas, c'était les *Cochons gris*[1]. Ils terri-

1. En français dans le texte *(N.d.T.)*.

fient tout le monde sur l'île, et dans les régions rurales, ce sont les seigneurs de la nuit.

À n'en pas douter, les Cochons gris n'avaient pas grand-chose à voir avec l'Armée du salut.

— De temps en temps, les Cochons gris réalisent un sacrifice humain et mangent de la chair humaine. Les visiteurs n'ont pas le droit de participer, juste de regarder. Le sacrifice se déroule sur une grosse pierre noire suspendue par de grosses chaînes à une poutrelle d'acier.

Sa main a serré plus fort la mienne en se souvenant de cette horreur.

— La personne qui est sacrifiée est tuée d'un coup de couteau dans le cœur, et à cet instant les chaînes se mettent à tinter. Le *gros bon ange* s'envole pour quitter ce monde, mais le *ti bon ange*, entravé par la cérémonie, reste prisonnier dans les chaînes qu'il fait bouger.

Ma main est devenue moite et froide.

Elle a dû le sentir.

L'odeur dérangeante que j'avais perçue plus tôt, quand j'avais voulu emprunter l'escalier, m'a chatouillé de nouveau les narines. Une odeur de champignon, de moisissure, une odeur de viande rouge aussi.

Comme précédemment, l'image de l'homme mort que j'avais sorti de l'eau dans le tunnel s'est imposée à moi.

— Et quand on écoute le bruit des chaînes, a poursuivi Datura, on s'aperçoit alors qu'il n'y a pas que des grincements de métal. On entend une voix dans les chaînes, des gémissements de peur et de désespoir, des vagissements, des plaintes.

En silence, je l'ai suppliée de se taire.

— Cette voix continue à se faire entendre pendant que les Cochons gris découpent le corps sur l'autel ; ça dure une demi-heure. Quand c'est fini, les chaînes arrêtent de tinter tout d'un coup, parce que le *ti bon ange* se dissipe, et est absorbé par tous ceux qui mangent la chair du sacrifice.

Nous étions encore trois étages au-dessus du rez-de-chaussée et je ne voulais pas en entendre davantage. Si cette histoire était vraie (et elle l'était sans doute), la victime méritait qu'on la traite avec dignité, et non comme un vulgaire mouton. Je voulais connaître son nom.

— Qui était-ce ? articulais-je.

— Qui ça ?

— La victime du sacrifice. Qui était-ce ce soir-là ?

— Une jeune Haïtienne. Environ dix-huit ans. Quelconque. Plutôt vilaine, en fait. Une couturière, je crois...

J'ai été pris d'une soudaine faiblesse et j'ai lâché la main de Datura.

Elle m'a regardé en souriant, amusée. Cette femme était la perfection plastique incarnée, selon tous les canons esthétiques passés ou à venir, et sa beauté – qu'on la juge glacée ou non – aurait fait tourner toutes les têtes, quel que soit le lieu ou l'époque.

Un vers de Shakespeare m'est revenu en mémoire : *Ô quelles noirceurs l'homme peut cacher en lui-même, quoiqu'il paraisse un ange à l'extérieur !*[1]

Little Ozzie, mon mentor littéraire, qui se plaignait de mes lacunes en littérature classique, aurait été fier de moi en découvrant qu'un vers du barde immortel m'était venu *in extenso*, et au moment *ad hoc* !

Il aurait toutefois ardemment déploré mon aversion des armes à feu, puisque je m'évertuais à fréquenter des gens qui préféraient, pour se distraire, aller voir des sacrifices humains plutôt que des comédies musicales sur Broadway.

— Cela a été une expérience fascinante, a conclu Datura au moment où nous descendions les dernières marches. Le tintement dans les chaînes avait exactement le même timbre que la voix de la petite couturière de son vivant.

1. *Mesure pour mesure* ; acte III scène 2 *(N.d.T.)*.

— Comment s'appelait-elle ?

— Qui ça ?

— La couturière.

— Quelle importance ?

— Comment s'appelait-elle ? ai-je répété.

— Je n'en sais rien, sans doute l'un de ces prénoms ridicules typiquement haïtiens. Peu importe. Le vrai problème c'est que son *ti bon ange* ne s'est pas matérialisé. Je voulais le voir. Mais il n'y avait rien à voir. Cela a été très frustrant. Je voulais voir. Voir !

Sa voix prenait des accents d'enfant boudeur.

— Toi, tu ne me décevras pas, n'est-ce pas, mon joli ?

— Non.

Nous avons atteint le rez-de-chaussée. Robert continuait d'ouvrir la marche, en tenant sa lanterne plus haut qu'il ne l'avait fait dans l'escalier.

Pendant que nous nous dirigions vers la salle du casino, je tentais de mémoriser la topographie, chaque recoin, chaque tas de gravats.

36.

Dans la salle aveugle, j'ai retrouvé à la table de black-jack l'homme séduisant, avec le crâne dégarni. Il était assis à la même place qu'à mon arrivée, et attendait, depuis cinq ans, qu'on lui donne ses cartes.

Il m'a souri et salué de la tête, mais il a froncé les sourcils en apercevant Datura et son escorte.

J'ai demandé à André et Robert de poser les lanternes au sol, espacées l'une de l'autre de dix mètres. J'ai procédé à deux ajustements : décaler la première de trente centimètres sur la droite, et la seconde de quinze centimètres sur la droite – comme si la position des lampes était essentielle dans le rite que j'allais accomplir. Une simple mise en scène à l'intention de Datura, pour la convaincre qu'il y avait un protocole à suivre et qu'elle devait se montrer patiente.

Les confins de la salle restaient plongés dans les ténèbres, mais il y avait bien assez de lumière au milieu pour ce que je comptais faire.

— Il y a eu soixante-quatre morts dans le casino, m'a appris Datura. La chaleur a été si intense à certains endroits que même les os ont brûlé.

Le joueur de black-jack était le seul esprit en vue. Mais les autres ne tarderaient pas à se montrer ; ils allaient tous venir, tous ceux qui hantaient la lisière entre nos deux mondes.

— Regarde ces machines à sous, a lancé Datura. Elles ont toutes fondu ! On parle de l'enfer du jeu… cette fois, ce n'était pas qu'une image !

Sur les huit esprits présents plus tôt, un seul pouvait m'être utile.

— Ils ont trouvé les restes d'une vieille. Le séisme a renversé toute une rangée de bandits manchots et elle s'est retrouvée coincée dessous.

Je n'avais aucune envie d'entendre les détails sordides qui allaient suivre. Mais rien ne pouvait arrêter Datura…

— Son corps était si imbriqué dans le métal et le plastique fondus qu'ils n'ont pu l'extraire complètement.

Sous l'odeur rance de la suie et les multiples effluves de combustion, j'ai distingué l'autre relent de moisissure qui planait dans les escaliers. C'était une odeur subtile, mais bien réelle, elle allait et venait comme portée par un souffle invisible.

— Ils voulaient l'incinérer, puisque l'incendie l'avait déjà carbonisée à moitié et parce que c'était la seule façon de la détacher des machines.

De l'ombre est sortie la vieille dame qui avait un visage allongé et le regard vague. Peut-être était-ce elle qui s'était retrouvée écrasée ?

— Mais sa famille a refusé la crémation. Ils voulaient un enterrement traditionnel.

À la périphérie de mon champ de vision, j'ai perçu un mouvement ; c'était la serveuse dans sa tenue de squaw. J'étais triste. J'avais cru la convaincre de s'en aller.

— Alors ils ont mis la vieille dans le cercueil avec des bouts de machine incrustés dans tout le corps. C'est dingue, non ?

Le vigile est arrivé, en marchant un peu comme John Wayne, une main sur la crosse de son arme à sa ceinture.

— Tous ces morts... Il y en a quelques-uns ici ?
— Oui. Quatre.
— Je ne les vois pas.
— Pour l'instant, ils ne se manifestent qu'à moi.
— Qu'attends-tu pour me les montrer ?
— Il m'en faut un de plus. Je dois attendre qu'ils soient tous ici.
— Pourquoi donc ?
— C'est comme ça.
— Ne me raconte pas de salades !
— Vous aurez ce que vous voulez, lui ai-je assuré.

L'aplomb glacial de Datura avait laissé place à l'excitation, à une impatience quasi infantile, mais Cheval André et Cheval Robert restaient silencieux et impassibles, chacun plantés à côté de leurs lanternes respectives.

André contemplait la pénombre derrière le halo des lampes, comme si son regard s'égarait par-delà notre univers. Ses traits étaient amollis, amorphes, ses paupières ne battaient presque pas. La seule émotion qu'il avait montrée, c'était lorsqu'il avait léché la main de sa maîtresse, et encore, il avait été moins démonstratif qu'un golem d'argile.

À l'inverse d'André qui paraissait toujours dériver sur des eaux placides, Robert, de temps en temps, par une expression faciale fugace, une lueur soudaine dans le regard, montrait qu'il nageait en des eaux plus agitées... Avec les ongles de la main gauche, il se curait ceux de la main droite, lentement, méthodiquement, comme s'il trouvait dans cette occupation une satisfaction intarissable.

Au début, je pensais avoir affaire à deux demeurés, mais je commençais à réviser mon jugement. Leur vie intérieure n'était peut-être pas d'une richesse transcendantale, mais leur esprit était plus étrange qu'il n'y paraissait de prime abord.

Après tant d'années à chasser le fantôme avec Datura, peut-être rien ne pouvait-il plus les surprendre ? Même la plus exotique des excursions en *terra magica* peut devenir ennuyeuse à force de répétition.

À trop avoir entendu ses soliloques, les deux âmes damnées de Datura se réfugiaient dans le mutisme, se bâtissant des redoutes de silence imprenables, laissant passer les salves de mots au-dessus de leurs têtes.

— D'accord, tu attends un cinquième esprit, a-t-elle lancé en tirant sur mon T-shirt, mais ceux qui sont déjà là… où sont-ils ? Qui sont-ils ?

Pour la calmer et gagner du temps – parce que je redoutais que le mort qui m'était absolument indispensable ne se montre pas –, j'ai commencé à lui décrire le joueur à la table de black-jack; je lui ai détaillé son visage avenant, sa bouche pleine, son menton à fossette…

— Il se manifeste donc dans l'état où il était avant l'incendie ?

— Oui.

— Quand tu le feras apparaître pour moi, je veux le voir dans ses deux états – avant le feu, et après que les flammes l'ont dévoré.

— Entendu, ai-je répondu, sachant que je ne pourrais jamais la convaincre que ses demandes dépassaient le champ de mes compétences.

— Pour tous ! Je veux voir ce que le feu leur a fait ! Je veux voir leurs plaies, leur souffrance.

— Entendu.

— Qui d'autre y a-t-il ?

Un à un, je les ai désignés du doigt, là où ils se tenaient : la vieille dame, le vigile, la serveuse.

Datura s'est s'intéressée uniquement à la serveuse.

— Une brune ? C'est naturel ou une teinture ?

J'ai plissé les yeux pour mieux voir; le spectre s'est approché de moi pour me faciliter la tâche.

— Noir. Noir de jais. Naturel.

— Des yeux gris ?

— Oui.

— Je la connais. Il y a une histoire sur elle ! s'est exclamée Datura avec une avidité qui m'a fait froid dans le dos.

La serveuse a reporté son attention sur Datura et s'est encore approchée, pour se tenir à un mètre de nous.

Datura plissait à son tour les yeux, dans l'espoir de distinguer l'esprit, mais elle regardait à côté.

— Pourquoi erre-t-elle ici ?

— Je l'ignore. Les morts ne me parlent pas. Lorsque je leur demanderai de se rendre visibles pour vous, peut-être parviendrez-vous à leur arracher un mot ?

J'ai sondé la salle du regard, à la recherche du gros costaud au crâne rasé. Aucun signe de lui... c'était pourtant mon seul espoir.

Datura continuait à s'intéresser à la serveuse :

— Demande-lui si elle s'appelle Maryann Morris.

Surprise, la serveuse s'est encore approchée et a posé la main sur le bras de Datura qui n'a rien senti. J'étais le seul à percevoir les contacts charnels avec les morts.

— Oui, ce doit être Maryann, ai-je répondu. Elle a réagi en entendant le nom.

— Où est-elle en ce moment ?

— Juste devant vous, à portée de votre main.

À la manière d'un animal domestique retournant à la vie sauvage, le petit nez de Datura s'est mis à palpiter ; ses yeux se sont illuminés d'une lueur féline, ses lèvres se sont retroussées pour découvrir ses canines blanches comme un fauve à l'instant de la mise à mort.

— Je sais pourquoi Maryann ne peut pas partir. On a parlé d'elle dans les journaux au moment du drame. Elle avait deux sœurs. Les deux travaillaient ici.

— Elle hoche la tête, ai-je annoncé à Datura en regrettant aussitôt de jouer les intermédiaires.

— Je parie qu'elle ne sait pas ce qui est arrivé à ses deux sœurs, si elles sont mortes ou en vie. Elle ne veut pas partir sans savoir ce qu'elles sont devenues.

L'expression d'angoisse du fantôme, où perlait un espoir fragile, prouvait que Datura avait vu juste. Ne voulant pas encourager Datura dans cette voie, je me suis abstenu de lui dire qu'elle avait mis dans le mille.

Mais Datura n'avait nul besoin de mes encouragements pour continuer…

— L'une de ses sœurs était de service ce soir-là à la salle de bal.

Le bal de Dame la Chance… le plafond qui s'effondre. Le lustre géant qui tombe sur la foule…

— L'autre sœur était serveuse dans le restaurant principal, a poursuivi Datura. C'est grâce à Maryann qu'elles avaient eu leur poste.

Si c'était la vérité, la serveuse squaw devait se sentir responsable. C'était à cause d'elle si ses deux sœurs se trouvaient au Panamint le soir du tremblement de terre. Si elle apprenait qu'elles avaient survécu, elle se serait alors délivrée des chaînes qui la retenaient au milieu de ces ruines.

Même si ses sœurs avaient péri, cette nouvelle, toute triste qu'elle soit, serait quand même son sésame pour échapper à ce purgatoire qu'elle s'était imposé. Malgré la culpabilité, l'espoir de retrouver ses sœurs de l'autre côté serait plus fort.

Mais dans les yeux de Datura il n'y avait ni savants calculs ni cet émerveillement enfantin qu'elle avait montré dans les escaliers… Je voyais, au contraire, luire la rancœur, la méchanceté, et cela accentuait encore son air de prédatrice… J'en ai eu la nausée comme lorsqu'elle avait plaqué le verre de vin sur ma bouche, avec sa main maculée de sang et de salive.

— Les âmes errantes sont fragiles, ai-je tenté de l'avertir. Nous leur devons la vérité, rien que la vérité, mais nous devons aussi les ménager, les réconforter, leur donner la force de continuer… tout est dans la façon de dire les choses…

En m'écoutant parler, j'ai mesuré toute la futilité de mes propos… Convaincre Datura de faire preuve de compassion !

Elle s'est tournée vers la morte qu'elle ne pouvait voir :

— Ta sœur Bonnie est en vie.

L'espoir a illuminé le visage de Maryann Morris ; elle s'apprêtait à se laisser submerger par la joie.

— Sa colonne a été sectionnée quand le lustre d'une tonne et demie lui est tombé dessus, a poursuivi Datura. Elle a eu les yeux crevés aussi, par les éclats…

— Arrêtez… ne faites pas ça… l'ai-je suppliée.

— Bonnie est paralysée de la tête aux pieds, et aveugle, de surcroît. Elle vit avec sa pension d'invalidité dans une clinique miteuse où elle va finir par mourir de ses escarres.

Je voulais qu'elle se taise ; j'étais prêt à la frapper, j'en brûlais même d'envie…

Comme s'ils lisaient dans mes pensées, André et Robert m'ont regardé fixement, attendant que je passe à l'acte.

Même si un coup donné à cette sorcière valait bien les cent que m'asséneraient les deux brutes, je me suis repris… j'étais ici pour sauver Danny. La serveuse était morte, mais mon ami aux os de verre avait, lui, une chance de survivre. Et cette finalité ne devait pas quitter mon l'esprit.

Datura continuait :

— Nora, ton autre sœur, a été brûlée à quatre-vingts pour cent, mais elle a survécu, elle aussi. Le feu lui a mangé entièrement trois doigts de la main droite. Ses cheveux aussi, et une bonne partie de son visage. Une oreille, ses lèvres, son nez. Tout ça, rôti, parti en fumée !

Je ne pouvais plus regarder la morte, tant sa douleur était immense ; comment la consoler devant une telle salve ?

Le souffle court, rapide, Datura était devenue une louve en chasse ; les mots sifflaient entre ses dents, la cruauté suintant entre ses griffes.

— Ta Nora a eu trente-sept opérations... et ce n'est pas fini... greffes de peau, reconstruction faciale... c'est très douloureux, très long. Et elle est toujours hideuse.

— Vous n'en savez rien !

— Détrompe-toi ! Je sais ce que je dis : elle est horrible. Un vrai monstre. Elle ne sort pratiquement jamais de chez elle, et, quand elle l'ose, elle se cache le visage d'une écharpe pour ne pas faire peur aux enfants.

Datura prenait tant de plaisir à dispenser de telles souffrances... il y avait tant de rancœur en elle... ce visage si beau, si parfait, n'était pas simplement en contradiction avec la réalité de son âme, c'était un masque, un leurre ! Plus elle tourmentait la serveuse, plus le masque devenait transparent ; je commençais à entrevoir l'aberration abjecte qui se trouvait dessous, la bête immonde à côté de laquelle le Fantôme de l'opéra interprété par Lon Chaney était un doux et innocent agneau.

— Toi, Maryann, tu t'en es bien sortie par comparaison. Ta souffrance est terminée. Tu peux t'en aller quand tu veux. Mais parce que tes sœurs se sont trouvées au mauvais moment au mauvais endroit, elles vont devoir endurer un calvaire pendant des années encore, jusqu'à la fin de leur parodie d'existence.

La violence des paroles de Datura allait enchaîner cette pauvre âme torturée à ces ruines, à cette terre désolée pendant encore dix ans ou un siècle. Et tout ça, uniquement parce qu'elle voulait voir une manifestation visible de la morte.

— Je te mets en colère, Maryann ? Tu me hais de t'avoir révélé que tes sœurs sont devenues des choses brisées, meurtries, sans espoir de salut ?

Je me suis tourné vers Datura :

— C'est ignoble ce que vous faites. Méprisable. Et ça ne sert à rien. Tout ce mal que vous faites est inutile.

— Je sais ce que je fais, mon joli. Je sais toujours ce que je fais, très précisément.

— Elle n'est pas comme vous, ai-je insisté. Elle ne vous hait pas, vous ne pourrez pas la transformer en folle furieuse.

— Tout le monde éprouve de la haine, a-t-elle rétorqué en me lançant un regard noir à glacer le sang. C'est la haine qui fait tourner le monde ! En particulier chez des filles comme Maryann. Elle, c'est une championne de la haine.

— Qu'est-ce que vous en savez ? ai-je répliqué avec mépris. Rien. Vous ne savez rien des femmes comme elle.

André a fait un pas vers moi. Robert m'a regardé fixement.

Datura continuait.

— J'ai vu sa photo dans les journaux. J'ai fait mes recherches avant de venir ici, qu'est-ce que tu crois ? Je connais quasiment tous les visages de ceux qui sont morts ici, comme ça, si je les rencontre... ou plutôt *quand* je les rencontrerai grâce à toi... je saurai à qui j'ai affaire, car je veux pouvoir graver cet instant dans ma mémoire, dans tous ses détails.

Le grand type au crâne rasé et aux yeux verts enchâssés dans leurs orbites était là... J'étais tellement troublé par les assauts de Datura à l'encontre de cette pauvre serveuse que je ne l'avais pas vu arriver. À présent, il marchait vers nous, menaçant.

— Oui, j'ai vu ta photo, Maryann..., a répété Datura. Tu étais mignonne, sans être une beauté. Juste de quoi attirer les hommes, mais pas assez pour pouvoir te servir d'eux.

La brute était à moins de trois mètres de nous, l'air aussi furieux que lors de notre première rencontre. Les mâchoires crispées, les poings serrés.

— Être simplement mignonne ne suffit pas, continuait Datura. Ça s'estompe bien trop vite. Si tu avais vécu, tu aurais vécu une vie misérable de serveuse, émaillée de déceptions.

Crâne rasé s'est approché encore ; il se tenait à présent un mètre derrière Maryann Morris.

— Tu avais de grands espoirs quand tu as été embauchée, a poursuivi Datura. Mais c'était une voie de garage, et bientôt tu aurais mesuré tout l'échec de ta misérable vie. Les filles comme toi se tournent vers leurs sœurs, leurs amis, et survivent comme elles le peuvent, en se sacrifiant pour les autres… mais toi, tu as même raté ça… regarde ce que tu as fait à tes sœurs, dans quel état elles sont à présent…

L'une des lanternes s'est mise à vaciller, les ombres alentour palpitaient, s'approchaient, refluaient.

André et Robert ont observé la lampe, ont échangé un regard, puis ont scruté la pénombre autour d'eux, l'air inquiet.

37.

— Regarde ce que tu as fait à tes sœurs, répétait Datura. Tes pauvres sœurettes, l'une paralysée et aveugle, l'autre défigurée. Si tu ne me crois pas, si tu penses que je te raconte des craques, Maryann, alors viens ! Viens à moi, montre-moi ce que les flammes t'ont fait. Viens donc me faire peur !

Certes, j'étais incapable de convoquer les esprits, et encore moins de les faire se matérialiser pour Datura, mais j'espérais que Crâne rasé, avec son potentiel de *poltergeist*, nous gratifierait d'une prestation qui occuperait suffisamment mes geôliers pour que je puisse leur fausser compagnie.

Mon problème était de faire éclater sa fureur, générer un déferlement de violence suffisamment puissant pour créer des manifestations typiques des esprits frappeurs. Par ironie du sort, Datura risquait de résoudre ce problème pour moi !

— Tu n'étais pas là pour tes sœurs, insistait-elle. Pas avant le tremblement de terre, pas pendant, pas après. Jamais tu n'as été là pour elles !

La serveuse s'est caché le visage dans les mains sous la salve de paroles enfiellées, mais Crâne rasé regardait fixement Datura, et dans ses yeux la colère bouillait.

Lui et Maryann étaient liés par le même destin : être tous deux morts trop tôt et incapables de quitter ce monde. Mais je ne pouvais affirmer qu'il éprouvait de la fureur à voir sa collègue d'infortune torturée par Datura. Je ne pense pas que les esprits errants aient le sentiment d'appartenir à une communauté. Ils peuvent se voir mutuellement, mais ce sont, par essence, des créatures solitaires.

Sans doute la méchanceté de Datura entrait en résonance avec celle de cet homme, elle amplifiait, excitait sa propre colère.

— Le cinquième esprit est arrivé, ai-je annoncé. Les conditions sont réunies à présent.

— Alors fais-le ! Fais les apparaître, maintenant ! Montre-les moi !

Pour sauver Danny – que Dieu me pardonne – j'ai dit :

— Ce que vous faites est utile. Ça provoque, chez eux, un... un choc émotionnel.

— Je t'ai dit que je ne faisais rien par hasard ! Ne doute jamais de mes compétences, mon joli.

— Continuez de vous en prendre à Maryann, et avec mon aide, dans quelques instants, vous allez tous les voir au grand complet.

Elle a lancé d'autres atrocités à la serveuse, dans un langage beaucoup plus cru, et les deux lanternes se sont mises à clignoter, en rythme peut-être avec les éclairs qui déchiraient le ciel en cet instant.

Crâne rasé allait et venait, tournait en rond comme un lion en cage, ivre de frustration, s'entrechoquant les poings, avec une violence à se briser toutes les phalanges s'il avait eu une existence tangible en ce monde – mais tout cela sans émettre le moindre son.

Il aurait pu me rouer de coups, mais ç'eût été sans effet. Aucun esprit ne peut faire de mal à un vivant de façon directe. Ce monde est le nôtre, pas le leur.

Si une âme errante, toutefois, est suffisamment troublée, si la fureur, la haine, la révolte qui l'animaient de son vivant se muent en une force noire durant le temps de son séjour entre nos deux univers, il peut interagir, par la puissance de cette rage démoniaque, avec des objets inanimés.

Datura déversait ses propos haineux sur la malheureuse serveuse qu'elle ne pouvait voir et qu'elle ne verrait jamais…

— Tu sais ce que je crois, Maryann ? J'en suis même quasi certaine… dans cette clinique, le soir, un infirmier s'introduit dans la chambre de ta sœur, ta chère Bonnie, et la viole à tour de bras.

Crâne rasé avait dépassé le stade de la rage ; la fureur démente le gagnait ; il a rejeté la tête en arrière et a poussé un hurlement, mais son cri est resté piégé, avec lui, dans la zone frontalière entre nos deux mondes.

— Elle ne peut pas se défendre, continuait Datura, sa voix comme du venin. Bonnie a peur d'en parler, comme toutes les femmes violées, et, en plus, elle ne sait pas qui c'est, puisqu'elle ne peut pas le voir… alors elle est persuadée que personne ne va la croire.

Crâne rasé fouettait l'air de ses bras, comme s'il tentait d'arracher le voile invisible qui le séparait de la sphère des vivants.

— Alors Bonnie endure son calvaire… elle doit supporter en silence tout ce qu'il lui fait… et pendant qu'il la torture, elle pense à toi, parce que c'est à cause de toi qu'elle est dans cet état, à cause de toi que le lustre lui est tombé dessus ! Oui, elle pense à toi, à toi sa sœur, qui ne lui a apporté que du tourment, qui n'est pas là pour la défendre, qui n'a jamais été là pour elle…

Ivre de ses propres paroles, Datura se délectait de sa propre cruauté. À chaque assaut de haine, elle frissonnait d'excitation de découvrir de tels trésors de méchanceté enfouis en elle.

La masse de haine, cachée sous le masque de beauté, apparaissait désormais dans toute son horreur. Son visage, distordu, n'aurait pu nourrir, désormais, les fantasmes des adolescents, mais seulement ceux de tueurs psychopathes enfermés dans des asiles, sous haute surveillance.

Je me suis tendu, sentant que la fureur de Crâne rasé allait déferler sur nous.

Chargé comme une pile par le fiel de Datura, Crâne rasé s'est mis à soubresauter de façon spasmodique, comme s'il recevait des coups de fouets, ou des décharges électriques. Ses bras fendaient l'air, paumes ouvertes, tel le gourou d'une secte exhortant ses ouailles à faire pénitence.

De ses gros doigts s'échappaient des ondes concentriques d'énergie. Moi, je pouvais les distinguer, mais elles ne seraient visibles, pour mon hôte et ses deux sbires, que par leurs effets sur leur environnement.

Les machines à sous ont émis des cliquetis, des craquements, les deux tables de black-jack ont commencé à danser la gigue sur place. Çà et là dans la salle du casino, de petites volutes de cendres se sont élevées dans l'air.

— Que se passe-t-il ? a demandé Datura.

— Ils vont apparaître, lui ai-je répondu alors que tous les esprits, à l'exception de Crâne rasé, avaient disparu. Vous allez les voir enfin. Tous, au complet.

Les esprits frappeurs n'ont pas plus de conscience que des ouragans. Ils n'ont pas de dessein, ne peuvent décider des dégâts qu'ils causent. Ce sont des forces aveugles, sauvages ; ils peuvent blesser des humains par des effets secondaires. Si une gerbe d'éclats furieux vous heurte le crâne, les dommages ne sont pas moins dévastateurs qu'un coup de gourdin sur la tête.

Des morceaux de plâtre, tombés du plafond lors de la secousse, se sont mis à léviter au-dessus de la table de craps et ont explosé en un champignon blanc.

J'ai plongé sur le côté, Datura s'est baissée ; les missiles ont sifflé au-dessus de nos têtes pour s'écraser en tintinnabulant sur les colonnes et le mur derrière nous.

Crâne rasé envoyait des salves d'énergie par les paumes de ses mains et quand il a poussé un autre hurlement, des ondes concentriques se sont échappées cette fois de sa bouche béante.

Des spirales de cendres, de plus en plus grandes, montaient du sol, emportant dans leur giration des nuages de débris, des moulures tombaient du plafond, des fils électriques dans leurs gaines étaient pris de danse de Saint-Guy, une table de black-jack a traversé la salle dans un grondement, comme poussée par un vent invisible, la roulette calcinée s'est mise à tourner à toute vitesse, dans un *staccato* de numéros, une paire de béquilles est passée cahin-caha, comme si elles étaient à la recherche du mort qui avait été leur propriétaire... et de la pénombre est monté un son étrange, comme un cri de plus en plus puissant, de plus en plus aigu.

Dans ce chaos furieux, un bloc de plâtre pesant une dizaine de kilos a percuté Robert de plein fouet, le projetant en l'air.

Au moment où la brute s'écroulait, la créature qui émettait ce mugissement mystérieux est sortie des ténèbres au fond de la salle ; c'était une statue de bronze, à moitié fondue, reproduction grandeur nature d'un chef indien sur son cheval, qui s'était mise à tourner en cercle à une vitesse ahurissante ; le bruit provenait de la base de la statue qui frottait contre le sol de ciment sous la moquette calcinée, en projetant des gerbes de débris et d'étincelles orangées.

Alors que Robert n'était pas encore retombé au sol, et que Datura et André regardaient, médusés, la statue folle qui fondait vers eux, j'ai foncé vers la lanterne la plus proche. Je m'en suis emparé et l'ai jetée sur l'autre lampe.

Malgré mon manque de pratique au bowling, j'ai fait un joli *strike*. Les deux lanternes se sont entrechoquées dans un brusque éclat de lumière, et puis les ténèbres se sont refermées sur nous, percées seulement par les étincelles de l'Indien fou sur son cheval de fer.

38.

Une fois qu'un *poltergeist* de la puissance de Crâne rasé a décidé de laisser libre cours à sa fureur, il n'y a rien à faire sinon attendre que ça passe, un peu comme avec ces chanteurs de rap énervés qui chaque année piquent une grosse colère aux *Vibe Awards*[1]. Dans le cas présent, la colère de Crâne rasé allait m'offrir une diversion bienvenue, pendant une minute, peut-être deux.

Dans l'obscurité et le tintamarre de la statue, je suis resté accroupi, de crainte d'être mis KO ou décapité par un éclat volant. J'ai fermé les paupières parce que je craignais aussi de me faire crever les yeux par les nuées de débris qui tourbillonnaient dans l'air.

Tant bien que mal dans ces ténèbres hurlantes, j'ai tenté de progresser en ligne droite; mon objectif : la galerie marchande attenante à la salle de jeux que nous avions empruntée à l'aller.

Je contournais des tas de gravats, en escaladais d'autres. Il fallait avancer, coûte que coûte. Par précaution, je tendais les bras devant moi, sondais le terrain à tâtons, de crainte de rencontrer des décombres hérissés de clous ou d'arêtes tranchantes.

---

1. Sorte de Victoire de la musique consacrée au hip hop et au R'n B *(N.d.T.)*.

Je crachais des paquets de cendres, et d'autres choses inconnues, chassais les tourbillons de poussière qui s'engouffraient dans mon nez, mes oreilles. Peu m'importait le bruit que je pouvais faire… j'étais couvert par la cacophonie ambiante.

J'ai commencé à m'inquiéter… ne m'étais-je pas égaré ? Il était impossible de se repérer dans ce trou noir ! J'allais, c'est sûr, rencontrer les formes voluptueuses d'un corps et une voix honnie allait s'écrier : « Tiens donc, revoilà l'ami Odd Thomas ! »

À cette pensée, je me suis figé.

J'ai détaché ma lampe de ma ceinture. Mais j'hésitais à m'en servir, même un court instant, pour m'orienter et retrouver mon chemin…

Datura et ses deux compagnons avaient sans doute emporté d'autres lampes que les lanternes à pétrole pour déjouer les ténèbres. Ils avaient au moins une lampe électrique, peut-être même une chacun… Et si ce n'était pas le cas, André s'offrirait à sa maîtresse pour qu'elle se serve de lui comme torche vivante.

Dès que la crise de Crâne rasé serait passée, ma bande de joyeux lurons se redresseraient et ils me chercheraient aussitôt. Avec des lampes de poche, dans cette salle immense, il leur faudrait une minute ou deux, peut-être un peu plus, pour s'apercevoir que je n'étais ni mort ni enterré vivant sous les décombres projetés par le *poltergeist*.

Si j'utilisais ma lampe maintenant, ils verraient le halo et sauraient aussitôt que je tente de m'échapper. Il était inutile d'attirer leur attention plus tôt que nécessaire. Chaque minute gagnée m'était précieuse…

J'étais en pleine indécision… C'est alors qu'une main a touché mon visage.

J'ai ouvert la bouche pour crier de terreur comme une petite fille, mais aucun son n'est sorti de ma gorge, ce qui m'a permis d'éviter une humiliation cuisante.

Les doigts se sont posés en travers de mes lèvres, me dissuadant de pousser ce cri qui ne voulait pas sortir. Des doigts délicats, des doigts féminins.

Seules trois femmes se trouvaient dans le casino à cet instant – dont deux étaient mortes cinq ans plus tôt.

La déesse Datura, même rendue invincible par trente gris-gris vaudous, même destinée à vivre mille ans grâce à l'esprit d'un serpent amateur de banane, ne pouvait voir dans le noir. Elle ne possédait pas de sixième sens. Elle ne pouvait m'avoir trouvé sans l'aide d'une lampe...

La main a glissé sur mon menton, ma joue, a touché doucement mon épaule gauche, puis est descendue le long de mon bras pour me prendre la main.

Peut-être parce que je voulais tant réchauffer leur cœur, les morts étaient chauds à mon contact ; et cette main dans la mienne me paraissait tellement plus saine, plus propre, que celle, manucurée, de la préposée au téléphone rose. Une main honnête, forte et douce à la fois. J'espérais qu'il s'agissait de Maryann Morris, la serveuse.

Je lui ai fait confiance entièrement, après seulement dix secondes d'hésitation dans l'obscurité. Je l'ai laissée être mon guide.

Pendant que Crâne rasé s'énervait derrière nous, nous progressions dans l'obscurité à bonne allure, bien plus vite que je n'avais pu le faire en solo. On contournait les obstacles au lieu de les escalader, sans jamais hésiter, sans jamais craindre de tomber. Les fantômes voient très bien dans les ténèbres.

Une minute plus tard, après quelques bifurcations qui m'ont paru judicieuses, elle s'est arrêtée. Elle a lâché ma main gauche et touché la lampe électrique que je tenais dans mon autre main.

J'ai compris le message et ai allumé la lampe ; nous avions traversé la galerie marchande et nous nous trouvions au bout d'un couloir, au pied de la porte de l'escalier nord de l'hôtel. Mon guide, mes-yeux-dans-la-nuit, était effectivement Maryann, toujours habillée en indienne.

Chaque seconde était précieuse, mais je ne pouvais l'abandonner sans tenter de réparer un peu le mal qu'avait fait Datura.

— La noirceur de ce monde fait souffrir vos sœurs. Vous n'y êtes pour rien. Mais quand elles le quitteront, vous ne voulez pas être là pour les accueillir ? Là-bas, de l'Autre Côté ?

Elle m'a regardé. Elle avait de jolis yeux gris.

— Rentrez chez vous, Maryann. L'amour vous attend là-bas, il vous suffit de faire le premier pas…

Elle s'est retournée, sondant le chemin par lequel nous étions venus, puis m'a regardé de nouveau avec inquiétude.

— Quand vous serez là-bas, demandez à voir ma douce Stormy. Vous ne connaîtrez plus jamais le regret. Si Stormy a raison et que la vie ici-bas n'est qu'un camp d'entraînement, alors, avec elle, le service actif sera plein de joie et d'aventures.

Elle a reculé.

— Rentrez chez vous, ai-je répété dans un murmure.

Elle s'est retournée et s'est éloignée.

— Partez. Allez retrouver les vôtres. Quittez cette vie… une autre, bien meilleure, vous attend.

Alors qu'elle se dissolvait, elle m'a regardé par-dessus son épaule ; j'ai vu son sourire, et puis elle a disparu.

Cette fois, je crois, elle avait traversé le voile.

J'ai ouvert la porte de l'escalier et ai commencé à grimper les marches quatre à quatre, comme un dératé.

39.

Les bougies parfumées, censées m'éveiller à l'amour et à l'obéissance envers cette beauté qui torturait les fantômes, projetaient sur les murs des flaques de lumière rouge et jaune.

Mais dans le clair-obscur de ce ciel d'orage, la chambre 1203 restait plongée dans la pénombre. Un courant d'air, venant de nulle part, agitait l'air, vif et nerveux comme un petit chien courant après sa queue ; chaque onde lumineuse était chassée par une série d'ombres mouvantes, créant une ambiance clignotante tour à tour claire et obscure.

Le fusil se trouvait au pied de la fenêtre, là où l'avait laissé André. L'arme était plus lourde que je ne m'y attendais. Je l'avais à peine soulevée que j'ai eu envie de la reposer.

Ce n'était pas l'un de ces fusils de chasse à canon long pour traquer les dindons sauvages, les gnous d'Afrique ou que sais-je encore. C'était une arme à canon court, équipée d'une crosse de type pistolet, l'arme idéale pour l'autodéfense ou les braquages d'épiceries.

La police utilisait ce genre de fusil. Deux ans plus tôt, Wyatt et moi nous étions retrouvés dans une situation délicate dans une fabrique illégale de méthamphétamine, face à trois techniciens et à leur crocodile de compagnie ; j'avais failli perdre une jambe et les testicules dans la gueule du saurien... heureusement que Wyatt avait fait bon usage de son fusil court qui ressemblait comme deux gouttes d'eau à celui-ci.

Je n'avais jamais tiré avec une telle arme (d'ailleurs, je n'avais, de toute ma vie, utilisé qu'une seule fois une arme à feu), mais j'avais vu le chef de la police s'en servir et j'avais retenu la leçon. Bien sûr, c'était aussi idiot que de dire qu'avoir vu tous les *Inspecteur Harry* de Clint Eastwood faisait de soi un tireur d'élite et une référence en matière d'éthique policière !

Laisser ce fusil à sa place, c'était offrir aux deux affreux la possibilité de le récupérer... Si j'étais acculé par ces deux démons, je ne trouverais peut-être pas le courage de leur tirer dessus, mais je pourrais toujours retourner l'arme contre moi pour m'éviter des souffrances inutiles.

Alors j'ai surmonté mon effroi, en me disant que j'étais trop jeune pour porter des couches d'incontinence et me suis tourné vers la fenêtre pour examiner l'arme, à la lueur clignotante des éclairs. Chargement à pompe. Magasin tubulaire de trois cartouches (sans compter celle déjà engagée dans la culasse). Et queue de détente, évidemment... Prête à l'emploi !

Je me sentais prêt à l'utiliser en cas de nécessité... Le fait que je sois à jour dans mes primes d'assurance n'était sans doute pas étranger à cet accès de confiance.

J'ai observé le sol, la table, le rebord de la fenêtre. Pas d'autres munitions en vue.

J'ai ramassé la télécommande sur la table, en veillant à ne pas appuyer, par mégarde, sur le bouton noir.

La colère de Crâne rasé, en bas, devait commencer à se calmer ; il ne me restait qu'une minute ou deux avant que Datura et ses garçons reprennent leurs esprits.

J'ai gâché quelques précieuses secondes à inspecter la salle de bains pour voir si Datura avait mis le téléphone de Terri totalement hors d'usage. L'appareil était fendu, mais pas en miettes ; je l'ai donc récupéré.

À côté du lavabo, j'ai trouvé une boîte de cartouches pour le fusil. J'en ai mis quatre dans mes poches.

En sortant dans le couloir, j'ai jeté un coup d'œil vers la cage d'escalier nord et j'ai piqué un sprint dans l'autre direction, vers la chambre 1242.

Datura, ne voulant offrir à Danny ni gloire ni argent, n'avait pas placé, dans sa chambre, de bougies magiques. La pièce, avec ce ciel de plomb, était donc plongée dans la pénombre, hantée par la lueur fugace des déflagrations célestes et un *staccato* trépidant qui évoquait une cavalcade de rats.

— Odd, a murmuré Danny en me voyant franchir le seuil. Dieu soit loué, je te croyais mort.

J'ai allumé ma lampe et je la lui ai tendue pour qu'il la tienne.

— Cette fille est totalement folle, ai-je lancé dans un même murmure. Pourquoi ne me l'as-tu pas dit ?

— Tu te fiches de moi ou quoi ? Je t'ai dit qu'elle était plus toquée qu'une poseuse de bombe syphilitique atteinte de la maladie de la vache folle !

— C'est vrai. Mais c'est très en deçà de la vérité… c'est comme si tu me disais qu'Hitler était un peintre qui faisait un peu de politique à ses heures perdues !

La cavalcade des rats n'était autre que le tambourinement de la pluie, entrant dans la chambre par les fenêtres brisées et cliquetant sur les meubles.

J'ai posé le fusil contre le mur et ai montré à Danny la télécommande qu'il a reconnue aussitôt.

— Datura est morte ?

— Je ne miserais pas un dollar là-dessus.

— Et Boule et Bill ?

Je n'avais nul besoin de lui demander de qui il s'agissait.

— L'un des deux a pris un bon coup, mais je doute qu'il soit H.S.

— Alors ils vont nous tomber dessus…

— Aussi sûr que le fisc.

— Il faut se tirer d'ici.

— C'est comme si c'était fait ! ai-je répliqué en m'apprêtant à appuyer sur le bouton blanc.

Mais, *in extremis*, mon pouce s'est figé. Qui m'avait dit que le bouton noir faisait exploser la bombe et que le blanc la désamorçait ?

Datura !

40.

Datura qui fricotait avec les Cochons gris et qui assistait au sacrifice d'une jeune couturière pour un rite cannibale m'avait assuré que le bouton noir déclenchait l'explosion et que le blanc désamorçait la bombe.

Pour l'avoir côtoyée quelque peu, je savais que la jeune femme n'était ni l'apôtre de la vérité ni un témoin d'une fiabilité à toute épreuve.

Plus édifiant encore, Datura m'avait donné cette information avant même que je lui pose la question. Pourquoi m'avait-elle fourni un renseignement aussi précieux ?

La réponse était évidente ! C'était encore la preuve de son esprit machiavélique.

Si, contre toute attente, je parvenais à récupérer la télécommande, elle avait décidé que je ferais sauter moi-même Danny au lieu de le sauver.

— Qu'y a-t-il ? m'a demandé Danny.

— Donne-moi la lampe, s'il te plaît.

J'ai contourné la chaise, je me suis accroupi pour examiner de nouveau la bombe. Mon subconscient avait eu tout le temps d'analyser la pelote de fils colorés depuis ma première visite, mais il n'avait visiblement pas trouvé la solution du casse-tête.

Cela dit, je ne lui en tenais pas rigueur. Il avait eu toutes sortes d'affaires urgentes à gérer, entre autres lister toutes les maladies que je risquais de contracter quand Datura m'a craché son vin à la figure.

Comme la première fois, j'ai tenté d'appliquer mon sixième sens pendant que je parcourais un à un les fils du bout des doigts. En moins de cinq secondes, je me suis rendu compte que cette tentative désespérée nous conduisait tout droit à la mort.

— Odd ?

— Je suis toujours là. On va jouer au jeu des associations de mots, tu veux bien ?

— Maintenant ?

— Après, on sera peut-être morts et ce sera trop tard pour y jouer. Fais-moi plaisir. Ça va m'aider à démêler ce truc. Je te dis des mots et tu me dis ce qui te vient aussitôt à l'esprit.

— C'est idiot.

— C'est parti : noir et blanc.

— Des touches de piano.

— Encore. Noir et blanc.

— Le jour et la nuit.

— Noir et blanc.

— Poivre et sel.

— Noir et blanc.

— Le bien et le mal.

— Bien, ai-je dit.

— De rien !

— Non. C'est le nouveau mot pour le jeu : bien.

— Agréable.

— Bien, ai-je répété.

— Équité.

— Bien.

— Dieu.

— Mal.

— Datura ! a-t-il répliqué.

— Vérité.

— Bien.

— Et maintenant : Datura.

Il a répondu du tac au tac :

— Menteuse !

— Parfait. Toi et moi, on en est arrivés à la même conclusion.

— Quelle conclusion ?

— Le blanc déclenche l'explosion, ai-je répondu en posant mon pouce sur le bouton noir.

Être Odd Thomas est souvent intéressant, mais j'envie la vie d'Harry Potter, qui est bien plus amusante. Si j'étais Harry, avec une pincée de machin et quelques incantations inspirées, j'aurais lancé le sort Ne-m'explose-pas-à-la-figure, et l'affaire aurait été réglée...

Mais moi, simple Moldu, je devais enfoncer le bouton noir. C'est ce que j'ai fait... et, finalement, ça s'est révélé aussi efficace qu'un sort magique.

— Que s'est-il passé ? a demandé Danny.

— Tu as entendu un boum ? Écoute bien... Ça peut encore arriver.

J'ai plongé la main dans la pelote de câbles et l'ai arrachée d'un grand coup.

Le niveau de charpentier s'est incliné et la petite bulle est montée dans la « zone rouge ».

— Je ne suis pas mort, a constaté Danny.

— Moi non plus.

Je me suis dirigé vers le fouillis de meubles accumulés par la secousse et j'ai récupéré mon sac dans la cachette que je lui avais trouvée moins d'une heure plus tôt.

J'ai sorti du sac mon couteau de pêche et ai tranché les dernières spires de ruban adhésif qui emprisonnaient Danny.

Les pains de plastique sont tombés au sol en émettant un bruit mou de pâte à modeler. Cet explosif ne pouvait détoner qu'avec une décharge électrique.

Alors que Danny se mettait sur ses jambes, j'ai rangé en hâte le couteau dans le sac, éteint la lampe et l'ai glissée de nouveau dans mon étui de ceinture.

Maintenant que le casse-tête de la bombe était résolu, mon subconscient s'est mis à évaluer le temps écoulé depuis que j'avais quitté la salle du casino et m'a lancé son message subliminal : *Bouge de là !*

41.

Comme si une guerre entre la terre et les cieux avait soudain éclaté, un tir de barrage lumineux a frappé le désert, vitrifiant le sable du Mojave. Le tonnerre a tonné si fort que j'ai senti mes dents vibrer sous les décibels, comme lors d'un concert de heavy-metal, et de nouveaux bataillons de rats invisibles, s'engouffrant par les fenêtres brisées, sont venus trottiner sur les meubles.

— Putain, il n'est pas passé loin celui-là... a articulé Danny en contemplant les nuées.

— Tout ça parce qu'un rigolo a tué un serpent noir et l'a suspendu à un arbre !

— Un serpent noir ?

Je lui ai tendu mon sac, j'ai ramassé le fusil et je me suis approché du seuil pour surveiller le couloir. Les furies n'étaient pas encore arrivées.

Danny, dans mon dos, m'a soufflé :

— Mes jambes sont en feu après cette marche forcée depuis Pico Mundo et j'ai l'impression d'avoir des couteaux plantés dans les hanches. Je ne vais pas pouvoir tenir longtemps.

— On ne va pas loin. Une fois qu'on aura passé le pont de cordes et traversé la chambre aux mille épieux, ce sera un jeu d'enfant. Baisse la tête et fonce droit devant, ça suffira.

Danny ne pouvait ni courir ni même marcher vite, en fait. Sa claudication était encore accentuée par sa jambe droite, qui régulièrement se dérobait sous lui ; Danny n'était pas du genre à se plaindre, mais, cette fois, je l'entendais gémir presque à chaque pas.

Si j'avais prévu de le faire sortir du Panamint, nous aurions été rattrapés par la harpie et ses ogres avant même d'avoir atteint le rez-de-chaussée. Par chance, j'avais un autre plan en tête…

J'ai entraîné Danny vers les ascenseurs ; une fois dans l'alcôve, nous étions hors de vue du couloir – c'était déjà ça de gagné.

J'ai posé le fusil contre le mur – à contrecœur, il faut bien l'avouer… Je n'avais aucune envie de me séparer de mon arme à cet instant précis ; l'idéal aurait été de pouvoir l'enchâsser dans mon bras droit et le connecter directement à mon système nerveux comme un cyborg de combat.

Pendant que je m'évertuais à ouvrir les portes de la cabine que j'avais repérée plus tôt, Danny a chuchoté dans mon oreille :

— Tu comptes me balancer dans un puits d'ascenseur pour que cela passe pour un accident, c'est ça ? Tout ça pour récupérer mon mille-pattes martien mangeur de cerveaux ?

Les portes se sont ouvertes ; j'ai allumé un court instant ma lampe pour lui montrer la cabine qui se trouvait derrière.

— Il n'y a pas de lumière, pas de clim, pas d'eau courante, mais pas de Datura non plus.

— On va se cacher là ?

— Non, *toi*, tu vas te cacher là. Moi, je vais les entraîner sur une fausse piste.

— Ils vont me trouver en dix secondes !

— Ça m'étonnerait. Ils n'auront pas le temps de se demander si on peut ou non ouvrir ces portes… ils ne peuvent imaginer que tu puisses être caché si près d'eux.

— C'est sûr que personne ne ferait un truc aussi stupide.

— Exact.

— Et ils ne pensent pas que nous sommes stupides.

— Bingo !

— Pourquoi ne pas nous cacher tous les deux ici ?

— Parce que *ça* ce serait vraiment stupide.

— Ne jamais mettre tous ses œufs dans le même panier...

— C'est une bonne image.

Dans mon sac à dos, j'avais trois bouteilles d'eau de 50 centilitres. J'en ai gardé une et ai donné les deux autres à Danny.

— De l'Evian ? a-t-il demandé en lisant l'étiquette les yeux plissés.

— Tu peux toujours te raconter ça...

Je lui ai donné également mes deux barres énergétiques.

— Avec ça, tu peux tenir deux ou trois jours.

— J'espère que tu reviendras avant.

— Je compte les faire courir une heure ou deux... histoire de leur faire croire que je cherche à gagner du temps pour que tu puisses filer d'ici à ton rythme. Ils vont alors commencer à s'inquiéter pour les flics... et ils vont juger plus prudent de déguerpir.

Je lui ai mis dans les mains une poignée de sachets en cellophane.

— C'est quoi ?

— Des lingettes. Si je ne reviens pas, c'est que je suis mort. Attends deux jours pour être sûr du coup. Après, ouvre les portes et rejoins la nationale.

Il est entré dans la cabine, testant du pied sa stabilité, guère rassuré.

— Et pour... pour pisser ?

— Dans les bouteilles d'eau vides.

— Tu as pensé à tout.

— Oui, mais je ne les réutiliserai pas. Fais le mort, Danny. Parce que, au moindre bruit, tu es mort pour de bon.

— Tu m'as sauvé la vie, Odd.

— Pas encore.

Je lui ai donné l'une de mes deux lampes torches, en lui conseillant de ne pas s'en servir dans la cabine. On pourrait remarquer la lumière de l'extérieur. Mais il en aurait besoin pour descendre les escaliers dans le cas où il devrait tenter une sortie en solo.

Au moment où je refermais les portes sur lui, Danny a lancé :

— Finalement, je n'envie pas ta vie, Odd.

— J'ignorais que tu voulais prendre ma place.

— Je suis vraiment désolé, a-t-il murmuré dans l'interstice des portes qui se refermaient. Pardon, Odd. Pardon pour tout.

— On est amis pour la vie, lui ai-je répondu (on se disait souvent ça quand on avait dix ou onze ans). Pour la vie.

42.

Le sac sur le dos, le fusil dans les mains, j'ai longé le couloir principal en direction de l'aile de l'hôtel, laissant derrière moi la chambre 1242 avec sa bombe. Direction : les escaliers. Mon objectif : survivre. Le désir de voir Datura sous les verrous me donnait une nouvelle envie de vivre, une force qui m'avait abandonné depuis les six derniers mois.

Mes poursuivants allaient sans doute se séparer en deux groupes et remonter au douzième étage simultanément par les escaliers nord et sud, dans l'espoir de me couper la route avant que je ne puisse faire sortir Danny. Si je parvenais à descendre deux ou trois niveaux avant leur arrivée et les laisser passer devant moi, je pourrais reprendre la descente dans leur dos, sortir du complexe, rejoindre le désert, le réseau souterrain, rallier Pico Mundo et revenir ici dans une heure ou deux avec la police.

Datura, en me voyant débarquer dans la chambre 1203, avait forcément compris que j'avais emprunté les puits des ascenseurs pour arriver jusqu'à elle. Puisque c'était le seul accès au douzième étage que ses sbires ne surveillaient pas.

Par conséquent, même s'ils savaient que je ne pouvais faire descendre Danny par ce chemin, ils iraient néanmoins écouter derrière les portes des cabines pour repérer d'éventuels bruits. Cette voie était donc grillée pour moi.

Arrivé à l'entrée des escaliers de l'aile sud, j'ai trouvé la porte palière entrouverte. Je me suis faufilé dans l'interstice.

Aucun son ne montait des étages inférieurs. J'ai descendu quatre ou cinq marches avec précaution. Je me suis arrêté pour tendre l'oreille. Le silence encore.

L'odeur étrange, cet effluve de viande avariée et de moisissures, n'était pas plus forte qu'à l'aller, peut-être même moins présente, mais toujours aussi désagréable et insidieuse.

Les poils dans ma nuque se sont à nouveau hérissés. Certains disent que c'est Dieu qui prévient que le démon est proche, mais cela me fait aussi le même effet quand quelqu'un cuit des choux de Bruxelles…

Quelle que soit l'origine exacte de cette odeur, ce devait être un reliquat du bouillon toxique généré par l'incendie – ce qui expliquait pourquoi je n'avais jamais rencontré cette odeur ailleurs qu'au Panamint. C'était le résultat d'un événement extraordinaire, mais non surnaturel. Un chimiste aurait pu l'analyser, en trouver les composants, et me donner, à n'en pas douter, sa formule moléculaire.

Je n'avais jamais rencontré une entité surnaturelle signalant sa présence par son fumet. Les hommes avaient une odeur, pas les fantômes. Mais le frisson dans mon cou continuait à taquiner mon système pileux, et pourtant il n'y avait pas un seul chou de Bruxelles à des kilomètres à la ronde.

En me convainquant qu'aucun être belliqueux ne m'attendait tapi dans l'escalier, j'ai repris ma descente – une marche, puis deux. Je ne voulais pas allumer ma lampe de crainte que Datura ou l'un de ses chevaux de bât ne se trouve dans les étages inférieurs.

J'ai atteint l'interpalier, descendu encore deux marches et c'est alors que j'ai aperçu une lueur courant sur le mur au onzième étage.

Quelqu'un montait ! La personne devait se trouver à un niveau ou deux en dessous de moi, puisque la lumière se perdait vite dans ces chicanes de cent quatre-vingts degrés.

Que faire ? Foncer vers le palier du onzième et quitter la cage d'escalier avant que mon ennemi débouche et m'aperçoive ? Mais la porte palière risquait d'être coincée par la corrosion. Ou de grincer en tournant sur ses gonds...

La lueur s'amplifiait, s'étendait. Il montait vite. J'entendais à présent ses pas – des pas d'homme.

J'avais le fusil. Dans l'espace confiné de la cage d'escalier, même un piètre tireur comme moi avait peu de chances de rater sa cible.

La sagesse m'avait convaincu de prendre cette arme avec moi, mais je n'étais pas encore prêt à l'utiliser. Je m'en servirais peut-être en dernier recours, mais elle ne serait jamais mon premier choix.

En outre, sitôt que j'aurais fait feu, tout le monde saurait que je n'avais pas quitté l'hôtel. La traque reprendrait avec une énergie décuplée.

Le plus silencieusement possible, j'ai battu en retraite. J'ai remonté l'escalier, dépassé le palier du douzième étage et poursuivi mon ascension dans les ténèbres ; je visais le treizième ; mais un mètre plus haut, les marches étaient jonchées de gravats. J'ignorais l'étendue de cette zone ; je risquais de faire du bruit si je foulais ce sol instable ; sans compter que l'escalier, plus haut, pouvait être totalement coupé... Je suis donc redescendu au douzième étage.

La lumière dessous était vive, le faisceau frappait la paroi en direct. Mon poursuivant devait se trouver à moins de deux volées de marches de moi; sitôt qu'il aurait franchi l'interpalier, il me verrait.

Je me suis enfui par la porte entrouverte et j'ai retrouvé le couloir du douzième.

Dans la lumière grise, j'ai vu que les portes des deux premières chambres, à droite et à gauche, étaient fermées. De crainte de perdre du temps, je n'ai pas essayé de voir si elles étaient verrouillées.

La deuxième porte sur ma droite était ouverte. Je me suis glissé derrière le battant pour me cacher.

Il s'agissait, apparemment, d'une suite. Sur les deux murs en vis-à-vis, deux portes de communication, ouvertes, d'où filtrait de la lumière.

Juste en face de l'entrée, deux baies coulissantes donnaient accès au balcon. Des voiles de pluie enveloppaient l'immeuble et le vent faisait cliqueter les battants des fenêtres sur leurs rails.

Dans le couloir, mon poursuivant – André ou Robert – ouvrait la porte palière. Je l'ai entendue cogner contre le mur.

Je me suis plaqué dans mon encoignure, retenant mon souffle. Il est passé devant ma porte. Un instant plus tard, la porte palière s'est refermée.

Il devait se diriger vers le couloir principal, vers la chambre 1242, espérant me surprendre avant que je n'enfonce le bouton blanc de la télécommande qui, en réalité, ne désamorçait pas la bombe mais la faisait exploser.

Je comptais laisser passer dix secondes, quinze, histoire d'être certain qu'il avait quitté mon couloir de l'aile sud et tentait alors une sortie vers l'escalier.

Maintenant qu'il était au douzième étage, je ne risquais plus d'y faire de mauvaise rencontre; je pourrais alors utiliser ma lampe électrique, et dévaler les marches quatre à quatre; j'aurais alors atteint le rez-de-chaussée avant que mon poursuivant revienne dans l'escalier et puisse m'entendre.

Mais deux secondes plus tard, dans le couloir principal, la voix de Datura a résonné, poussant des jurons à faire rougir la prostituée de Babylone.

Elle avait dû monter par l'escalier nord avec son autre âme damnée. Arrivée à la chambre 1242, elle venait de découvrir que Danny Jessup n'était ni sanglé sur sa chaise ni répandu en bouillie sur les murs.

43.

Dans la salle du casino, lorsque Datura avait craché sa haine à la face de Maryann Morris, elle avait prouvé que sa voix douce comme la soie pouvait être aussi dure et implacable que le cuir d'un lacet d'étrangleur.

Maintenant que, tapi derrière ma porte, je l'entendais me maudire en hurlant, me traitant de qualificatifs que je n'aurais jamais eu l'idée d'employer à l'encontre d'un être humain, mes chances de sortir vivant de cette souricière me paraissaient de plus en plus ténues.

Même atteinte de démence syphilitique, doublée d'encéphalopathie spongiforme, Datura n'était pas une simple folle furieuse dans un bel emballage... Elle était pire qu'une furie, pire qu'une marchande de sexe meurtrière dont le narcissisme dépassait celui de Narcisse lui-même. Datura était une force du mal élémentaire, aussi puissante que la terre, l'eau, le vent et le feu.

Le nom d'une divinité hindoue s'est imposé dans mon esprit : Kâlî. Kâlî, la déesse de la mort ! La réplique des ténèbres de la déesse mère, la seule entité de la mythologie hindoue à pouvoir maîtriser le temps. Avec ses quatre bras, violente, insatiable, Kâlî dévore les hommes, et dans les temples consacrés à son culte, les idoles la montrent portant un collier de crânes humains autour du cou, dansant sur un cadavre.

Cette image métaphorique, l'idée que l'esprit noir de Kâlî pouvait avoir élu domicile dans la blonde et sulfureuse Datura, m'a paru exacte dans l'instant ; cela semblait si juste, si vrai, que ma perception de la réalité a commencé à se modifier, à s'affiner. Les détails de la chambre plongée dans le clair-obscur, les ruines autour de moi, la tempête qui faisait rage de l'autre côté des baies vitrées ont soudain pris une nouvelle substance ; j'ai eu l'impression d'être doté d'une seconde vue, de pouvoir plonger mon regard au-delà de la matière, au-delà même de ses structures moléculaires.

Et, paradoxalement, au moment même où m'était donnée cette nouvelle acuité, j'ai perçu tout autour de moi, en chaque parcelle des objets qui m'entouraient, la présence d'un mystère transcendantal qui m'était resté invisible jusqu'alors, une révélation en gestation, attendant un signe de moi. Un frisson étrange, rare, m'a traversé, un effroi particulier, chargé davantage de respect que de terreur, même si la terreur en était l'essence...

On pourrait croire que je tente simplement de décrire le brusque affûtage des sens qu'éprouve tout un chacun au moment où il sait sa vie en péril. J'ai été en danger en bien des occasions, et je sais l'effet que cela fait, mais cette fois, c'était différent, je touchais du doigt une dimension métaphysique.

Comme pour toute expérience surnaturelle je suppose, quand l'ineffable semble sur le point d'être révélé, l'instant passe, s'échappe, aussi éphémère, insaisissable qu'un rêve. Mais après son passage, il est resté en moi une trépidation, comme si j'avais été électrocuté par un autre Taser, mais mystique celui-là, destiné à charger l'esprit d'énergie et à le contraindre à accepter une vérité douloureuse.

Une vérité douloureuse et sinistre : Datura, malgré sa folie, son ignorance, ses excentricités tragi-comiques, était une adversaire bien plus redoutable que je n'avais voulu l'admettre. Quand viendrait le moment du combat ultime, elle aurait autant de bras mortels que Kâlî et je ne ferais pas le poids avec les deux miens.

Mon plan A, à l'origine, était de m'enfuir de l'hôtel et d'aller chercher la cavalerie. Si le plan A était impossible, j'avais un plan B : me cacher quelque part jusqu'à ce que cette démente et ses deux brutes pensent que je leur avais réellement faussé compagnie et décident de prendre la poudre d'escampette avant que ne débarque la police. Bref, c'était moins une tactique d'attaque que d'évitement.

À entendre Datura vociférer ses jurons, apparemment juste à l'intersection des deux couloirs – autrement dit, à une proximité terrifiante –, j'ai compris qu'à l'inverse de bon nombre de gens chez qui la colère aveuglait l'esprit, chez Datura, elle décuplait ses sens et sa malignité. Sa haine, aussi.

Son goût pour le mal, en particulier pour les abominations en tout genre, était si fort qu'elle semblait soudain dotée de pouvoirs surnaturels aussi puissants que les miens. J'étais à deux doigts de croire que Datura pouvait sentir l'odeur du sang de son ennemi sans avoir besoin d'en verser une goutte, et le suivre ainsi à la trace pour le saigner à son gré.

L'irruption de Datura réduisait mes plans A et B à néant. Impossible de rejoindre l'escalier. Faire le moindre mouvement, pendant qu'elle se trouvait dans les parages, c'était signer mon arrêt de mort.

L'évitement était désormais impossible. Mais je n'avais aucune envie de précipiter le moment de la confrontation…

Face à cette nouvelle Datura, hydre noire et cauchemardesque, je devais désormais me préparer au pire, si je voulais survivre.

Je me suis souvenu d'un autre détail sinistre concernant la déesse aux quatre bras, un détail qui me convainquait encore un peu plus de me méfier de Datura. Kâlî avait un tel goût pour l'horreur qu'elle s'était, un jour, décapitée pour pouvoir boire son propre sang à la fontaine de son cou béant.

Datura, qui se prenait pour une déesse mais n'en était pas une, succomberait certainement à une décapitation… toutefois, quand je songeais à la délectation avec laquelle elle narrait ses histoires d'enfants enterrés ou de couturière immolée, Datura ne me paraissait guère moins assoiffée de sang et d'horreur que Kâlî.

Je suis donc resté derrière la porte, dans la pénombre traversée d'éclairs, à l'écouter jurer, hurler. Puis elle a baissé de ton ; je n'entendais plus ce qu'elle disait, mais il y avait de l'urgence dans sa voix, de la démence, de la rage impatiente, avide de sombres desseins.

Peut-être André et Robert parlaient-ils aussi (s'ils l'osaient), mais je ne pouvais distinguer leurs voix plus graves. Seule celle de Datura me parvenait. Connaissant le degré de dévotion des deux brutes, ils buvaient sans doute les paroles enfiellées de la jeune femme comme du petit-lait.

Quand enfin elle s'est tue, j'aurais dû me sentir soulagé, mais au lieu de ça j'ai ressenti à nouveau l'effet « choux de Bruxelles ». Plus fort que jamais.

Je me suis raidi, pour contenir mes haut-le-cœur.

Dans mes mains, le fusil, qui m'avait paru un simple outil jusqu'alors, est devenu un objet animé, immobile mais vivant, doué de conscience. Les armes à feu me faisaient toujours cet effet-là. Comme dans le passé, je me demandais si j'allais pouvoir rester maître de cette créature métallique au moment critique.

Tout ça grâce à maman…

Quand Datura a cessé de parler, je m'attendais à entendre du mouvement, des portes s'ouvrir ou claquer, des signes que la traque avait commencé. Mais il n'y avait que le silence.

Le chuintement étouffé de la pluie ruisselant sur le balcon, les grondements intermittents du tonnerre n'étaient qu'un bruit de fond. Mais maintenant que je tendais l'oreille, sondant le silence du couloir, j'avais la sensation que l'orage se liguait contre moi pour brouiller mes sens, comme si les éléments étaient du côté de Datura.

Que ferais-je si j'étais à la place de cette femme ? La seule réaction sensée me paraissait la fuite. Maintenant que Danny s'était échappé et que nous étions tous les deux introuvables, la meilleure option pour elle était de prendre ses cliques et ses claques et de filer vers la frontière.

Un psychopathe ordinaire sait faire ses valises quand les événements tournent mal, mais pas Kâlî, pas la mangeuse de cadavres !

Ils devaient avoir garé un véhicule ou deux devant l'hôtel. Après le rapt, ils avaient choisi de marcher, empruntant un chemin contourné pour mettre à l'épreuve mon magnétisme psychique, mais ils n'avaient aucune raison de repartir à pied quand la fête serait finie.

Datura devait s'inquiéter... Si Danny et moi parvenions à atteindre le rez-de-chaussée et à sortir du bâtiment, nous risquions de trouver leurs voitures et de nous enfuir à bord de l'une d'elles. Auquel cas, André ou Robert – voire Datura elle-même – était peut-être descendu saboter les véhicules ou les surveiller.

La pluie. Et son lancinant murmure.

Le vent qui miaulait doucement derrière les baies vitrées.

Aucun bruit ne m'a prévenu du danger... C'est l'odeur de champignon et de viande avariée qui m'a mis en alerte...

44.

J'ai grimacé de dégoût en sentant cet effluve vague mais écœurant, à vous couper l'appétit pour le restant de vos jours. Mon ennemi devait avoir fait un pas, ou changé d'appui, parce que j'ai entendu un petit bruit – des débris s'écrasant sous un pied.

La porte, ouverte aux deux tiers, m'offrait une cachette, mais si mon poursuivant la poussait, le battant buterait contre moi et trahirait ma présence.

Dans la plupart des constructions, j'aurais pu apercevoir mon ennemi sur le seuil de la porte par l'interstice entre le vantail et le chambranle, mais ici les feuillures, plus profondes que la norme et les joints d'étanchéité épais m'en empêchaient.

Je voulais rester optimiste – ce qui était crucial étant donné les circonstances : si je ne pouvais le voir, il ne pouvait me voir non plus.

Ayant perçu cette odeur inquiétante seulement dans l'escalier et lors de mon deuxième passage dans la salle de casino, je ne l'avais pas associée à André et Robert. Mais, à présent, il n'y avait plus de doute. Et si je ne l'avais pas sentie dans la chambre 1203, c'est parce que le parfum capiteux des bougies magiques me l'avait masquée.

Encadré par l'huisserie des portes coulissantes, un grand arbre de lumière inversé s'est embrasé, son tronc enraciné dans les nuées, ses branches griffant la terre. Un deuxième arbre s'est superposé au premier, puis un troisième... une forêt de feu éphémère.

Mon ennemi se tenait toujours dans l'encadrement de la porte... depuis bien trop longtemps... il devait avoir non seulement perçu ma présence, mais connaître l'endroit exact où je me cachais, et il se plaisait à jouer avec mes nerfs.

Seconde après seconde, je me raidissais davantage ; tout mon corps était tendu comme le ressort d'un propulseur d'avion en balsa ; et il s'agissait de ne pas précipiter le décollage !

L'ennemi pouvait, après tout, tourner les talons et s'en aller. Parfois, le destin est d'humeur taquine. Parfois un ouragan fonce vers une côte habitée et soudain bifurque vers le large.

Je venais à peine de concevoir cette pensée rassurante que mon assaillant a franchi le seuil et s'est avancé dans la pièce – un mouvement que j'ai davantage senti olfactivement qu'entendu.

Un fusil d'assaut avec une crosse de pistolet n'est pas conçu, par définition, pour être épaulé. On doit le tenir devant soi, mais décalé légèrement sur le côté.

Au début, la porte me dissimulait encore de mon adversaire, mais quand l'autre s'est avancé, je me suis retrouvé totalement à découvert ; et je n'avais pas de cape d'invisibilité à l'inverse de ce petit veinard d'Harry Potter !

Quand Wyatt Porter avait fait feu avec ce fusil pour empêcher le crocodile de pratiquer sur ma personne une émasculation sauvage, l'arme avait eu un violent recul. S'attendant à la ruade, le chef de la police s'était tenu jambes écartées, la gauche légèrement en avant, les genoux fléchis, et, pourtant, il avait été passablement secoué...

Robert – car il s'agissait de lui – ne m'avait pas encore vu. Il s'était trop avancé pour que je puisse être dans son champ de vision périphérique.

Même s'il tournait la tête sur le côté, il ne me verrait pas car j'étais trop en retrait derrière lui. Mais l'instinct pouvait l'avertir de ma présence, et mon recoin n'était pas assez sombre pour espérer passer inaperçu s'il pivotait complètement.

Dans la faible lumière, je ne pouvais reconnaître son visage ; mais sa silhouette m'a paru plus grassouillette que musclée, ce qui éliminait d'emblée André.

Nourris à l'humus de l'orage, les éclairs jaillissaient des nuages comme des plantes affamées, et les coups de tonnerre rappelaient le fracas d'une forêt millénaire s'écroulant sur elle-même.

Robert a continué à avancer dans la chambre, sans regarder à gauche ni à droite. Peut-être n'était-il pas à ma recherche ? Peut-être était-il entré dans cette chambre pour une toute autre raison ?

À en juger par son comportement, qui rappelait davantage celui d'un somnambule que celui d'un chasseur, Robert paraissait hypnotisé par les appels de l'orage. Il a traversé toute la pièce et s'est arrêté derrière les baies vitrées.

Dans un fol espoir, j'ai commencé à me dire que si l'orage poursuivait en *crescendo* son spectacle pyrotechnique, accaparant l'attention de Robert et couvrant tous les autres sons, je pourrais peut-être sortir de ma cachette, quitter la chambre en catimini et piquer un sprint vers l'escalier.

Au moment où je m'approchais du seuil dans l'intention de m'assurer que le couloir était désert, il y a eu un nouveau bouquet d'éclairs. Je me suis arrêté, saisi : chaque lueur, frappant Robert, projetait son reflet sur les vitres des baies. Son visage était aussi pâle qu'un masque Kabuki, mais ses yeux étaient plus blancs encore, d'un blanc luminescent sous les éclairs.

Aussitôt, j'ai pensé à Tête de serpent, que j'avais repêché dans le tunnel, ses yeux révulsés.

Trois nouvelles décharges ont matérialisé encore ce reflet aux yeux blancs... je restais tétanisé sur place, mon sang tournant en glace, incapable de bouger ; et même quand Robert s'est tourné vers moi, je suis resté pétrifié.

45.

Lentement, Robert m'a fait face.

Les feux de l'orage n'éclairaient plus son visage, mais le silhouettaient contre le ciel. Derrière lui, un grand vaisseau hérissé de voiles noires lui lançait des appels lumineux, encore et encore, comme pour capter de nouveau son attention, dans un concert de grondements.

Maintenant à l'abri des éclairs, ses yeux avaient perdu leur aspect laiteux. Mais son regard avait encore quelque chose de luminescent, comme celui d'un aveugle atteint de cataracte.

Je ne pouvais en être certain dans cette pénombre, mais j'avais l'impression que ces yeux étaient tournés vers l'intérieur, n'offrant à l'extérieur que leur globe blanc. Mais peut-être mon imagination me jouait-elle des tours, embrasée par le frisson d'effroi qui m'avait traversé ?

En imitant la position de Wyatt Porter, j'ai levé l'arme vers Robert, visant bas, car le recul allait relever le canon.

Quel que soit l'état de ses yeux, qu'ils soient blancs comme des œufs durs, ou injectés de sang comme lors de notre première rencontre, je savais que Robert me voyait parfaitement.

Cependant ma présence dans cette pièce ne réveillait pas chez lui des instincts meurtriers. Il se tenait immobile, les épaules voûtées ; sans pouvoir parler de réelle hébétude, il semblait tout au moins ailleurs, et pris d'une grande lassitude.

Peut-être n'était-il pas à ma recherche... peut-être était-il entré dans cette chambre pour une toute autre raison ou par pur hasard ? Maintenant qu'il venait de découvrir ma présence, il restait apathique, rechignant à quitter le fil mystérieux de ses pensées pour engager le combat.

Plus curieux encore : je l'ai entendu pousser un long soupir, avec une note plaintive, comme si c'était lui la victime qu'on harcelait.

Autant que je m'en souvienne, c'étaient les premiers sons qui sortaient de sa bouche : un gémissement, une plainte...

Son trouble inexplicable, ainsi que ma répugnance à faire usage de mon fusil sans que ma vie soit ostensiblement en danger, nous avaient conduit à un étrange *statu quo*.

J'ai senti des gouttes de sueur perler sur mon front. Ça ne pouvait s'éterniser. Il fallait débloquer la situation dans un sens ou un autre.

Les bras de Robert pendaient le long de ses flancs. Les éclairs révélaient le pistolet ou le revolver qu'il tenait dans sa main droite.

Lorsqu'il s'était tourné, Robert aurait pu bondir vers moi, en tirant à qui mieux mieux, et plonger pour éviter la salve retour de mon fusil. C'était un assassin expérimenté ; il savait comment réagir dans ce genre de configuration. Ses chances de réussite étaient bien supérieures aux miennes.

Mais l'arme pendait comme une ancre au bout de son bras ; il a fait deux pas vers moi, non d'une façon menaçante, mais presque comme s'il voulait me demander quelque chose. Il avançait d'un pas lourd de percheron qui seyait à merveille au sobriquet « Cheval » que Datura lui avait donné.

André n'allait-il pas faire son entrée en scène, cette locomotive humaine que rien ne semblait pouvoir arrêter ?

Robert pourrait alors sortir de son indécision – ou de je ne sais quelle humeur qui l'habitait en ce moment – et ils me tailleraient en pièces sous leurs feux croisés.

Mais il m'était impossible de tirer sur cet homme qui, pour l'heure, ne paraissait pas me vouloir de mal.

Bien qu'il se soit approché, je ne distinguais toujours pas les traits de son visage. Et j'avais toujours l'impression dérangeante que ses yeux étaient du verre dépoli.

Il a émis un nouveau son – une question inintelligible ? Mais quand il a recommencé, cela ressemblait davantage à une toux étouffée.

Enfin, sa main, qui tenait le pistolet, s'est redressée.

Il ne semblait pas lever son arme dans le but de me tuer, mais par automatisme, comme s'il avait oublié qu'il avait cet instrument de mort entre les doigts. Connaissant sa dévotion pour Datura, son goût prononcé pour l'hémoglobine, sa participation active au meurtre du Dr Jessup, je n'avais aucune envie d'attendre de voir plus clairement ses réelles intentions.

Le recul m'a projeté en arrière. Robert a reçu le projectile sans broncher, comme je m'y attendais ; il n'a pas même lâché le pistolet. J'ai réarmé d'un coup de pompe et fait feu à nouveau ; les baies vitrées derrière lui ont explosé ; j'avais dû viser trop haut, ou sur le côté. J'ai réarmé à nouveau et tiré une troisième fois ; il a titubé à reculons, vers le trou béant qui se trouvait avant les baies.

Il avait encore son arme dans les mains, mais il ne s'en était pas servi ; une quatrième balle me semblait inutile. Il en avait reçu au moins deux sur trois.

Mais je me suis rué sur lui, pressé d'en finir, comme si le fusil avait pris possession de moi et voulait décharger entièrement son pouvoir de mort. La quatrième balle l'a projeté dans le vide derrière lui.

En m'approchant des portes brisées, j'ai découvert que le tiers du balcon avait été emporté par le tremblement de terre, ainsi que son garde-fou.

Peut-être vivait-il encore après avoir reçu trois balles dans le corps, mais une chute de douze étages l'achèverait pour de bon.

46.

Après avoir tué Robert, mes jambes se sont mises à vaciller, ma tête à tourner, mais l'événement m'a moins ébranlé que je ne m'y attendais. C'était, après tout, Cheval Robert, pas un gentil mari, un bon père de famille, ni un pilier de la communauté.

En outre, j'avais le sentiment qu'il voulait que je le fasse. Comme si la mort était pour lui une délivrance.

Alors que je reculais des portes du balcon sous les rafales de pluie qui s'engouffraient dans l'ouverture, Datura s'est mise à hurler de nouveau, quelque part à l'étage. Sa voix enflait comme une sirène pendant qu'elle se précipitait vers la chambre.

Si je tentais un sprint vers l'escalier, je serais sans doute intercepté dans le couloir. Datura et André étaient armés; et ces deux-là ne connaîtraient pas la même indécision que feu Robert.

J'ai traversé le salon de la suite pour rejoindre la chambre par la porte de droite. L'endroit était encore plus sombre – les fenêtres étaient plus petites et les rideaux moisis n'étaient pas tombés de leurs tringles.

Je ne cherchais pas une cachette. Juste un peu de temps pour recharger le fusil.

Ayant entendu les coups de feu, ils allaient entrer dans le salon avec précaution – sans doute après un tir d'artillerie nourri.

Lorsque le premier oserait s'aventurer dans la pièce attenante, je serais prêt à le recevoir – du moins autant que faire se peut. Je n'avais que quatre cartouches – pas l'arsenal du SWAT !

Avec un peu de chance, ils ignoraient où se trouvait Robert au moment de notre rencontre – rien ne prouvait d'ailleurs qu'il était parti à ma recherche. Ils ne pouvaient savoir, au seul son de la déflagration, d'où étaient partis les coups de feu.

S'ils décidaient de fouiller toutes les chambres du couloir dans cette aile, j'aurais peut-être l'occasion de leur fausser compagnie.

Plus près, mais pas juste à côté (peut-être à l'intersection des deux couloirs), Datura a crié mon nom. Elle ne m'appelait pas pour m'inviter à boire un milkshake à la cafétéria ; toutefois elle paraissait plus excitée que furieuse.

Le canon et la culasse du fusil étaient encore chauds.

Je me suis adossé contre un mur en revoyant en pensée Robert basculer dans le vide, et j'ai sorti la première cartouche de ma poche. Dans le noir, à tâtons, je me suis évertué à recharger l'arme.

— Odd Thomas ? Tu m'entends ? a crié encore Datura. Tu es là, mon joli ?

La culasse, récalcitrante, refusait d'avaler la cartouche que je lui présentais ; mes mains ont commencé à trembler, me compliquant encore la tâche.

— Qu'est-ce que c'était, nom de Dieu ? a-t-elle crié. Un *poltergeist*, c'est ça ?

Depuis le duel avec Robert, je suais à grosses gouttes. La voix de Datura les a transformées en billes de glace.

— C'était totalement dément, l'éclate absolue ! a-t-elle lancé quelque part dans le couloir.

De guerre lasse, j'ai abandonné l'idée de mettre une balle dans la culasse, et ai consacré mes efforts sur le chargeur. J'avais repéré ce qui me semblait être une trappe pour insérer les trois munitions.

Mes doigts étaient poisseux, maladroits. La cartouche m'a échappé et est tombée sur mon pied droit.

— Tu m'as tendu un piège, Odd Thomas ? Tu m'as poussée à taper sur Maryann jusqu'à ce qu'elle pète un câble ?

Elle ignorait la présence de Crâne rasé. Il y avait une certaine justice à la laisser croire qu'une serveuse « simplement mignonne » lui avait donné une leçon.

J'ai plissé les yeux dans la pénombre en tâtant le sol autour de moi ; pourvu que la cartouche n'ait pas roulé trop loin ; je ne voulais pas être obligé d'allumer ma lampe pour la retrouver. J'avais besoin de mes quatre cartouches ! Quand enfin j'ai senti la douille sous mes doigts, j'ai failli pousser un cri de soulagement.

— J'en veux encore ! criait-elle.

Je me suis accroupi dans un coin, le fusil sur mes cuisses, pour tenter à nouveau de charger l'arme ; je tournais la cartouche dans un sens, puis un autre, mais la trappe de chargement, si c'était bien le rôle de cette pièce, refusait d'avaler la munition.

C'était pourtant un jeu d'enfant, encore plus facile que de séparer le jaune du blanc en cassant un œuf, mais, à l'évidence, c'était un casse-tête chinois pour un néophyte en armes à feu, plongé dans l'obscurité. Il me fallait de la lumière !

— Retournons énerver cette pauvre conne !

J'ai écarté les rideaux de la fenêtre.

Il restait une heure ou deux de jour, mais le filtre des nuages plongeait le désert dans le crépuscule. Je ne voyais toujours pas assez.

J'ai sorti une autre cartouche de ma poche. Fait une nouvelle tentative. En vain.

Je l'ai posée sur le rebord de la fenêtre, j'en ai essayé une troisième sans plus de succès. Refusant de m'avouer vaincu, j'ai tenté d'insérer la quatrième.

— Toi et l'autre éclopé, vous ne pourrez jamais sortir d'ici. Tu m'entends ? Vous êtes coincés comme des rats !

Il fallait me rendre à l'évidence : les munitions, que j'avais trouvées dans la salle de bains, n'étaient pas faites pour cette arme.

Je n'avais plus un fusil à pompe, mais une simple massue.

Autrement dit, j'avais dans les mains une pagaie pour traverser le Styx.

47.

Autrefois, je caressais le projet de me reconvertir dans la vente de pneumatiques. Je traînais beaucoup à Pneu Univers, sur Green Moon Road, près du centre commercial, et tous les employés là-bas semblaient détendus et heureux.

Dans le monde du pneumatique, à la fin de sa journée de travail, on ne se pose pas de questions sur le sens de la vie. On reprend les vieux pneus des clients et ils repartent avec, sur les roues, un jeu tout neuf.

Les Américains aiment être mobiles et se sentent oppressés s'ils ne peuvent se déplacer à leur gré. Vendre des pneus est non seulement un commerce rentable, mais c'est un service d'utilité publique œuvrant pour la paix sociale.

Même si le marchandage intervient peu dans cette niche économique, à l'inverse du secteur de l'immobilier et des ventes d'armes, je me demande toutefois si le moment des soldes de fin d'année ne sera pas trop stressant pour moi. Si les seuls chocs émotionnels, induits par mon don, se limitaient à mes rencontres avec Elvis, vendre des pneus serait l'occupation idéale, mais, comme on peut s'en apercevoir, l'enfant de Memphis n'occupe pas le quart de mon temps dans mes interactions avec l'au-delà.

Dernièrement, je me disais que j'allais revenir travailler pour Terri Stambaugh. Si m'activer derrière les fourneaux se révélait trop stressant (parce que le reste de mon existence c'était moi qui étais sur le gril !), alors je céderais peut-être au mirage du monde des pneumatiques, mais en me faisant monteur, certainement pas vendeur.

Ce jour d'orage au Panamint remettait toutefois tout en cause. On a tous nos rêves, nos espoirs... mais nous ne sommes pas des dieux ; nous n'avons pas la maîtrise totale de notre avenir. La seule voie que nous montre le monde est celle de l'humilité, si tant est que l'on se donne la peine d'ouvrir les yeux.

Et dans cette chambre d'un hôtel en ruines, alors que je contemplais mon fusil désormais inutile, que j'entendais cette femme démente m'assurer qu'elle tenait ma vie entre ses mains et que je n'avais même plus mes deux barres énergétiques pour me donner un coup de fouet, je peux vous assurer que je ne faisais pas le fier ! Je ne me sentais peut-être pas aussi misérable que Coyote quand il se retrouve écrasé sous le rocher qu'il comptait lancer sur Bip-Bip, mais, quand même, je prenais une grande leçon de modestie.

— Tu sais pourquoi tu ne peux pas t'enfuir d'ici, mon joli ? a-t-elle crié à tue-tête.

Je ne me suis pas donné la peine de réfléchir à l'énigme, sachant qu'elle allait me donner la réponse.

— Parce que je te connais. Je sais qui tu es. Et que ça marche dans les deux sens.

Cette assertion m'a laissé perplexe ; encore une de ces déclarations cryptiques dont elle avait le secret... Je n'ai donc pas tenté d'en élucider le sens.

La vraie question pour moi, c'était de savoir quand Datura allait cesser de crier et se lancer concrètement à ma recherche. Peut-être André était-il déjà entré dans la suite ? Peut-être ses vociférations n'avaient-elles d'autre but que de détourner mon attention, de m'empêcher de voir que le couperet fondait déjà sur ma nuque ?

— Je n'ai nul besoin de te chercher, Odd Thomas ! a-t-elle lancé en réponse à mes pensées.

J'ai posé le fusil par terre et ai essuyé mon front en sueur. Je me sentais sale, comme si je ne m'étais pas lavé depuis une semaine et que mon bain dominical était repoussé aux calendes grecques !

J'ai toujours cru que je mourrais propre sur moi. Dans mon rêve, quand j'ouvrais cette porte blanche et que ce pic me transperçait la gorge, je portais un jean et un T-shirt repassés de frais et un slip datant du matin même.

— Tu crois que je vais te courir après et risquer de me prendre une balle dans la tête ?

Étant donné toutes les sales situations où je me mettais, je ne vois pas comment je pouvais espérer me présenter devant les portes du paradis dans un état présentable ! C'était un doux rêve.

Freud aurait adoré analyser cette névrose de propreté mortuaire ! Mais Freud avait du temps à perdre !

— Le magnétisme ! a-t-elle crié (cette fois, je l'écoutais de mes deux oreilles). Ça marche dans les deux sens !

Je n'avais déjà pas le moral au plus haut, mais, à présent, je l'avais dans les chaussettes !

Quand j'avais une cible en tête, il me suffisait de me déplacer au hasard, et mon magnétisme psychique me menait d'ordinaire vers elle ; à l'inverse, quand je pensais beaucoup à quelqu'un même si je n'étais pas à sa recherche, le même mécanisme opérait, et c'est cette personne qui tombait sur moi.

Quand mon magnétisme psychique fonctionne à l'envers, sans que je le décide, c'est moi la proie... c'est moi qui risque d'avoir de mauvaises surprises. De tous les secrets que j'avais pu raconter à Danny, c'était celui-là le plus dangereux.

Auparavant, à chaque fois qu'un méchant se retrouvait sans le vouloir sur mon chemin sous l'effet de mon magnétisme psychique, il était aussi surpris que moi. Au moins, cela nous mettait sur un pied d'égalité...

Au lieu de fouiller chaque chambre, niveau par niveau, il suffisait à Datura de rester sur le qui-vive, de se laisser guider par les effets de mon aura, ou Dieu sait quel processus induisant cette attraction paranormale... André et elle pouvaient couvrir les deux escaliers, faire de temps en temps un tour dans l'alcôve des ascenseurs pour s'assurer que je ne descendais pas par les puits, et attendre tranquillement... tôt ou tard, Datura allait se retrouver devant moi (ou derrière !), tout ça parce que, comme le disait Willie Nelson dans sa chanson, « cette fille était toujours dans mes pensées » !

Même si je trouvais un subterfuge ingénieux pour quitter l'hôtel, j'étais sûr de la trouver sur mon chemin avant de passer la sortie. C'était aussi implacable que le destin.

Bien sûr, vous allez me rétorquer (d'autant plus si vous avez bu un petit coup et que vous croyez avoir réponse à tout) : « Allons, Odd, ne sois pas idiot ! Il te suffit de ne plus penser à elle ! »

Imaginez-vous courant pieds nus sur une plage, insouciant comme un enfant, et que vos pas vous mènent sur une vieille planche hérissée de clous qui vous transperce la plante de part en part... pourquoi interrompre vos gambades et appeler un médecin ? Il suffit de ne pas penser à cette pointe rouillée plantée dans votre pied !

Vous jouez au golf et votre balle part dans les bois. Au moment où vous la récupérez, un serpent à sonnettes vous mord la main. Pourquoi appeler les secours ? Pour finir le parcours, il vous suffit de vous concentrer sur votre *swing* et d'oublier ce satané serpent.

Même si vous êtes complètement saoul, je suis certain que vous entrevoyez mon problème. Datura est mon clou dans le pied, les crochets du serpent dans ma main. Ne pas penser à cette femme en ces circonstances est impossible; c'est comme si je me trouvais entre quatre murs avec un sumo furieux et que vous me demandiez de faire comme si de rien n'était.

Datura avait annoncé ses intentions. Je savais qu'elle connaissait l'effet réciproque de mon magnétisme. Elle pouvait me tomber dessus au moment où je m'y attendais le moins, mais ma surprise ne serait pas absolument totale lorsqu'elle me décapiterait et boirait mon sang – c'était déjà une consolation.

Je n'entendais plus Datura. Elle avait cessé de crier.

J'ai sondé le silence, tétanisé par la peur.

Ne pas penser à elle était finalement plus facile quand elle hurlait que lorsqu'elle se taisait.

La pluie qui fouettait les vitres. Un coup de tonnerre. Le thrène du vent.

Ozzie Boone, mon mentor en littérature, aurait apprécié ce mot, « thrène » : une lamentation, un chant funèbre.

Pendant que je jouais à cache-cache avec une démente dans un hôtel en ruines, Ozzie devait être installé dans son bureau douillet, à boire un chocolat chaud, en grignotant des cookies aux noix de pécan, déjà occupé à écrire le premier volet de sa nouvelle saga avec son détective qui communique avec les animaux. Le titre était peut-être : *Thrène pour un hamster.*

Ce chant funèbre, certes, était pour Robert, qui gisait, douze étages plus bas, le poitrail plein de plombs.

J'ai attendu, plein d'indécision, en regardant l'heure régulièrement à ma montre. Un quart d'heure s'est ainsi écoulé.

M'aventurer dans le couloir ne me disait rien qui vaille. Mais je n'avais aucune envie non plus de mourir dans cette chambre.

En plus des Kleenex, de la bouteille d'eau et de quelques ustensiles parfaitement inutiles pour quelqu'un dans ma situation, j'avais, dans mon sac, mon couteau de pêche. La lame tranchante n'était pas de taille face à un fusil à pompe, au cas où Datura en eût un, mais c'était mieux qu'un paquet de mouchoirs en papier.

Je ne me voyais guère embrocher qui que ce soit, même Datura. Les armes à feu, certes, me faisaient horreur, mais elles avaient l'avantage de tuer à distance. Un fusil est une arme moins intime qu'un couteau. Tuer Datura dans un corps à corps, lui enfoncer une lame d'acier dans le ventre, voir son sang couler sur le manche... le Odd Thomas *d'ici et maintenant* en était incapable. Peut-être un double dans une dimension parallèle, une version plus cruelle et sommaire qui se ficherait de mourir propre sur soi ou non...

Armé de mes seules mains et de mon esprit bravache, je suis finalement retourné dans le salon.

Pas de Datura en vue.

Le couloir – qu'elle hantait plus tôt, en vociférant sa haine – était désert.

Les détonations l'avaient fait accourir depuis l'aile nord du bâtiment. Sans doute était-elle repartie surveiller les escaliers là-bas.

J'ai jeté un coup d'œil vers l'accès sud. André devait m'y attendre... Je pouvais faire le fanfaron, mais André, lui, était un authentique maître de guerre. Et dans un combat aux poings, il me réduirait en miettes aussi facilement que ses croûtons dans sa soupe.

Datura ne savait pas où je me trouvais, elle ignorait même si je pouvais l'entendre quand elle criait dans le couloir ; mais elle disait la vérité sur son plan d'action : pas de recherches frénétiques. Juste de la patience. Et la certitude qu'une forme obscure du destin lui donnerait un coup de pouce.

48.

Les escaliers et les puits des ascenseurs étaient les seules voies pour quitter le douzième étage.

Je pensais au kilo de plastique abandonné dans la chambre 1242… il y avait de quoi faire sauter une maison entière ; un garçon débrouillard – et acculé – comme moi devait pouvoir en faire bon usage…

Je n'avais, certes, reçu aucune formation dans le domaine des explosifs, mais j'avais, pour me guider, mon sixième sens. D'accord, c'est justement lui qui m'avait mis dans ce pétrin… il lui restait donc deux options : soit m'y plonger plus profond encore, soit m'en sortir. J'optais pour la seconde…

Et j'avais aussi cet esprit d'invention typiquement américain qu'il ne faut jamais sous-estimer.

J'en voulais pour preuve ce qu'on apprenait dans les films retraçant la vie de nos grands hommes… Alexander Graham Bell, par exemple… On le voyait, avec l'aide de son assistant Watson (qui travaillait aussi avec Sherlock Holmes à ses heures perdues), bricoler des fils et des boîtes de conserve et inventer le téléphone ; après avoir enduré, pendant quatre-vingt-dix minutes, les railleries et le défaitisme de ses contemporains, l'illustre inventeur connaissait enfin la gloire et la fortune.

De la même manière, victime du mépris de ses congénères, Thomas Edison, un autre grand Américain, avait inventé l'ampoule électrique, le phonographe, le premier procédé d'enregistrement du son pour le cinéma et les piles alcalines, entre autres choses – tout ça aussi en quatre-vingt-dix minutes, et sous les traits de Spencer Tracy.

Quand il avait mon âge, Thomas Edison, qui avait alors la tête de Mickey Rooney, avait mis au point une dizaine d'inventions astucieuses, et affichait déjà une assurance d'airain qui le rendait insensible aux critiques des médisants. Edison, Mickey Rooney et moi étions tous les trois américains, alors il y avait de bonnes raisons de croire qu'en étudiant le mécanisme de la bombe, à présent neutralisée, je pourrais bricoler à mon tour quelque chose qui ressemble à une arme.

De toute façon, il ne me venait pas d'autre idée.

J'ai longé le couloir et me suis faufilé dans la chambre 1242, là où Danny avait été retenu prisonnier. J'ai allumé ma lampe… Datura avait récupéré les explosifs ! Peut-être craignait-elle que je réutilise la bombe à des fins personnelles ? Ou bien avait-elle en tête un nouvel usage pour l'engin ? Ou encore voulait-elle la garder pour des raisons sentimentales ?

Il était inutile – et trop inquiétant – de réfléchir à ce qu'elle voulait faire de cette bombe… J'ai éteint ma lampe et je me suis dirigé vers la fenêtre. À la lueur blafarde du jour mourant, j'ai examiné le téléphone de Terri que Datura avait cogné contre le lavabo.

Quand j'ai ouvert le clapet, l'écran s'est allumé. J'aurais fondu en larmes si un logo s'était affiché, ou une image, ou un texte, enfin quelque chose. Mais l'écran proposait un rectangle pommelé bleu et jaune.

J'ai composé les sept chiffres du numéro de portable de Wyatt Porter, mais ils ne sont pas apparus sur l'écran. J'ai appuyé sur la touche APPEL et j'ai plaqué mon oreille sur l'écouteur. Rien.

Si j'avais vécu un siècle auparavant, je me serais peut-être mis à bricoler l'appareil, jusqu'à ce que mon esprit d'invention me permette d'assembler un système de communication astucieux, mais la technologie était trop compliquée de nos jours. Même Edison, à ma place, n'aurait pu réparer un circuit imprimé.

Déçu par les richesses promises de la chambre 1242, je suis retourné dans le couloir. Très peu de lumière filtrait à présent des portes de chambre ouvertes. Dans moins d'une heure, les étages seraient plongés dans l'obscurité.

Bien qu'il fasse très sombre, j'avais la désagréable impression d'être observé. Je ne voulais pas allumer ma lampe. André et Datura étaient armés. La lumière pouvait trahir ma présence et faire de moi une cible facile.

Mais sitôt que je pénétrais dans une chambre et que je refermais la porte derrière moi, j'osais allumer ma lampe pour optimiser mes fouilles. J'avais déjà inspecté plusieurs de ces pièces lorsque je cherchais une cachette pour Danny. Je n'étais pas plus chanceux pour ma seconde visite.

Lové dans les étages les plus douillets de mon cœur, là où subsistent les croyances au miracle, même dans les heures les plus sombres de l'existence, je conservais le fol espoir de tomber sur une valise oubliée par un ex-client de l'hôtel, renfermant un pistolet chargé. Trouver une arme à feu aurait été une heureuse surprise, mais découvrir un monte-charge installé loin de l'alcôve des ascenseurs aurait été mieux encore, ou un monte-plat menant directement aux cuisines du rez-de-chaussée !

Finalement, j'ai déniché un débarras de cinq mètres de long sur trois de large, abritant du matériel de ménage, des rayonnages de savons, de bains moussants et d'ampoules de rechange. Des aspirateurs, des seaux, des serpillières gisaient au sol, sens dessus dessous.

Les buses anti-incendie, défectueuses dans nombre d'endroits de l'hôtel, avaient ici fait du zèle… ou alors une canalisation d'eau avait cédé sous les secousses. Une partie du plafond, saturée d'eau, s'était effondrée ; des plaques de placoplâtre s'étaient déformées et incurvées.

J'ai rapidement fait l'inventaire du matériel sur les étagères. On peut obtenir, en mélangeant lessive, eau de javel, et autres produits de nettoyage courants, des explosifs, des anesthésiants, des acides, des fumigènes et des gaz toxiques. Malheureusement, je ne connaissais ni les formules ni les doses.

Sachant que je me retrouvais souvent dans des situations délicates et que je n'étais pas taillé comme un terminator, il aurait été judicieux de me former aux techniques d'assassinat et de fabrication artisanale d'armes de destruction massive. Internet, sur ce point, est une mine d'informations pour les autodidactes. De nos jours, en outre, nombre d'universités dispensent des cours poussés, sinon des programmes entiers, sur l'anarchie et ses multiples applications pratiques.

Malheureusement, en ce qui concerne ce type de formations personnelles, je manque cruellement de motivation. Je préfère largement parfaire ma pâte à pancake plutôt que retenir une dizaine de formules de gaz empoisonnés ou lire un livre d'Ozzie Boone que passer des heures à m'entraîner, sur un mannequin, à transpercer un cœur d'un seul coup de dague. Je n'ai jamais eu l'ambition d'être incollable en tout.

Une trappe au plafond a attiré mon attention ; elle se trouvait hors de la zone endommagée par l'eau. Quand j'ai tiré sur la cordelette, le vieux ressort s'est mis à grincer, mais le battant s'est ouvert et une échelle pliante s'est déployée.

L'échelle menait à un espace technique haut d'environ un mètre vingt, ménagé entre le douzième et le treizième étage. Il y avait là, luisant sous le faisceau de ma lampe, un fouillis de tuyaux en cuivre et en PVC, des gaines électriques, et divers appareils servant au chauffage, à la ventilation, à l'air conditionné.

J'avais le choix : explorer cet espace ou descendre de l'échelle et me faire un cocktail lessive-eau de javel pour en finir avec la vie.

N'ayant pas de citron vert sur moi pour parfumer ma boisson, je me suis faufilé dans le réduit ; j'ai remonté l'échelle derrière moi et refermé la trappe.

49.

Une légende raconte que les éléphants d'Afrique, au moment où ils sentent leur fin proche, se rendent dans un cimetière secret, un lieu que l'homme n'a pas découvert, enfoui au tréfonds de la jungle des premiers âges, où gisent des montagnes d'ossements et de défenses d'ivoire.

Entre les douzième et treizième étages du Panamint Resort & Spa, j'ai découvert un endroit aussi mystérieux que le cimetière des éléphants, mais consacré aux rats. Pas un seul animal vivant… mais des centaines de carcasses de rongeurs ayant quitté ce monde vers les terres du fromage éternel.

Ils étaient morts, le plus souvent, par groupe de trois ou quatre, mais, çà et là, j'ai repéré des piles d'une vingtaine d'individus. Sans doute avaient-ils péri asphyxiés la nuit de la catastrophe. Après cinq années d'oubli, il ne restait de leurs dépouilles que les os et quelques touffes de poils, et parfois une queue fossilisée.

Jusqu'à cette découverte macabre, je n'imaginais pas pouvoir être ému par la vision de rats morts. La fin brutale et prématurée de leurs pérégrinations, de leurs rêves de reliefs de repas abandonnés par les clients, de leurs séances de toilettage mutuel et de copulation frénétique, m'emplissait de tristesse. Ce cimetière des rats, à l'image du cimetière des pachydermes, en disait long sur la nature éphémère de toute chose.

Je ne pleurais pas sur leur sort. Je n'avais pas même une petite boule dans la gorge. Mais j'avais été, toute ma jeunesse, un grand amateur de Mickey Mouse, et je ne pouvais rester insensible à cette apocalypse du règne des rongeurs.

Une pellicule de suie recouvrait toutes les surfaces, mais je ne voyais nulle part de dégâts directs induits par les flammes. L'incendie avait joué à saute-mouton avec certains étages, au fil de son périple erratique à travers les gaines techniques, et avait épargné cet espace comme le reste des infrastructures de ce niveau.

Avec son mètre vingt de haut, je pouvais me déplacer dans ce réduit sans ramper. Je m'y suis aventuré sans trop savoir ce que je cherchais au juste, puis j'ai compris : ces gaines verticales qui avaient permis au feu de monter dans le bâtiment pouvaient me permettre, à moi, de descendre...

Le fouillis des équipements était impressionnant dans cette cache. Chaque chambre était équipée d'un ventilo-convecteur à thermostat indépendant, assurant le chauffage et la climatisation, relié par tuyauterie à un ensemble de quatre conduits principaux où circulaient, dans les deux sens, l'eau chaude et l'eau réfrigérée à travers tout le bâtiment. Le système, avec ses pompes, ses humidificateurs, ses vases d'expansion, formait un labyrinthe qui rappelait les canyons de l'Étoile noire de *Star Wars* où des escadrilles de vaisseaux se donnaient la chasse.

Mais, au lieu de chasseurs stellaires, je croisais, sur mon passage, des araignées sur leurs toiles dont les spirales translucides rappelaient celles des galaxies, des boîtes de soda oubliées par des ouvriers de maintenance, des emballages de hamburger, récurés depuis longtemps, d'autres dépouilles de rats... Enfin, au bout de mon périple, j'ai trouvé l'une de ces gaines techniques – ma porte de salut !

Le puits métallique d'un mètre cinquante de côté culminait quatre niveaux au-dessus de moi. En dessous, il se perdait dans l'obscurité, un œil noir que le faisceau de ma lampe ne parvenait à sonder entièrement. Cette cheminée formait une autoroute verticale pouvant m'accueillir facilement, en plus des canalisations et des câbles électriques qui tapissaient trois des quatre parois. Boulonnée à la paroi libre, une échelle d'acier, offrant de généreux échelons rassurants, larges de dix centimètres...

Ce conduit se trouvait loin des puits d'ascenseur. Datura et André ne risquaient pas de m'entendre pendant la descente.

Sur les trois autres parois, entre les tuyaux, des poignées et des anneaux métalliques permettant au personnel d'entretien de crocheter les mousquetons de leurs harnais de sécurité.

Fixée au sommet du bâtiment, une corde de nylon d'un centimètre et demi de section, employée en escalade, pendait au centre du puits. De gros nœuds, espacés tous les trente centimètres, offraient également de bonnes prises. Apparemment, cette ligne de secours avait été installée après l'incendie, peut-être par les sauveteurs.

J'en ai conclu, à tort peut-être (mais tout est bon pour se rassurer), que si, malgré l'échelle et les divers points d'ancrage pour mousquetons, on tombait dans le vide, cette corde vous évitait une chute fatale.

Même si je manquais de gènes de singes pour emprunter ce chemin en toute sérénité, je n'avais pas d'autre choix. À part attendre qu'un vaisseau spatial se positionne à l'aplomb du puits et me téléporte dans sa soute... auquel cas j'étais bon pour finir comme mes petits copains les rats en petit tas d'os desséchés !

Le faisceau de ma lampe avait faibli. J'ai changé les piles usagées par un jeu neuf que j'avais emporté dans mon sac.

Grâce à ma sangle Velcro, j'ai attaché la lampe à mon poignet gauche.

J'ai glissé mon couteau de pêche dans ma poche.

J'ai bu la moitié de mon eau ; j'avais laissé à Danny mes deux autres bouteilles... Je me demandais comment il allait. Les coups de feu avaient dû l'inquiéter. Sans doute me croyait-il mort.

Peut-être l'étais-je, sans le savoir...

Un petit pipi avant de me lancer ? Non, pas besoin.

Je ne pouvais tergiverser plus longtemps... Il fallait y aller... J'ai abandonné mon sac à dos dans le cimetière des rats et je suis descendu dans le gouffre.

50.

Sur une obscure chaîne câblée qui doit s'appeler « Conneries que l'on ne voit nulle part ailleurs », j'ai vu un jour un film de série Z où des aventuriers descendaient au centre de la terre et découvraient une civilisation souterraine. Un empire du mal, évidemment.

L'empereur en poste était la copie conforme du méchant Ming dans la série *Flash Gordon*, et il voulait faire la guerre au monde de la surface dès qu'il aurait achevé de mettre au point son rayon de la mort, ou quand ses ongles déjà démesurés auraient atteint la longueur qui seyait au despote d'une planète entière.

Ce monde souterrain abritait les affreux habituels, ainsi que deux ou trois races de mutants, des femmes avec des casques à pointes et bien sûr une collection de dinosaures. Le film avait été réalisé des dizaines d'années avant l'invention des trucages numériques; les dinosaures n'étaient même pas des figurines en pâte à modeler, animées image par image, mais de simples iguanes filmés en gros plan. On leur avait collé des épines de caoutchouc sur le dos pour les faire paraître plus monstrueux, mais cela restait de gros lézards déguisés, gênés par leur accoutrement.

Pendant que je descendais dans la gaine technique, pas à pas, échelon après échelon, je me rejouais en pensée ce vieux navet, tentant de concentrer mon attention sur les moustaches ridicules du tyran, sur ces mutants qui ressemblaient curieusement à des nains affublés de masques de serpents en latex ; je me rappelais aussi certaines répliques du héros, d'une profondeur à faire rougir une huître, et ces malheureux « iguanosaures » de pacotille.

Mais mon esprit revenait immanquablement à Datura – mon clou dans le pied ! – à l'effet inverse de mon magnétisme psychique, à ce que j'allais ressentir quand elle allait m'ouvrir le ventre vivant pour récupérer son amulette… Stop !

L'air était si vicié dans le conduit que je me prenais à regretter l'odeur de brûlé qui régnait dans le reste de l'hôtel ; c'était une alternance de strates de pourriture et de relents de soufre. Plus je descendais, plus l'air devenait gras et épais. Je n'avais plus l'impression de respirer, mais de boire du gaz.

Par endroits, des conduits horizontaux débouchaient dans le puits, exhalant parfois dans leur gueule noire un souffle froid. Ces courants d'air apportaient d'autres senteurs, nouvelles, certes, mais guère plus agréables.

À deux reprises, j'ai hoqueté de dégoût. J'ai dû faire appel à toute ma volonté pour ne pas me vomir dessus.

La puanteur, l'exiguïté oppressante du conduit, les traces de produits chimiques, les spores malsaines flottant dans l'air… tout distordait mes sens. Je n'avais pas descendu quatre étages que la tête me tournait déjà.

J'avais beau me répéter qu'il s'agissait du fruit de mon imagination, j'ai commencé à me demander s'il n'y avait pas des cadavres – de rats, ou d'hommes – au fond du puits, des corps qui n'auraient pas été retrouvés par les sauveteurs et les pompiers, et qui reposaient dans leur bain d'humeurs en décomposition.

Plus je m'enfonçais, plus je redoutais de diriger le faisceau de ma lampe vers le bas, de crainte de découvrir ce qui s'y trouvait – pas seulement des cadavres désarticulés, mais un être grimaçant, debout sur le tas, tendant les bras vers moi.

Kâlî était toujours représentée nue et impudente. Les idoles appelées *jagrata* la montraient très grande et squelettique. De sa bouche, bardée de crocs, saillait une grande langue. Elle était d'une beauté ensorcelante.

Tous les deux étages, je traversais un autre espace technique, comparable à celui par lequel j'étais venu. À chacune de ces intersections, j'aurais pu faire une courte halte sur ce refuge et reprendre ensuite ma descente sur le segment d'échelle dans l'alignement du premier, deux mètres plus bas ; mais je restais dans le conduit, m'accrochais à la corde à nœuds pour descendre en me balançant dans le vide jusqu'à rencontrer de nouveau une échelle.

Ayant déjà le tournis et la nausée, il n'était pas très prudent de faire ainsi l'acrobate.

Dans les temples, Kâlî tient un nœud coulant dans une main, un crâne planté sur un bâton dans la seconde ; dans la troisième, une épée, dans la quatrième, une tête coupée.

J'ai cru entendre un mouvement sous moi. Je me suis figé ; mais ce devait être l'écho de mon propre souffle ; guère rassuré, j'ai repris mon périple.

Des numéros d'étage étaient peints sur les parois, même lorsque aucune gaine horizontale n'y menait. Quand je suis arrivé au premier étage, mon pied droit a touché quelque chose de froid et d'humide.

Après que j'ai trouvé le courage de diriger ma lampe vers le bas, j'ai découvert que le fond du puits était inondé – une eau noire, saturée de débris. Impossible de descendre plus bas.

J'ai remonté le conduit et me suis hissé sur l'espace vide courant entre le premier et le deuxième étage.

Peut-être d'autres rats avaient-ils péri à ce niveau, non par asphyxie, mais dans la gueule hurlante des flammes.

Il ne restait rien d'eux. Le feu avait dévoré jusqu'à leurs os. La chaleur avait été si infernale que l'endroit était recouvert d'une couche de charbon qui avalait le faisceau de la lampe, sans renvoyer la moindre lumière.

Des formes gauchies, fondues, noires, jadis des pièces du système de chauffage et de climatisation, formaient un magma hideux dépassant tous les cauchemars d'une nuit de beuverie. La suie était incrustée partout – parfois une simple pellicule, parfois une croûte épaisse de plusieurs centimètres – solide, pétrifiée, qui ne laissait aucune trace sur les doigts.

Me faufiler dans ce labyrinthe calciné s'est révélé dangereux. Par endroits, le sol était incurvé, la chaleur ayant fait ployer les ferrailles armant le béton, et tout menaçait de s'écrouler.

L'air était plus acide encore que dans le puits, aigre, presque rance, et en même temps rare, comme en haute montagne. La texture particulière de la suie donnait une idée de l'enfer qui avait régné ici et je préférais largement penser à mes iguanosaures… Malheureusement, avec une exactitude d'airain, l'image de Datura revenait me hanter, dansant avec son collier de crânes humains.

J'ai progressé à quatre pattes, me faufilant dans ce sphincter de métal, pour atteindre une masse de décombres. J'étais comme Orphée aux Enfers.

Dans le mythe grec, Orphée descend aux Enfers pour sauver Eurydice, son épouse, qui s'y est retrouvée emportée après sa mort. Il charme Hadès et lui soutire la permission de ramener sa femme du royaume des damnés.

Je n'étais pas Orphée, certes, parce que Stormy Llewellyn, mon Eurydice, n'était pas en enfer, mais dans un lieu bien plus agréable, ce qu'elle méritait amplement. Si c'était l'enfer ici, et si je m'étais lancé dans une opération de sauvetage, c'était pour sauver ma propre âme.

Au moment où je me disais que la trappe d'accès devait être un sas infranchissable de métal tordu et fondu, j'ai failli tomber dans l'ouverture. De l'autre côté du trou, ma lampe a éclairé les restes d'une autre réserve.

La trappe et l'échelle pliante étaient parties, réduites en cendres. Soulagé de trouver l'accès libre, j'ai sauté dans le vide, j'ai chuté lourdement au sol, mais je suis resté debout sur mes jambes.

J'ai franchi le squelette tordu d'une ancienne cloison et je me suis retrouvé dans le couloir principal de l'étage. Juste un étage au-dessus du rez-de-chaussée. Avec un peu de chance, je devais pouvoir m'échapper de l'hôtel sans passer par les escaliers surveillés par Datura et André.

Dans le faisceau de ma lampe, deux traces : la première, des empreintes de « dents de sabre », comme celles que j'avais repérées en entrant dans le casino.

La deuxième était d'origine humaine et menait à Datura. Elle était là ; à quelques mètres de moi. Elle a allumé sa lampe. Elle m'attendait.

51.

Quelle salope ! ai-je pensé, et je pesais mes mots.

— Salut, mon joli.

En plus de sa lampe, elle avait un pistolet dans les mains.

— J'étais au pied de l'escalier nord, en train de boire un coup de vin, de me détendre ; j'attendais de sentir la force, tu sais, ton pouvoir d'attraction, comme me l'a décrit Danny le Tordu.

— Ne parlez pas. Tuez-moi, ça suffira.

Elle a ignoré ma doléance.

— Je m'ennuie très vite, a-t-elle poursuivi. Tout à l'heure, j'ai remarqué ces traces de gros chat dans la poussière. Il y en avait aussi dans l'escalier. Alors j'ai décidé de les suivre...

Le feu avait fait rage avec une férocité particulière ici. Les murs étaient partis en fumée, laissant des espaces noirs et béants, les piliers d'acier qui soutenaient le plafond avaient perdu leur habillage de béton. Au fil des années, les cendres et la poussière s'étaient déposées, tapissant l'endroit d'une couverture molle et soyeuse, sur laquelle le « tigre aux dents de sabre » s'était promené dernièrement.

— L'animal a fouiné partout. C'était intéressant de voir comment il a décrit de grands cercles, allant et revenant sur ses pas. J'ai fini par oublier que je te cherchais. J'ai totalement oublié ton cas. Et c'est à ce moment-là que je t'ai entendu atterrir. Alors j'ai éteint ma lampe. C'est vraiment génial ton magnétisme, mon joli. Je pensais suivre les traces d'un gros chat, et je tombe sur toi au moment où je m'y attends le moins. Tu es vraiment un drôle de phénomène, tu le sais ?

— Oui.

— Qu'en penses-tu ? Il y a vraiment un fauve dans les parages ou sont-ce les traces d'un fantôme que tu as convoqué pour me conduire jusqu'à toi ?

— Non. C'est un vrai félin.

J'étais exténué. Et crasseux. Je voulais en finir, rentrer à la maison, prendre un bain.

Environ quatre mètres nous séparaient. D'un peu plus près, j'aurais pu tenter de lui foncer dessus, de plonger sous son bras dans l'espoir de lui arracher le pistolet.

Si je pouvais continuer à la faire parler, le destin pourrait peut-être tourner en ma faveur ? Par chance, c'était un vrai moulin à paroles...

— Je connais un prince du Nigeria. Il prétend être un *isangoma*, il dit pouvoir se transformer en panthère après minuit.

— Et pourquoi pas après 22 heures ?

— Je crois que c'est faux. Il a dû me raconter ça parce qu'il voulait me sauter.

— Vous n'avez rien à craindre de moi de ce côté-là.

— Ce doit être un animal fantôme, une sorte *d'eidôlon*. Que viendrait faire un véritable félin dans ces ruines puantes ?

— Tout près de la cime ouest du Kilimandjaro, à près de 5 800 mètres d'altitude, il y a une carcasse gelée et desséchée de léopard.

— Le Kilimandjaro d'Afrique ?

— Nul n'a expliqué ce que le léopard allait chercher à cette altitude, ai-je continué en citant le texte original.

Elle a froncé les sourcils.

— Je ne comprends pas. C'est quoi l'astuce ? Un léopard peut aller où il veut...

— C'est un passage des *Neiges du Kilimandjaro.*

Elle a agité son pistolet, perdant patience.

— C'est une nouvelle d'Ernest Hemingway.

— Le type des « meubles Hemingway » ? Qu'est-ce que ça vient faire là-dedans ?

J'ai haussé les épaules.

— J'ai un ami que ça met dans tous ses états quand je fais une citation littéraire. Il est persuadé que je devrais écrire.

— Vous êtes homo tous les deux ou quoi ?

— Non. Il est obèse et moi je suis un mutant, c'est tout. Ça nous rapproche.

— Mon joli, j'ai parfois bien du mal à te suivre. Tu as tué Robert ?

Hormis nos deux lames de lumière qui nous éclairaient, le premier étage était plongé dans l'obscurité. Pendant ma descente dans le puits, les dernières lueurs du jour s'étaient éteintes.

Je n'avais guère envie de mourir, et encore moins dans ce sinistre trou noir.

— Tu as tué Robert ? a-t-elle répété.

— Il est tombé du balcon.

— Après que tu lui as tiré dessus. (Elle ne paraissait pas en colère. Elle me regardait comme une veuve noire évaluant un partenaire possible.) Tu fais très bien l'innocent, mais tu es sans conteste un *mundunugu.*

— Il y avait quelque chose de bizarre chez Robert.

Elle a froncé les sourcils.

— Je ne sais pas ce qui se passe. Parfois, mes garçons me quittent plus rapidement que prévu.

— Ah oui ?

— Sauf André. Lui, il est fort comme un taureau.

— Je croyais que c'était un cheval. Cheval André.

— Un magnifique étalon. Où est Danny le Tordu ? Je veux le voir. Il est drôle comme un petit singe.

— Je lui ai tranché la gorge et l'ai jeté dans un puits.

Cette déclaration l'a excitée dans l'instant. Ses narines ont palpité, une veine s'est mise à battre spasmodiquement dans son cou.

— S'il n'est pas mort après la chute, ai-je ajouté, il gît en ce moment dans son sang ou alors il s'est noyé. Il y a quinze ou vingt mètres d'eau au fond des puits d'ascenseur.

— Pourquoi as-tu fait ça ?

— Il m'a trahi. Il t'a révélé mes secrets.

Datura s'est passé la langue sur les lèvres comme si elle léchait avec gourmandise les dernières reliques d'un dessert.

— Tu es plein de surprises. Tu caches plus de peaux qu'un oignon, mon joli !

J'avais décidé de jouer le jeu de l'entente cordiale – puisque-nous-sommes-tous-les-deux-de-la-même-espèce-pourquoi-ne-pas-faire-équipe ? – mais une autre opportunité m'est soudain apparue…

— Le prince nigérian était un fantoche, a-t-elle repris, mais toi, je pense que tu peux vraiment te transformer en panthère noire après minuit.

— Non, pas en panthère noire.

— Pas en panthère noire ?

— Ni en « tigre aux dents de sabre ».

— En quoi alors ? En léopard, comme celui sur le Kilimandjaro ?

— En puma.

Le puma de Californie, l'un des plus grands prédateurs de la planète, appelé également « lion des montagnes », préfère vivre d'ordinaire dans les forêts, mais il s'est adapté à merveille aux plaines arides.

Les pumas sont nombreux dans les collines et les canyons bordant Pico Mundo ; parfois ils s'aventurent jusque dans le désert. Le territoire de chasse d'un mâle solitaire peut dépasser les deux cents kilomètres carrés.

Dans les montagnes, le félin se nourrit principalement de cerfs et de mouflons. Dans les terres arides du Mojave, l'animal se montre opportuniste et chasse indifféremment coyotes, renards, ratons-laveurs, lapins et rongeurs.

— Les mâles pèsent dans les soixante-quinze kilos, ai-je expliqué. Ce sont des chasseurs nocturnes.

Datura a eu de nouveau ce regard de fillette émerveillée – cette expression irrésistible qu'elle avait eue lorsque je m'apprêtais à lui montrer des fantômes dans la salle de casino. Dans ces moments-là, elle perdait toute malignité, retrouvait son innocence.

— Tu vas me montrer ça ?

— Même en plein jour, quand un puma se déplace, personne ne le voit. C'est un animal discret, qui sait se rendre invisible.

— Ces empreintes... a-t-elle murmuré, d'une voix aussi émerveillée que lorsqu'elle m'avait narré le sacrifice humain. Ce sont les tiennes, c'est ça ?

— Le puma est un animal solitaire et secret.

— Solitaire et secret, oui, mais tu vas me montrer, n'est-ce pas ?

Elle m'avait demandé des miracles, des choses impossibles, la caresse de doigts glacés descendant sa colonne. Elle pensait que j'allais enfin exaucer ses souhaits.

— Tu n'as pas fait apparaître ces traces pour me mener jusqu'à toi, a-t-elle poursuivi dans un souffle. C'est toi qui t'es transformé... ce sont tes propres empreintes.

Si je m'étais trouvé à la place de Datura, j'aurais été, comme elle, dos au fauve, inconscient de sa présence...

Même si la nature parfois ne tournait pas rond – avec ses plantes vénéneuses, ses prédateurs, ses tremblements de terre et ses inondations – parfois elle trouvait des points d'équilibre harmonieux.

52.

Des pattes énormes... avec des orteils bien séparés... qui se posaient une à une, doucement dans le tapis de cendres, sans soulever la moindre volute – des cendres pourtant aussi légères que du talc.

Une belle robe fauve, virant au brun foncé à la pointe de la queue, ainsi que derrière les oreilles et sur les parois du museau.

Si nos positions avaient été inversées, Datura aurait observé l'approche du félin avec un amusement morbide, ravie de me voir ignorer la menace dans mon dos.

Je m'efforçais, quant à moi, de garder mon attention sur la jeune femme, mais mon regard déviait régulièrement vers la bête ; et je n'éprouvais aucun amusement, mais une fascination teintée d'une terreur grandissante.

Mon sort était entre les mains de cette femme ; mon espérance de vie se limitait à la fraction de seconde que mettrait la balle pour jaillir du canon et venir me transpercer. Et pourtant, dans le même temps, son futur à elle était également entre mes mains ; et le fait que je sois dans la ligne de mire du pistolet suffisait tout à fait à justifier mon silence quant à la présence de ce fauve solitaire.

À en croire les taoïstes, on est censés toujours savoir quel est le mouvement juste à mener quelle que soit la situation, l'action parfaite qui assurera notre salut – non celui de notre compte en banque, mais de nôtre âme. Si nous perdons la voie du tao, c'est à cause de notre égocentrisme, de nos émotions primales et de nos pulsions.

Je crois pouvoir affirmer que je ne haïssais pas Datura (quand j'en aurais eu toutes les raisons du monde !), mais j'éprouvais pour elle une réelle aversion... entre autres – et en grande partie – parce qu'elle incarnait tout l'obscurantisme et le narcissisme de notre époque troublée.

Elle méritait objectivement dix fois la prison. Et, selon moi, la condamnation à mort ; en cas d'extrême nécessité, pour sauver Danny ou moi-même, je me considérais donc le droit – *le devoir* – de la tuer.

Mais un humain, si indigne soit-il, méritait-il d'être dévoré vivant par un fauve ? C'était une fin horrible.

Pouvait-on abandonner une personne à ce sort tragique, d'autant plus si elle était armée, et qu'en la prévenant à temps il lui était possible d'échapper à cette mort cauchemardesque ?

Tous les jours, nous tentons de nous frayer une route dans la forêt des principes moraux, à travers un fouillis de sentes qui sans cesse bifurquent... et nous nous égarons souvent.

Quand les voies qui s'offrent à nous sont trop confuses, qu'on ne sait plus laquelle choisir, il reste à espérer un signe du destin pour nous indiquer le bon chemin. Même si, à trop attendre les interventions divines, on risque de fuir ses obligations ; et cette faiblesse nous sera reprochée de l'Autre Côté...

Mais si la présence d'un léopard congelé dans les neiges du Kilimandjaro est interprétée par tout un chacun comme un signe patent du divin, alors l'apparition inopinée d'un puma, au moment le plus critique, dans un casino dévoré par les flammes, délivre un message aussi explicite qu'une voix impérieuse s'échappant d'un buisson ardent.

Ce monde est mystérieux. Parfois on perçoit le mystère, et on le fuit, plein de doute et de peur. Parfois, on le laisse prendre les rênes.

C'est ce que j'ai fait...

Datura attendait que je me transforme, que je quitte ma forme humaine... Quelques instants avant qu'elle ne découvre sa vulnérabilité de mortelle, elle s'est aperçue que j'étais fasciné par quelque chose derrière elle. Elle s'est alors retournée, curieuse...

Son mouvement a déclenché le signal d'attaque pour les griffes avides, les crocs affamés.

Elle a poussé un cri, et l'impact avec le fauve lui a arraché le pistolet des mains avant qu'elle n'ait eu le temps d'appuyer sur la détente.

Dans l'aura de mystère qui nimbait cet instant, l'arme a volé vers moi ; j'ai bondi et je l'ai attrapée au vol avec une grâce miraculeuse.

Peut-être était-elle déjà blessée mortellement, perdue, mais la vérité, terrible, c'est que j'avais le pistolet entre les mains, l'équivalent d'une épée « vorpale », et que je n'ai pas tué le Jabberwock, ratant, du même coup, mon instant de gloire. Dans la seconde, les cendres voletaient autour de moi, car je piquais un sprint vers l'aile nord du bâtiment, vers l'escalier.

Je n'ai vu ni son sang couler ni le festin de la bête, mais je n'oublierai jamais les hurlements de Datura.

Peut-être la couturière, sous le couteau des Cochons gris, avait-elle hurlé ainsi, ou encore les enfants enterrés dans la cave de Savannah.

Il y a eu un autre rugissement – pas celui du fauve ; un appel teinté de rage.

Je me suis retourné. La lampe de Datura, éclairait par intermittence le prédateur qui achevait sa proie.

Plus loin, vers l'aile sud, derrière des colonnes noires évoquant le péristyle de la porte des Enfers, une autre lumière grandissait, tenue par une silhouette massive : André.

Les cris de Datura ont cessé.

Le faisceau de sa lampe a glissé sur Datura et a trouvé le félin opportuniste. Il n'y a pas eu de coup de feu. Peut-être André n'avait-il pas d'arme ?

Il a contourné le fauve et son repas, à distance respectable, et a continué son chemin vers moi. Rien ne pouvait l'arrêter. *Homo locomotivus* en marche !

Le faisceau de ma lampe, dans mes mains tremblantes, lui indiquait la route plus efficacement que mon magnétisme psychique dans ses meilleurs jours ; mais si j'éteignais la lumière, je me retrouverais en pleine obscurité, contraint d'avancer en aveugle.

J'étais loin de lui, et loin aussi d'être un tireur d'élite, mais j'ai fait feu. Une fois. Deux fois. Trois fois.

Il a répliqué. Il avait une arme !

Évidemment, comme la plupart des mortels, il était meilleur tireur que moi ! Une balle a ricoché sur une colonne juste à ma gauche, une autre est passée si près de mon crâne que j'ai entendu l'ogive siffler dans l'air avant que ne me parvienne le son de la détonation.

Dans un duel au pistolet, j'étais sûr de brûler mes dernières chandelles de vie, alors je me suis sauvé, en courant en zigzag, tête baissée.

La porte palière était partie. J'ai plongé dans l'ouverture et ai dévalé les marches.

Alors que j'abordais la seconde volée de marches, une pensée m'a saisi ; André s'attendait à ce que je me sauve par le rez-de-chaussée. Il connaissait bien les lieux, ses pièges, ses recoins. Il aurait tôt fait de me rattraper ; car il était fort, rapide, et bien moins stupide qu'il ne paraissait l'être.

Je l'ai alors entendu s'élancer dans l'escalier à ma poursuite ; il avait presque rattrapé tout son retard ! J'ai ouvert la porte palière du rez-de-chaussée d'un coup de pied, mais je n'ai pas franchi le seuil. J'ai sondé de ma lampe les étages inférieurs pour m'assurer que l'escalier n'était pas bouché. Puis j'ai éteint la lumière et ai commencé à descendre les degrés de ciment dans l'obscurité.

Ouverte violemment, la porte a rebondi contre le mur et s'est refermée dans un grand fracas. Au moment où j'atteignais le palier du premier sous-sol, la main sur la rampe en guise de chemin d'aveugle, et que je m'engageais dans une *subterra incognita*, André quittait l'escalier pour s'élancer à ma poursuite au rez-de-chaussée.

J'ai continué à descendre dans mon trou noir. J'avais gagné un peu de temps, mais André s'apercevrait rapidement de son erreur.

53.

Arrivé sur le palier du premier sous-sol, je me suis risqué à allumer ma lampe. L'escalier s'enfonçait encore sous terre, mais j'hésitais à l'emprunter. Il n'y avait sans doute pas d'issues de secours au tréfonds du bâtiment.

L'histoire du tortionnaire nazi dans sa cave à Paris m'est revenue en mémoire. Un frisson glacé m'a traversé le corps. La voix de Datura, douce comme de la soie, chuchotait dans mes oreilles : *J'ai senti les mains de Gessel partout sur moi – avides, ardentes, affamées – son sexe qui me pénétrait...*

S'il y avait un parking souterrain à ce niveau, ou des aires de livraisons, il y aurait des sorties.

J'en avais assez du Panamint ! Je préférais tenter ma chance à l'air libre, dans les éléments déchaînés.

Une enfilade de portes se déployait sur un long couloir de ciment, le sol était couvert de dalles de linoléum. Le feu n'avait pas touché ces niveaux, ni la fumée.

Les portes étaient blanches, mais planes – sans moulures, contrairement à celles de mon rêve. Rassuré, j'en ai ouvert quelques-unes en passant. Des pièces entièrement vides – des bureaux, des réserves. Le mobilier et les équipements qu'elles contenaient avaient été récupérés après la catastrophe puisqu'ils étaient intacts.

L'odeur rance des flammes n'avait pas pénétré ce royaume souterrain. J'avais respiré les miasmes de l'incendie depuis si longtemps que l'air pur m'irritait les narines, les poumons, comme une toile émeri frottant mes muqueuses.

Une intersection m'offrait trois chemins. Après une courte hésitation, j'ai pris à droite, en espérant que la porte au bout du corridor menait à un parking et à la sortie.

Au moment où j'atteignais l'extrémité du couloir, j'ai entendu André ouvrir à la volée la porte d'acier de l'escalier nord. Il entrait dans le premier couloir.

Aussitôt, j'ai éteint ma lampe. J'ai ouvert la porte devant moi, franchi le seuil, et me suis enfermé dans cet espace inconnu.

À la lueur de ma lampe, j'ai découvert un escalier de service métallique. Il s'enfonçait sous terre.

Et la porte que je venais de franchir n'avait pas de verrou.

André pouvait passer le niveau au peigne fin... ou continuer à avancer, se fiant à son instinct.

Que faire ? Attendre et l'abattre s'il ouvrait cette porte ? Ou descendre cet escalier tout de go ?

J'étais, certes, heureux d'avoir récupéré le pistolet de Datura, mais cela ne me rendait pas invincible pour autant... J'ai donc opté pour le deuxième sous-sol, même si, quelques instants plus tôt, ce niveau m'avait paru être une souricière.

Deux paliers et trois volées de marches plus bas, j'ai débouché dans un vestibule fermé par une porte digne d'une chambre forte. Rivetés sur ce rempart d'acier, une collection d'avertissements, le plus remarquable étant : DANGER HAUTE TENSION, en lettres rouges. Suivi d'une interdiction formelle d'accès à toute personne étrangère au service.

Je me suis octroyé mentalement un laisser-passer, j'ai ouvert la porte et, immobile sur le seuil, j'ai sondé les lieux avec le faisceau de ma lampe. Huit marches de ciment menaient, un mètre cinquante plus bas, dans un réduit à l'allure de bunker, tapissé de murs épais de béton offrant un espace d'environ cinq mètres sur six.

Sur une estrade au centre de la pièce trônaient des appareils mystérieux. Peut-être un transformateur électrique, peut-être une machine à voyager dans le temps ?

Au fond du bunker s'ouvrait un boyau d'un mètre de diamètre, s'enfonçant dans les ténèbres. À l'évidence, le transformateur avait été installé sous terre pour limiter les dégâts en cas d'explosion, car souvent ces machines rendaient l'âme de cette manière. Mais dans le cas d'une rupture de canalisation, ou d'une inondation, cette large buse pourrait évacuer de grands volumes d'eau et protégerait efficacement l'installation électrique.

Je n'avais pas voulu prendre l'escalier principal menant au sous-sol de crainte de me retrouver coincé au deuxième sous-sol, et finalement j'avais emprunté un passage de service qui desservait un cul-de-sac ! Je me retrouvais exactement dans la situation que je voulais éviter.

Depuis l'attaque du puma, j'aurais dû évaluer les conséquences de mes actes chaque fois que se présentait à moi un choix, calculer les probabilités, les risques... mais dans ma panique, j'avais foncé tête baissée, sans prendre le temps de m'arrêter pour écouter la petite voix de mon sixième sens.

Jamais je ne dois oublier que je suis à la fois un être de raison et de perception surnaturelle ! Sinon, je me mets en grand danger. Quand je fonctionne sur l'un de ces deux modes exclusivement, je rejette une moitié de moi-même, une moitié de mon potentiel.

Et c'est le cas également (quoique dans une moindre mesure) pour le commun des mortels.

Une impasse !

Je suis tout de même entré dans le bunker et j'ai refermé la porte derrière moi. La serrure... Était-elle équipée d'un verrou ? Non, évidemment !

J'ai descendu la volée de marches, et j'ai contourné le transformateur.

J'ai sondé la buse de mon faisceau. Le conduit descendait et tournait sur la gauche, m'empêchant de voir plus loin. Les parois étaient sèches, et relativement propres. Si je m'y engageais, je ne laisserais pas de traces.

Bien sûr André viendrait examiner la buse d'évacuation, mais si je parvenais à passer le virage, je serais hors de vue ; il hésiterait peut-être à s'engager dans le boyau, pensant que j'avais rebroussé chemin.

Un mètre de diamètre seulement. Je devais ramper !

J'ai coincé le pistolet de Datura sous ma ceinture, dans le creux des reins, et j'ai commencé à me faufiler dans le tuyau.

Le virage se trouvait à six mètres de l'entrée. Je n'avais nul besoin de lumière ; j'ai éteint ma lampe, je l'ai fixée à mon bracelet Velcro et j'ai avancé à quatre pattes.

Trente secondes plus tard, à l'orée du virage, je me suis allongé à plat ventre, me suis tourné sur le flanc et j'ai éclairé la section du conduit derrière moi, pour examiner le sol.

Quelques paquets de poussière gardaient la mémoire de mon passage, mais ils étaient trop rares pour constituer une trace évidente. Ces marques pouvaient être là depuis des années. Des taches d'humidité pommelaient le ciment, et troublaient encore un peu plus la piste.

De nouveau dans l'obscurité, j'ai repris ma reptation et j'ai franchi le virage. Une fois hors de vue depuis le bunker, j'ai poursuivi mon avancée sur plusieurs mètres, par sécurité.

Je me suis assis en tailleur, dos à la paroi courbe. Et j'ai attendu.

Au bout d'une minute, le souvenir de ce film avec sa civilisation souterraine m'est revenu en mémoire. Plus loin dans ce boyau m'attendait peut-être une cité peuplée d'amazones casquées, un méchant empereur et une armée de mutants. Parfait ! Tout plutôt que de retourner dans le cloaque du Panamint !

Mais Kâlî s'est immiscée dans mes pensées, en intruse ; Kâlî, avec ses lèvres ourlées de sang, sa langue avide. Elle n'avait dans les mains ni lasso, ni crâne, ni épée, ni tête coupée. Ses mains étaient vides, pour pouvoir mieux me toucher, me caresser, pour prendre mon visage et m'arracher un baiser.

Perdu dans le noir, sans feu pour chasser les fantômes et faire griller des marsh-mallow, je me faisais peur tout seul… On pourrait me croire, avec la vie que je mène, totalement immunisé contre les histoires de spectres. Mais c'est faux.

À force de côtoyer tous les jours des preuves de « l'outre-vie », je ne peux me réfugier dans un cartésianisme implacable, tel que « les fantômes n'existent pas ». J'ignore ce qui se trouve, exactement, de l'Autre Côté, mais je sais son existence… alors mon imagination est entraînée dans un tourbillon cauchemardesque totalement inconnu du mortel moyen.

Mais ne vous méprenez pas sur mes propos. Je suis certain que votre imaginaire n'est pas moins fabuleux, pas moins noir que le mien. Peut-être même votre univers intérieur est-il encore plus sinistre et terrifiant. Je ne cherche en rien à minimiser la richesse de votre folie interne ni la fierté que vous pouvez en tirer.

Assis dans ce boyau, frissonnant de terreur, j'ai chassé Kâlî, non seulement du scénario de ce film de série Z, mais de mon esprit tout entier. Je me suis concentré sur les iguanes maquillés en dinosaures et sur les nains déguisés en mutants.

Kâlî s'était tout juste retirée de mes pensées que Datura a fait son entrée en scène – son corps déchiqueté par le fauve, mais toujours avide. Elle rampait vers moi, s'approchait. J'en étais sûr.

Je n'entendais pas son souffle, bien entendu, puisque les morts ne respirent pas.

Elle voulait s'asseoir sur mes cuisses, se frotter à moi, partager son sang avec moi.

Les morts ne parlent pas. Mais Datura n'allait-elle pas être l'exception à la règle ? Rien, pas même le trépas, ne pouvait sans doute faire taire cette déesse bavarde. Elle allait se hisser sur moi, plaquer ses fesses sur mon entrejambe, presser sa main ensanglantée sur ma bouche en me susurrant à l'oreille : « Viens me goûter, mon joli. Viens me boire. »

C'en était trop ! Je devais allumer ma lampe pour arrêter ce film d'horreur.

À l'heure qu'il était, André avait déjà dû inspecter la salle du transformateur. Il était sans doute parti me chercher ailleurs. Sa maîtresse, son compagnon Robert étaient morts tous deux. Le géant avait dû quitter le Panamint avec la voiture qu'ils avaient laissée sur le parking.

Dans une heure ou deux, je pourrais tenter une sortie et rejoindre la nationale.

Au moment où je posais mon pouce sur l'interrupteur pour allumer ma lampe, une lumière a éclairé les parois du virage que je venais de traverser. J'ai entendu des halètements à l'orée du tunnel. André !

54.

L'effet réciproque de mon magnétisme psychique n'a pas que des désavantages… Lâchez-moi en pleine jungle, sans carte ni boussole, et je vais attirer à moi toutes les équipes de sauveteurs. Jamais on ne verra ma trombine sur les vitrines des magasins avec la légende « Porté disparu ». Si je vis assez vieux pour être atteint de la maladie d'Alzheimer et que je m'enfuis de ma maison de retraite, en un rien de temps, patients et infirmières seront dans mon sillage, attirés vers moi comme des aimants.

Quand j'ai vu cette lumière courir sur la première portion du boyau, je me suis dit que mon imagination me jouait de nouveau des tours, que j'étais encore en train de me faire peur tout seul. André ne pouvait « sentir » ma trace.

Si je restais silencieux et immobile, il finirait par se dire qu'il y avait bien d'autres endroits plus probables où j'avais pu chercher refuge et il aurait tôt fait de s'en aller. Il n'était pas entré dans le boyau, c'était évident; avec sa corpulence, il aurait fait un raffut de tous les diables s'il s'y était aventuré.

Mais il a fait feu; et cela, je ne l'avais pas prévu.

Dans cet espace confiné, la déflagration a failli me crever les tympans. La détonation – un bang! assourdissant suivi par la résonance d'une gigantesque cloche d'église – a engendré un tel vibrato dans l'air que tout mon corps s'est mis à trembler, jusqu'à la moelle de mes os ! Les ondes rebondissaient dans le conduit, générant des échos stridents, comme une nuée hurlante d'orgues de Staline.

Le bruit était cataclysmique. J'étais totalement désorienté. Lorsque des éclats de ciment m'ont fouetté la joue et le cou, je suis resté abasourdi un moment. Puis j'ai compris : des ricochets !

Je me suis allongé à plat ventre, pour me faire tout petit, et j'ai rampé à toute vitesse droit devant moi, en battant des bras et des jambes comme un lézard. Si je me relevais pour avancer à quatre pattes, j'allais me prendre une balle dans les fesses ou dans la nuque.

Je pouvais vivre avec une fesse en moins, quitte à m'asseoir de guingois le restant de mes jours et à ce qu'on me surnomme Demi-lune – mais pas avec le cerveau en bouillie. Ozzie dirait évidemment qu'avec le peu d'usage que j'en faisais, je pouvais parfaitement survivre sans neurones, mais je n'avais nulle envie de tenter le coup.

André a tiré une deuxième fois.

Un carillon sonnait encore dans ma tête après le premier coup de feu, si bien que cette seconde déflagration m'a paru moins puissante ; mais une douleur a jailli dans mes oreilles comme si l'onde sonore était un tsunami qui déferlait dans mes trompes d'Eustache.

Dans un *staccato* strident, l'ogive folle est passée au-dessus de ma tête. Le bruit était terrifiant mais en même temps signe que la chance m'avait, encore une fois, souri. Si la balle m'avait touché, l'onde de choc m'aurait rendu sourd.

Je fuyais cette lumière dans mon dos, me tortillant comme une salamandre, tout en sachant que les ténèbres ne m'offraient aucune protection. André ne me voyait pas, mais il comptait sur la chance pour faire mouche. Et au vu de la topographie, tout environné que j'étais par ces parois cylindriques sur lesquelles ricochaient les balles, les probabilités de réussite étaient optimales de son côté, du moins bien supérieures à celles d'un joueur lambda à la roulette.

Il a fait feu une troisième fois. La vague pitié que j'avais éprouvée pour lui (et je crois qu'elle était réelle) appartenait définitivement au passé !

Après combien de rebonds une balle perdait-elle son pouvoir létal ? Ramper était épuisant ; à cette allure, jamais je n'aurais le temps de me mettre à l'abri avant que les probabilités ne se décident à sourire à mon poursuivant.

Soudain, un courant d'air dans les ténèbres m'a touché le flanc gauche. Par instinct, j'ai bifurqué vers lui. Un autre boyau ! Un conduit secondaire se déversant dans la buse principale. Un mètre encore de diamètre, légèrement incliné, s'élevant dans l'obscurité...

Une quatrième balle a fusé dans le tunnel que je venais de quitter. Quasi certain d'être à l'abri des ricochets, je me suis mis à quatre pattes et j'ai foncé droit devant.

Bientôt l'inclinaison s'est accentuée. D'instant en instant l'ascension devenait de plus en plus difficile. Malgré moi, je ralentissais ; je pestais de rage. Me voir aussi faible, aussi impuissant ! Puis j'ai accepté la triste réalité. Je n'avais plus vingt ans. Qui veut voyager loin ménage sa monture.

D'autres coups de feu ont retenti, mais je n'avais plus peur pour mes fesses. Au bout d'un moment, je me suis aperçu qu'il avait cessé de tirer.

Au sommet de la pente, le conduit débouchait dans une salle cubique de quatre mètres de côté que je sondais avec ma lampe. Un réservoir.

De l'eau coulait d'une collection de tuyaux en haut de la salle. Tous les déchets charriés par le courant étaient retenus dans le bassin, qui devait être curé régulièrement pas des équipes d'entretien.

Il y avait trois buses de sortie, en comptant celle par laquelle je venais d'arriver, perçant chacune un mur à une hauteur différente. L'eau du bassin s'écoulait déjà dans la buse la plus basse.

Avec l'orage qui se déchaînait en surface, le niveau de l'eau allait monter inexorablement jusqu'à mon conduit, qui se trouvait à mi-hauteur. Je devais grimper au plus vite dans la conduite la plus haute pour poursuivre ma route.

Une série de saillies permettait de contourner le bassin sans avoir à plonger dans l'eau jonchée d'immondices. Il me suffisait de faire attention où je mettais les pieds et de ne pas me précipiter.

Les tunnels que j'avais empruntés jusqu'alors étaient exigus pour un adulte de ma taille et souvent, j'avais frôlé la crise de claustrophobie. Pour un géant comme André, le voyage promettait d'être une torture. Il allait gager qu'une balle m'avait touché ou tué par ricochet et il ne s'aventurerait pas dans ces boyaux étroits.

Je me suis extirpé de mon tuyau et j'ai pris appui sur la saillie. Quand j'ai regardé le conduit derrière moi, j'ai été saisi d'effroi. Il y avait de la lumière au loin. Et j'entendais grogner.

55.

J'ai été tenté de sortir le pistolet de Datura et de tirer sur André pendant qu'il rampait dans le conduit. Histoire de lui rendre la monnaie de sa pièce.

À moins de disposer d'un fusil d'assaut ou d'un lance-flammes, comme Sigourney Weaver dans *Alien*, le pistolet restait ma meilleure option possible. Une marmite d'huile bouillante renversée dans le conduit, plus grosse encore que celle de Charles Laughton dans *Quasimodo*, aurait été également une bonne solution.

Datura et ses affreux m'avaient ôté toute envie de tendre l'autre joue. Ils avaient abaissé drastiquement mon seuil de tolérance chrétienne et augmenté de façon inversement proportionnelle mon inclination à la violence.

Voilà pourquoi il fallait veiller à avoir de bonnes fréquentations !

Juché sur mon rebord de quinze centimètres, dos au cloaque boueux, une main agrippée au rebord du tuyau, je n'avais aucune envie de mettre ma vie en péril pour assouvir ma vengeance. Si je tentais de faire feu sur André, le recul risquait de me faire perdre l'équilibre et tomber à la renverse dans le bassin de rétention.

J'ignorais la profondeur du réservoir… mais, surtout, j'ignorais quelles sortes de débris se trouvaient sous la surface. Sachant que la chance jouait au yoyo avec moi (dernièrement, avec plus d'oscillations basses que hautes), j'allais m'empaler sur le manche brisé d'une pelle, pointu comme un épieu, sur les dents d'une fourche rouillée, ou sur la hampe d'une ancienne grille en fer forgée, ou encore sur une collection de sabres de samouraïs.

S'il n'était pas touché par cette seule et unique balle que je serais en mesure de tirer, André atteindrait sans encombre l'extrémité du conduit et me trouverait le corps transpercé dans l'eau noire du bassin. C'est alors que j'aurais le plaisir de découvrir que, malgré ses airs de brute taciturne, il avait un joli rire. Et au moment de mon trépas je l'entendrais articuler ses premiers mots de la journée, avec la voix sensuelle de Datura : « Perdu, mon joli ! »

Alors j'ai laissé le pistolet à sa place dans mon dos et j'ai entrepris de faire le tour de la fosse, pour rejoindre le mur où s'ouvrait la plus haute des buses d'évacuation, à quelques centimètres au-dessus de ma tête.

Une eau sale tombait des tuyaux, faisait mousser la surface du bassin. Les gerbes éclaboussaient mon jean jusqu'à mi-cuisse. Mais, en matière de crasse, je n'étais plus à ça près. Jamais je n'avais paru aussi sale et misérable.

Dès que cette pensée s'est formée dans mon esprit, j'ai voulu retrousser mon pantalon comme pour défier l'univers de m'entraîner dans sa lie. Même si dans dix minutes, je risquais d'être encore plus sale et misérable, et cette fois, peut-être, pour l'éternité.

Je me suis accroché au rebord du tuyau et me suis hissé dans le conduit à la force des bras.

Emprisonné dans ce nouveau boyau, j'ai été tenté d'attendre qu'André pointe son nez à l'extrémité du conduit. J'aurais dû alors lui tirer dessus, depuis mon mirador de fortune. Pour un garçon affirmant avoir une aversion congénitale des armes à feu, j'avais développé dernièrement un goût surprenant pour truffer de plomb mes congénères.

Mais la faille de mon plan m'est apparue aussitôt. André avait une arme de son côté. Il sortirait du conduit avec moult précautions ; sitôt que je tirerais, il riposterait.

Et cette cage de béton était un démultiplicateur de ricochets en même temps qu'une caisse de résonance...

Je n'avais pas assez de munitions pour le contenir dans son tuyau jusqu'à ce que l'eau le submerge et le contraigne à battre en retraite. Je n'avais d'autres possibilités que de continuer à avancer.

Le conduit dans lequel je m'étais hissé serait le dernier à être inondé. Lors d'une précipitation ordinaire, je serais sans doute resté au sec, mais pas avec ce déluge en surface. Le niveau de l'eau dans le bassin ne cessait de monter, d'instant en instant.

Par chance, cette nouvelle buse d'évacuation était plus large que les autres – environ un mètre vingt de section. Je n'aurais pas besoin de marcher à quatre pattes. Je pourrais progresser courbé, ce qui me ferait gagner un temps précieux.

J'ignorais où ce périple allait me conduire, mais j'avais grande envie de changer d'air !

Au moment où je me relevais pour m'enfoncer dans le conduit incliné, des pépiements aigus ont retenti derrière moi. Ce ne pouvait être André. J'ai alors reconnu ces cris : des chauves-souris !

56.

Il grêle rarement dans le désert, mais parfois, au cours d'un orage, une averse de grêlons peut s'abattre et couvrir le sol d'une couverture blanche.

S'il était tombé de la grêle en surface et si soudain j'avais senti des bubons me pousser sur le visage, alors j'aurais su à quoi m'en tenir… Dieu, d'humeur taquine, avait décidé de m'infliger les dix fléaux d'Égypte !

Je ne crois pas que les chauves-souris fassent partie de la collection des fléaux bibliques, mais ç'aurait pu être le cas… Si ma mémoire est bonne, ce sont plutôt des nuées de crapauds, et non de chiroptères, qui ont semé la panique au Moyen-Orient.

Dix mille batraciens affamés vous vident plus lentement de votre sang que cent rongeurs volants. Cette vérité zoologique en dit long sur les talents de dramaturge de Dieu.

Et quand un crapaud meurt, il nourrit les colonies de poux, le troisième fléau biblique. On reconnaît bien là la patte du Créateur qui, avec la même invention, a peint le ciel en rouge sang au-dessus de Sodome et Gomorrhe, fait pleuvoir le feu et le souffre, et renversé toutes les maisons où les infidèles voulaient s'abriter, écrasant les deux cités comme de vulgaires coquilles d'œufs.

Quand j'avais contourné le bassin sur ma saillie et que je m'étais juché dans la buse en hauteur, je n'avais, à aucun moment, dirigé le faisceau de ma lampe au plafond. De toute évidence, l'essaim endormi se trouvait au-dessus de ma tête, voyageant en silence au pays des rêves.

J'ignore ce qui a réveillé ces bêtes. La nuit était tombée depuis peu. Peut-être était-ce pour elles l'heure habituelle du réveil – l'heure de se dégourdir les ailes et d'aller se prendre dans les cheveux des petites filles ?

Comme un seul organisme, elles faisaient entendre leur voix stridente. Je me suis plaqué au sol à plat ventre, les bras repliés au-dessus de ma tête.

Pour quitter leur grotte artificielle, elles ont choisi évidemment le conduit le plus haut. Cette voie n'était jamais entièrement inondée et leur offrait toujours un accès à l'air libre.

Si on m'avait demandé d'estimer leurs effectifs, j'aurais dit qu'elles étaient des milliers. Mais si on me posait la même question une heure plus tard, j'aurais répondu « des centaines ». En vérité, elles n'étaient pas même cent. Cinquante, peut-être...

Renvoyé en écho, le bruissement de leurs ailes de cuir évoquait les craquements d'une feuille de papier cellophane – c'était ainsi qu'on imitait, au cinéma, le crépitement des flammes. L'air était à peine agité. Une brise presque imperceptible, mais chargée d'une odeur d'ammoniac qui voletait dans leur sillage.

Quelques-unes m'ont frôlé les bras avec lesquels je me protégeais la tête et le visage ; j'ai eu l'impression de sentir des plumes m'effleurer le dos des mains ; il était facile de les comparer à des oiseaux... et pourtant, l'image qui me venait à l'esprit était celle d'essaims grouillants de mille-pattes, de cafards, de criquets. J'étais assailli de toutes parts... Une horde de chauves-souris au-dessus de ma tête, et à l'intérieur de mon crâne des myriades d'insectes. Les criquets étaient d'ailleurs le huitième fléau envoyé par Dieu.

Et la rage ?

J'avais lu quelque part qu'une chauve-souris sur quatre, quelle que soit la colonie, était infectée par le virus. Je m'attendais à être mordu sauvagement, déchiqueté. Quand on pense qu'une seule morsure de ces animaux pouvait être fatale !

Aucune bête ne m'a dévoré vivant. Mais deux spécimens m'ont bombardé de leurs fientes – en signe de mépris ? L'univers avait entendu mon défi et m'avait pris au mot : je me retrouvais encore plus sale et misérable que dix minutes plus tôt.

Je me suis relevé et j'ai repris mon périple, courbé en deux dans le boyau. Quelque part devant moi, sans doute pas très loin, j'allais trouver une bouche d'égout ou un autre sas de sortie du réseau. Encore deux cents mètres à tenir, me suis-je rassuré. Trois cents tout au plus.

Entre moi et la fin du labyrinthe, bien entendu, il y aurait le Minotaure à vaincre. Le monstre se nourrissait de chair humaine. « D'accord, ai-je marmonné, mais uniquement de chair de vierges. » C'est alors que je me suis souvenu que, justement, j'étais vierge !

Devant moi le tunnel se scindait en deux. La branche de gauche continuait à descendre. Celle de droite était un affluent du boyau où je me trouvais – un conduit ascendant. Il allait me rapprocher de la surface, peut-être déboucher sur une sortie…

J'avais parcouru seulement vingt ou trente mètres dans cette nouvelle branche du réseau, quand j'ai entendu les chauves-souris revenir. Elles étaient sorties, avaient découvert que l'orage faisait rage dans la nuit, et à présent elles regagnaient leurs pénates.

Craignant de ne pas résister à une seconde confrontation avec la nuée, j'ai rebroussé chemin et avec cette dextérité que seule offre la peur, j'ai piqué un sprint comme un troll des cavernes. Arrivé à l'embranchement, j'ai bifurqué à droite, du côté opposé au bassin et priant pour que les chauves-souris se souviennent où elles habitaient.

Le bruissement d'ailes a connu un *crescendo* puis a diminué derrière moi. Je me suis alors arrêté, haletant, épuisé, adossé contre la paroi.

Peut-être André serait-il sur la saillie, en chemin vers le conduit, lorsque les chauves-souris allaient jaillir dans la salle. Peut-être serait-il surpris ? Peut-être allait-il perdre l'équilibre sous le choc et tomber dans le bassin, et avec un peu de chance, chuter sur la collection de sabres japonais ?

Un moment, cette pensée m'a réchauffé le cœur, mais le plaisir a été éphémère ; André ne risquait pas de s'effrayer pour quelques chauves-souris. André n'avait peur de rien.

Un bruit inquiétant – nouveau – s'est fait entendre, une sorte de grondement, comme si quelqu'un déplaçait un énorme bloc de granit. Le son semblait provenir de quelque part en amont, entre le bassin et moi.

D'ordinaire, cela aurait signifié qu'une lourde porte secrète, enchâssée dans la roche, était en train de s'ouvrir, pour permettre à l'empereur Ming de faire sa grande entrée en scène, en cape et cuissardes.

Guère rassuré, je suis revenu vers la bifurcation, en tendant l'oreille, dans l'espoir de localiser la source du bruit.

Le grondement s'amplifiait. C'était moins un raclement de roche qu'un bruit de friction d'une pièce de métal.

En posant ma main sur la paroi du conduit, je sentais les vibrations migrer à travers le ciment.

Ce n'était pas un séisme – il y aurait eu des secousses, des coups de roulis, et non ce grondement continu.

Le bruit a soudain cessé.

Sous ma main, les vibrations avaient disparu.

Il y a eu alors un bruit d'eau. Une masse d'air, poussée par quelque chose migrant dans le conduit, a soudain agité mes cheveux.

Une vanne ! Une vanne avait été ouverte !

Le mouvement d'air était dû au déplacement du mur d'eau. Un torrent a jailli de l'embranchement, m'a projeté en arrière et m'a entraîné dans les entrailles ténébreuses du réseau d'évacuation souterrain.

57.

Tourneboulé, secoué, roulé en tous sens, j'ai été entraîné en spirale dans le conduit, à l'image d'une balle dans le canon rayé d'un fusil.

Au début, ma lampe fixée au bracelet Velcro éclairait la vague grise, faisant luire son écume sale. Mais l'attache a cédé, s'est détachée de mon poignet, emportant avec elle la lumière.

De nouveau dans les ténèbres, malmené par le flot, j'ai refermé les bras autour de moi, serré les jambes. Si j'écartais un membre, je risquais en heurtant la paroi de me briser un poignet, une cheville, un coude...

Je faisais mon possible pour rester sur le dos, la tête hors de l'eau, avec le fatalisme d'un descendeur de bobsleigh après avoir été éjecté de son bolide ; mais le torrent s'évertuait à me retourner, à me mettre la tête sous l'eau. Je retenais ma respiration, me tortillais pour retrouver mon assiette, avalais tant bien que mal une goulée d'air entre deux coups de boutoirs des flots.

Je buvais la tasse, crevais la surface, hoquetais, crachais, cherchant désespérément à attraper un peu d'oxygène avant de replonger dans le bouillon. J'étais ballotté comme un fétu de paille au vent. Ce petit torrent avait pour moi la force du Niagara m'entraînant vers ses cataractes.

Je ne sais combien de temps a duré cette torture aquatique. Ayant déjà brûlé la majeure partie de mes forces avant d'être emporté par ce flot, je me suis très vite retrouvé épuisé. Exténué. Mes membres pesaient des tonnes, mon cou était tétanisé par mes efforts répétés pour sortir la tête de l'eau. Mon dos était en feu, j'avais l'impression de m'être luxé l'épaule gauche ; à chaque effort pour voler une goulée d'air, je sentais mes forces diminuer. J'étais au bord de la syncope. Tout au bord.

De la lumière !

Le torrent m'a craché du boyau dans l'un des immenses tunnels d'évacuation qui, pendant la Guerre froide, devaient peut-être permettre d'acheminer des missiles intercontinentaux de Fort Kraken en divers points de lancement disséminés dans la vallée Maravilla.

Les tunnels étaient-ils restés éclairés depuis que j'avais actionné l'interrupteur de service dans la guérite à côté du Blue Moon Café ? J'avais l'impression que des semaines s'étaient écoulées depuis mon entrée dans ce réseau souterrain.

Dans ce large conduit, la vélocité du torrent s'est trouvée aussitôt réduite. Je pouvais résister au courant, rester en surface, pendant que le flot m'emportait.

Mais il m'était impossible de nager latéralement pour sortir du flot. Je ne pouvais atteindre la passerelle de visite que j'avais empruntée à l'aller, quand j'étais sur la piste de Danny et de ses ravisseurs.

De toute façon, la passerelle était submergée par les eaux de ce Mississipi artificiel. Même si, au prix d'un effort héroïque, je parvenais à rejoindre le flanc du tunnel, je n'aurais aucune terre où prendre pied.

Si le réseau d'évacuation débouchait réellement dans un lac souterrain, j'allais devenir un nouveau Robinson Crusoé, perdu sur une terre inconnue, mais sans soleil ni cocotiers.

Un lac de ce type pouvait même être dépourvu de rives, encadré par des parois verticales, des falaises de pierre rendues lisses comme des miroirs par les ruissellements millénaires des eaux de condensation – et par conséquent, impossibles à escalader.

Et s'il y avait un rivage où accoster, il serait peut-être parfaitement inhospitalier. Sans lumière, je serais un aveugle au royaume d'Hadès, condamné à mourir de faim si je ne me brisais pas le cou en tombant dans une crevasse sans fond.

J'allais donc rejoindre ma tombe. Dans moins d'une heure, mon sort serait scellé.

Rester à la surface, garder la tête au-dessus des turbulences, consommait mes dernières forces. Je n'étais pas sûr d'être encore en vie lorsque je serais jeté dans l'abîme final. La noyade maintenant, d'ailleurs, était peut-être préférable à la mort plus tard, par longue inanition.

Une jauge de profondeur, plantée au milieu du tunnel, m'a offert un maigre espoir. J'étais emporté par le courant vers le poteau gradué qui s'élevait presque jusqu'au plafond, quatre mètres au-dessus de moi. Au moment où je passais à la hauteur de cette perche miraculeuse, j'ai tendu les mains et suis parvenu à refermer un bras autour du poteau. J'ai pu, également, y crocheter une jambe. Si je pouvais me placer dos au courant, la force des flots me plaquerait contre le mât et m'aiderait à tenir bon.

Plus tôt dans la journée, quand j'avais extirpé le cadavre de Tête de serpent coincé sur cette jauge – ou une autre semblable – pour l'emporter sur la passerelle de visite, la profondeur de l'eau dépassait à peine les cinquante centimètres. À présent, l'écume léchait la barre du mètre cinquante.

Solidement accroché, j'ai posé mon front sur le poteau pour reprendre mon souffle. J'écoutais battre mon cœur, m'émerveillant de me savoir en vie.

Après quelques minutes, j'ai fermé les yeux ; j'avais l'impression de tourner lentement, d'être pris d'un léger vertige... signes annonciateurs du sommeil. J'ai eu un sursaut de peur et j'ai rouvert les yeux. Si je m'endormais, je risquais de lâcher prise et d'être emporté à nouveau.

J'allais devoir rester sur mon perchoir un certain temps. La passerelle de visite étant submergée, aucune équipe d'entretien n'allait s'aventurer ici. Personne ne me verrait accroché à ce poteau et n'appellerait les secours.

Si je tenais bon, toutefois, l'eau finirait par descendre une fois l'orage terminé. Le chemin de visite émergerait tôt ou tard des eaux. Le torrent deviendrait suffisamment peu profond pour être traversé à gué.

Tout était une question de persévérance.

Pour m'occuper l'esprit, j'ai fait un inventaire des détritus charriés par l'eau. Une fronde de palmier. Une balle de tennis bleue. Un pneu de bicyclette.

Je me suis mis à penser à Pneu Univers, à mon éventuelle nouvelle vie dans le monde du pneumatique... travailler au milieu des bonnes odeurs de caoutchouc neuf... Une onde de bonheur m'a envahi.

Un coussin de chaise jaune. Un couvercle de glacière, vert. Un bout de madrier hérissé d'un clou rouillé. Un serpent à sonnette mort.

La vue du reptile m'a fait froid dans le dos. Il y avait peut-être des spécimens vivants dans le torrent ? Maintenant que j'y pensais, un gros morceau de bois, comme ce bout de madrier avec son clou, propulsé par le courant, pouvait me blesser gravement s'il heurtait ma colonne vertébrale.

J'ai alors commencé à regarder par-dessus mon épaule, pour surveiller ce qui arrivait dans mon dos. Le serpent était peut-être un signe du destin, pour m'avertir du danger ? Grâce à lui, en tout cas, j'ai repéré André qui fondait vers moi...

58.

Le mal ne meurt jamais. Il change juste de visage.

Et ce visage-là, je l'avais assez vu ! Quand j'ai repéré le géant, j'ai cru un instant – dans un fol espoir – que ce n'était que son cadavre.

Mais il était en vie, oh oui, et bien plus fringant que moi ! Trop impatient pour attendre que le courant le porte vers le poteau, il battait des bras dans l'eau, soulevant des gerbes d'éclaboussures rageuses, bien décidé à nager vers moi.

J'avais mal dans tout le corps. Mon dos était tout raide. Mes mains mouillées sur le bois du poteau étaient engourdies.

Par chance, les graduations qui indiquaient la profondeur n'étaient pas seulement peintes, mais gravées dans le bois. Ces stries sur le poteau m'aidaient à m'accrocher. Elles étaient peu profondes mais c'était mieux que rien.

J'ai serré les genoux, bandé les muscles de mes cuisses, et j'ai commencé à escalader la jauge, en griffant le bois, centimètre par centimètre. Mon pied a ripé et je suis redescendu. Mais j'ai serré les jambes, coincé mon orteil dans une fente et j'ai fait un nouvel essai. Dix centimètres, encore dix autres, chaque centimètre gagné me demandait des efforts surhumains.

Quand André a heurté le poteau, l'impact l'a fait trembler. J'ai baissé la tête. Sa tête était large et puissante comme une massue. Ses yeux étaient des lames acérées, brillant d'une fureur meurtrière.

Il a levé le bras vers moi. Il avait de grands bras ! Ses doigts ont effleuré la semelle de ma chaussure droite.

J'ai relevé mes jambes. Terrifié à l'idée de glisser et d'atterrir dans ses bras, j'ai continué à me hisser, profitant de chaque indentation dans le poteau, jusqu'à ce que ma tête rencontre la voûte.

Quand j'ai regardé de nouveau en bas, je me suis aperçu que même en relevant mes jambes au maximum, enroulé autour de mon poteau comme un ver, mes pieds étaient seulement à vingt centimètres de ses mains avides.

André avait du mal à crocheter ses gros doigts dans les stries des graduations pour se hisser hors de l'eau.

La jauge était chapeautée d'une boule, comme le balustre sommital d'une rampe d'escalier. De la main gauche, je me suis accroché à cette prise de fortune, à la manière de ce malheureux King Kong sur le mât de l'Empire State Building.

Cette analogie ne tenait guère car le vrai Kong se trouvait en dessous de moi. Et je ne risquais pas non plus d'être Fay Wray, car le grand singe ne semblait pas particulièrement me porter dans son cœur.

Mes jambes avaient glissé imperceptiblement ; j'ai senti la main d'André juste sous ma semelle. J'ai donné un coup de pied rageur et j'ai relevé les jambes.

Je me suis souvenu du pistolet de Datura, coincé sous ma ceinture dans le creux de mes reins. J'ai passé ma main dans le dos. Je l'avais perdu !

Au moment où je tâtonnais ma ceinture désespérément, la brute s'est hissée sur le poteau et m'a attrapé la cheville gauche.

J'ai battu des jambes en tous sens, mais il tenait bon. Risquant le tout pour le tout, il a lâché le poteau pour refermer ses deux mains autour de mon pied.

Son poids m'entraînait ; il était si lourd que j'ai cru que ma hanche allait se disloquer. J'ai entendu un cri de rage et de douleur, puis un autre, mais ce n'est qu'au second que je me suis aperçu que c'était moi qui criais.

La boule couronnant le poteau n'était pas sculptée dans la masse ; c'était un ajout simplement collé.

Elle s'est cassée net.

Et André et moi sommes tombés dans l'eau.

59.

Mais, dans notre chute, mon pied lui a échappé.

J'ai heurté l'eau violemment. Je me suis retrouvé tout au fond du tunnel, tourneboulé en tous sens comme dans une lessiveuse, enfin je suis parvenu à remonter et j'ai crevé la surface en hoquetant, au bord de l'asphyxie.

Cheval André – le taureau, l'étalon ! – flottait devant moi, cinq mètres en aval. Il me regardait, emporté dos au courant. Malgré ses efforts, il ne pouvait remonter à la nage vers moi – un bourreau fou de rage momentanément privé de son condamné.

Sa fureur, sa haine, son goût pour la violence formaient un brûlot si ardent qu'il était prêt à jeter toutes ses forces pour assouvir sa vengeance ; peu lui importait s'il se noyait, pour peu qu'il me noyât aussi.

Hormis la plastique de Datura, je ne voyais pas ce qui, chez cette femme, pouvait envoûter l'âme ou le cœur d'un homme. Était-il possible que cette brute épaisse aimât Datura au point d'être prêt à mourir pour elle ? Il était pourtant évident que sa beauté n'était qu'extérieure, qu'elle était un être narcissique, égocentrique, une démente, une manipulatrice…

Nous étions ballottés dans le courant comme des coques de noix, secoués, giflés, emportés à une vitesse de quarante kilomètres à l'heure, peut-être plus vite encore… L'onde jouait avec nous, nous approchant l'un de l'autre ou nous éloignant. Parfois deux petits mètres nous séparaient. Parfois nous étions distants de près de six mètres – jamais davantage.

Nous avons dépassé l'endroit par lequel j'étais entré dans le tunnel plus tôt dans la journée. Et la descente se poursuivait.

N'allions-nous pas quitter la partie éclairée du réseau ? N'allais-je pas me retrouver de nouveau dans les ténèbres ? C'était moins l'idée de plonger en aveugle dans le lac souterrain qui m'inquiétait que celle de ne plus savoir où se trouvait André. Si je devais me noyer, je préférais que ce soit dans les bras des sirènes plutôt que dans les siens.

Droit devant, obstruant toute la section du tunnel, se dressait une grille d'acier. On eût dit une herse de château fort avec son treillis de barreaux verticaux et horizontaux.

Chaque maille était large de dix centimètres. Cette grille servait à retenir les derniers débris.

Le courant s'est accéléré ; la chute ne devait pas être très loin. Et la cataracte se déversait sans doute dans le lac. Passé cette herse, c'étaient les ténèbres et les abysses.

André est arrivé le premier sur la grille. Deux secondes plus tard, je la heurtais à mon tour, un mètre cinquante sur sa droite.

Aussitôt André s'est mis à escalader le tas de détritus accumulés à la base de la herse.

J'étais sonné. Je voulais rester là, me reposer, reprendre mon souffle, mais je savais qu'il allait venir me chercher. Alors je me suis mis aussi à ramper sur le tas d'ordures et je me suis hissé sur la grille. Pendant un moment, nous sommes restés accrochés aux mailles d'acier, immobiles, comme une araignée et sa proie.

Puis André s'est déplacé latéralement dans ma direction. À l'inverse de moi, il paraissait à peine essoufflé.

J'aurais préféré battre en retraite, mais la paroi était juste derrière moi, à cinquante centimètres.

Les pieds dans les mailles, une main accrochée à un barreau, j'ai sorti de la poche de mon jean mon couteau de pêche. Au troisième essai, alors que mon assaillant n'avait plus qu'à tendre le bras pour m'attraper, j'ai enfin réussi à sortir la lame de la poignée.

L'heure de vérité avait enfin sonné. C'était moi ou lui. Qui serait le poisson, qui serait l'asticot ?

Nullement inquiété par le couteau, André a levé le bras pour me saisir.

Je lui ai tailladé la main.

Au lieu de pousser un cri de douleur, il a refermé les doigts sur la lame.

Avec l'énergie du désespoir, je suis parvenu à retirer mon couteau de son poing ensanglanté.

De sa main blessée, il m'a attrapé par les cheveux dans l'espoir de me faire basculer dans le vide.

Malgré l'horreur que m'inspirait ce geste, sa proximité organique, sa terrible intimité, j'ai plongé le couteau dans son ventre – de toutes mes forces.

Il a lâché mes cheveux et m'a saisi le poignet pour tenter de retirer le couteau de ses entrailles. Dans ce mouvement réflexe, il a perdu l'équilibre et est tombé de la grille, m'entraînant avec lui dans sa chute.

On a percuté le tas de détritus flottants qui s'est écarté pour nous engloutir ; on a refait surface, face à face, ma main dans la sienne, luttant pour la maîtrise du couteau. De sa main libre, il me martelait l'épaule, le côté du crâne. Il m'a entraîné au fond avec lui, dans l'eau noire ; j'étais aveuglé, au bord de la syncope. Puis, on a retrouvé l'air libre, une fois encore ; je crachais, toussais, je n'y voyais plus rien. Je ne sais comment, mais il avait récupéré le couteau… La lame m'a entaillé le torse en diagonale, creusant dans ma chair un sillon brûlant.

Je n'ai eu conscience de la douleur que plus tard (un laps de temps que je ne saurais estimer), alors que j'étais étendu sur les immondices, accroché à deux mains à une barre horizontale de la herse, certain que j'allais de nouveau couler et que, cette fois, je n'aurais pas la force de remonter à la surface.

Épuisé, vidé, exsangue, j'avais dû perdre conscience. Et j'allais m'évanouir de nouveau… Je suis parvenu à me hisser un peu plus haut sur la grille et à refermer mes bras sur les barreaux, à prendre appui sur mes coudes pour soulager mes mains tétanisées.

Sur ma gauche, André flottait sur les détritus, face en l'air, mort. Ses yeux révulsés ; lisses et blancs comme des amandes, blancs et aveugles comme des os, aveugles et terribles comme la nature dans son indifférence.

Puis je suis tombé dans un trou noir.

60.

Le tapotis de la pluie sur les vitres... une odeur de cuisine, l'arôme délicieux d'un rôti dans le four...

Dans le salon, Little Ozzie occupe son énorme fauteuil, en déborde même...

La douce lumière des lampes Tiffany, les motifs chatoyants du tapis persan, la pièce décorée avec goût, sa myriade d'objets élégants...

Sur la tablette, à côté de son siège, une bouteille de bon vin, une assiette de fromage, une autre de cerneaux de noix – la trinité empoisonnée avec laquelle il se détruit chaque jour à petit feu.

Je suis assis sur le canapé. Je le regarde lire en silence. Puis je dis :

— Saul Bellow, Hemingway et Joseph Conrad, vous ne lisez que ces trois-là.

Ozzie ne répond pas. Jamais il n'interrompt sa lecture avant la fin d'un paragraphe. J'insiste :

— Je parie que vous aimeriez écrire quelque chose de plus ambitieux que les aventures de votre détective boulimique.

Ozzie pousse un soupir, pioche un morceau de fromage, sans quitter sa page des yeux.

— Vous avez tant de talent. Vous pouvez tout écrire, tout ce que vous voulez. Mais avez-vous déjà essayé ?

Il pose son livre comme si de rien n'était, prend son verre.

— Oh... je suis surpris, malgré moi. Alors ça y est...

Ozzie savoure son vin, garde son verre en suspens, sonde la pièce du regard.

— Ozzie, j'aurais tant voulu que vous puissiez m'entendre vous dire ça. Vous étiez mon ami. Je suis heureux que vous m'ayez poussé à écrire mon histoire, avec Stormy, à raconter ce qui lui est arrivé.

Il boit une nouvelle gorgée, et retourne à sa lecture.

— Ma raison aurait peut-être chaviré, si je n'avais pas écrit tout ça. En tout cas, je n'aurais plus jamais connu la paix. Et c'est à vous que je le dois.

Chester le Terrible, toujours avec un mépris superbe, entre dans le salon et me fixe de ses yeux perçants.

— Si les choses n'avaient pas mal tourné, j'aurais écrit aussi cette histoire avec Danny; et je vous aurais donné le manuscrit. Vous auriez sans doute un peu moins aimé que le premier. Mais, quand même, je crois qu'il vous aurait plu.

Chester m'inspecte avec une attention nouvelle et s'assoit à mes pieds.

— Quand ils viendront vous dire ce qui m'est arrivé, je vous en prie, ne vous empiffrez pas, n'avalez pas un jambon entier, ni une marmite de fromage fondu !

Je me baisse pour caresser le chat. Il semble aimer ça.

— Ce que vous pourriez faire pour moi, Ozzie, ce serait d'écrire une histoire qui vous plaise, l'histoire qui vous tient le plus à cœur. Si vous faites ça en ma mémoire, j'aurai remboursé ma dette envers vous, et je serai alors le plus heureux des morts.

Je me lève du canapé.

— Ozzie, vous êtes un homme sage, généreux, attentionné, gargantuesque et irrésistible. Pour rien au monde, je n'aurais voulu vous changer.

Terri Stambaugh est dans sa cuisine, au-dessus du Pico Mundo Grill ; elle boit un café noir en feuilletant lentement un album photo.

Je regarde par-dessus son épaule. J'aperçois des photos de Kesley, son mari, mort du cancer.

Sur sa chaîne hi-fi, Elvis chante *I Forgot to Remember to Forget*.

Je pose mes mains sur ses épaules. Elle n'a pas de réaction, bien entendu.

Elle m'a tant aidé, tant apporté – du soutien, un travail à seize ans, de quoi devenir un maître ès hamburgers, et des conseils en pagaille –, et tout ce que j'avais à lui donner en retour c'était mon amitié – ce qui paraît si dérisoire.

J'aimerais pouvoir entrer en contact avec elle, le temps d'une communion miraculeuse avec l'au-delà. Tourner très vite les aiguilles sur l'horloge Elvis accrochée au mur, ou faire danser une gigue à l'Elvis en céramique sur le comptoir de la cuisine.

Plus tard, quand on viendrait la prévenir pour moi, elle comprendrait alors que j'étais venu la voir, lui dire au revoir. Elle saurait que tout allait bien pour moi et elle aurait moins de chagrin.

Mais je n'ai pas la colère d'un *poltergeist*. Pas même de quoi faire apparaître le visage d'Elvis sur la vitre embuée de la cuisine.

Wyatt Porter, le chef de la police, et Karla, sa femme, dînent dans leur cuisine.

Karla est un fin cordon bleu et, lui, un amateur de bonne chère. Wyatt dit que c'est pour ça que leur mariage perdure.

À en croire Karla, si leur couple est encore d'actualité, c'est parce qu'elle n'ose pas demander le divorce de peur de faire trop de peine à Wyatt.

Ce qui les unit en réalité, c'est leur respect mutuel d'une profondeur rare, leur sens de l'humour, la foi qu'une force surnaturelle les a réunis ; il y a entre eux un amour si solide, si pur, qu'il touche au sacré.

C'est ainsi que nous aurions été Stormy et moi si nous nous étions mariés et avions vécu aussi longtemps que Karla et Wyatt. Comme eux, un plat de spaghettis et une salade partagés à la table de la cuisine auraient valu mille dîners dans les plus somptueux restaurants.

Je suis assis avec eux, sans y avoir été invité. Ça m'embête d'entendre leur conversation à la fois si quotidienne et si captivante, mais c'est la première et dernière fois que ça arrive. Je ne vais pas m'attarder. Je m'en vais.

Au bout d'un moment, le téléphone de Wyatt se met à sonner.

— J'espère que c'est Odd, dit-il.

Karla pose sa fourchette, s'essuie les mains sur sa serviette.

— Si Odd a des soucis, je veux venir !

— Allô ? lance Wyatt en décrochant. Bill Burton ?

Bill est le propriétaire du Blue Moon Café.

Wyatt fronce les sourcils.

— Oui, Bill. Bien sûr. Odd Thomas ? Qu'est-ce qu'il a ? Que lui est-il arrivé ?

Karla se lève d'un bond de sa chaise, toute pâle.

— On arrive.

Wyatt se lève à son tour et je dis :

— Finalement les morts parlent, Wyatt. Mais les vivants ne les entendent pas.

61.

C'est là le cœur du mystère : comment suis-je passé de la herse du tunnel à la porte des cuisines du Blue Moon Café, un voyage dont je n'ai pas le moindre souvenir.

J'ai vraiment cru que j'étais mort. Mon passage chez Ozzie, Terri, et chez les Porter, n'était pas des bribes de rêves.

Plus tard, quand je leur ai raconté mes visites à leur domicile, les scènes que je leur décrivais correspondaient exactement au souvenir qu'ils gardaient de leur soirée.

Aux dires de Bill Burton, j'étais arrivé hagard, en guenilles à la porte de ses cuisines, et je lui avais demandé d'appeler le chef de la police. L'orage avait cessé ; j'étais si crasseux qu'il m'a installé dehors sur une chaise et m'a apporté une bière dont, prétend-il, j'avais grand besoin.

Je ne me souviens pas de cet épisode. Mon premier souvenir, c'est d'être assis sur cette chaise, une Heineken à la main, pendant qu'il examinait ma blessure à la poitrine.

— C'est superficiel, a-t-il déclaré. Une égratignure. Ça s'est arrêté tout seul de saigner.

— Il était en train de mourir quand il m'a donné ce coup, ai-je répondu. Il n'avait plus de force.

Peut-être était-ce la vérité... Ou alors c'est ce que je voulais croire.

Une voiture de police est bientôt arrivée, sans sirène ni gyrophare, et s'est garée derrière le bar.

Wyatt et Karla en sont descendus et se sont approchés de moi.

— À cause de moi, vous n'avez pas eu le temps de finir vos spaghettis, ai-je dit.

Ils ont échangé un regard étonné.

— Odd, a dit Karla, ton oreille est déchirée. C'est quoi tout ce sang sur ton T-shirt ?

» Wyatt, appelle une ambulance.

— Je vais bien, ai-je assuré. J'étais mort, mais visiblement on ne me voulait pas là-bas, alors je suis revenu.

Wyatt s'est tourné vers Bill Burton.

— Combien de bières a-t-il bu ?

— C'est sa première.

— Wyatt ! a insisté Karla. Il lui faut une ambulance.

— Vraiment, ce n'est pas la peine, ai-je répondu. Mais Danny est dans un sale état. Il faudrait envoyer deux infirmiers pour l'aider à descendre tous ces étages.

Pendant que Karla prenait une chaise pour s'asseoir à mon côté et s'occuper de moi comme une mère poule, Wyatt a appelé les secours par radio.

— Wyatt, vous savez ce qui ne tourne pas rond chez les hommes ? lui ai-je demandé à son retour.

— La liste serait trop longue.

— Le bien le plus précieux qui nous ait été donné, c'est le libre-arbitre... et nous en faisons si mauvais usage.

— Ne te soucie pas de ça pour l'instant, m'a conseillé Karla.

— Et dans la nature ? Vous savez ce qui ne tourne pas rond ? lui ai-je demandé. Pourquoi toutes ces plantes empoisonnées, ces prédateurs, ces tremblements de terre, ces inondations ?

— Tu te fais du mal, mon petit.

— Quand on envie l'autre, quand on tue par convoitise, nous tombons plus bas. Et quand on tombe, on casse tout, la nature et le reste aussi.

Manuel Nuñez, un employé du Blue Moon que je connaissais, parce qu'il avait travaillé à mi-temps au Grill, m'a apporté une nouvelle bière.

— Ce n'est pas très recommandé dans son état, s'est inquiétée Karla.

J'ai pris la bouteille qu'on me tendait.

— Manuel ! Comment vas-tu ?

— Mieux que toi, c'est sûr !

— Je ne suis mort qu'un petit moment, c'est tout. Et toi, Manuel, tu sais ce qui ne tourne pas rond avec le temps cosmique ? Pourquoi nous prend-il tout ?

— On joue au yoyo avec lui, a répondu Manuel, pensant que je faisais allusion aux ajustements heure d'hiver/heure d'été.

— Quand on tombe, on chamboule tout. On chamboule la nature, et quand on chamboule la nature, on chamboule le temps.

— C'est dans *Star Trek* ?

— Possible. En tout cas, c'est la stricte vérité.

— J'aimais bien cette série. C'est comme ça que j'ai appris l'anglais.

— Tu parles très bien.

— J'ai un accent bizarre parce que mon modèle c'était Scotty.

— Autrefois, il n'y avait pas de prédateurs, pas de proies. Seulement l'harmonie. Il n'y avait pas de séisme, pas d'orage, tout était en équilibre. Au commencement, le temps était un et infini – pas de passé, pas de présent, pas de futur et pas de mort. Mais on a tout cassé.

Le chef de la police a tenté de me reprendre ma bière.

— Wyatt, lui ai-je demandé en m'accrochant à ma canette. Vous savez quelle est la plus grande infamie de la condition humaine ?

— Les impôts, a annoncé Bill Burton.

— Non, pire que ça, lui ai-je répondu.

— Le prix de l'essence ? La flambée des taux d'intérêt ? a proposé Manuel.

— Le pire c'est… qu'on nous a donné ce monde et que nous l'avons brisé. Et si nous voulons que le monde aille mieux, nous devons le réparer. Mais c'est au-dessus de nos compétences. On s'y efforce, mais c'est peine perdue.

Je me suis mis à pleurer. Je ne les ai pas vues venir. Je pensais en avoir terminé avec les larmes.

Manuel a posé une main sur mon épaule.

— Peut-être pourra-t-on le réparer, m'a-t-il dit. Sait-on jamais ?

J'ai secoué la tête.

— Non. Nous sommes tombés, brisés. Ce qui est cassé ne peut se réparer tout seul.

— Va savoir, Odd, est intervenue Karla en posant une main sur mon autre épaule.

J'étais assis, à pleurer comme une madeleine, ruisselant de larmes et de morve, honteux de me donner ainsi en spectacle, mais sans avoir la force de reprendre contenance.

— Fiston, a lancé Wyatt. On n'est pas seul pour faire le boulot…

— Je sais.

— Le sort du monde ne repose pas entièrement sur nos épaules.

— Heureusement !

Wyatt s'est agenouillé à côté de moi.

— Je ne dirais pas ça. Je ne suis pas aussi pessimiste.

— Moi non plus, a reconnu Karla.

— Je prendrais bien une bière, a lancé Manuel.

— Tu travailles, lui a rappelé Bill Burton. (Puis il a ajouté :) Apporte-m'en une aussi.

Je me suis tourné vers Wyatt.

— Il y a deux morts au Panamint, et deux autres dans les tunnels d'évacuation.

— Dis-moi ce qui s'est passé, et on va arranger ça.

— Ce qui s'est passé... c'était moche. Vraiment moche. Mais le plus dur c'est...

Karla m'a tendu un mouchoir.

— C'était quoi le plus dur, fiston ? insista Wyatt.

— Le plus dur, c'est que j'étais mort aussi et que quelqu'un n'a pas voulu de moi et m'a fait revenir.

— Oui, tu nous l'as dit.

Ma poitrine s'est soulevée dans un spasme, ma gorge s'est serrée. Je ne pouvais plus respirer.

— Wyatt, j'étais si près de Stormy, si près du service actif.

Il m'a pris le visage dans les mains et m'a forcé à lever les yeux vers lui.

— Personne ne part avant son heure, fiston. Tout est écrit, planifié. Il n'y a pas de passe-droit.

— Je suppose.

— Tu sais que je dis la vérité.

— Cela a été vraiment une sale journée, Wyatt. J'ai dû faire des choses... terribles. Personne ne devrait avoir à vivre avec ça le restant de ses jours.

— Mon chéri, mon petit... ça va passer, a murmuré Karla. (Puis elle s'est tournée vers son mari, d'un air implorant :) Wyatt...

— Fiston, on ne peut réparer quelque chose de cassé en cassant un autre morceau. Tu me comprends ?

J'ai hoché la tête. Je comprenais. Mais comprendre ne me servait à rien.

— Baisser les bras... ce serait une façon de casser encore un morceau, a-t-il explicité.

— Il faut persévérer... je sais.

— Exactement.

Au bout de la rue, les gyrophares d'une ambulance ont percé la nuit.

— Danny a des os brisés, je crois, mais il a tenté de me le cacher.

— On va aller le chercher. On va le manipuler comme du cristal.

— Il ne sait pas pour son père.

— D'accord.

— Ça va être terrible. Terrible de le lui dire. C'est inhumain.

— Je vais le faire, fiston. Je m'en charge.

— Non, Wyatt. Je serais content que vous soyez avec moi, mais c'est à moi de le lui dire. Il va croire que c'est sa faute. Il va être ravagé de chagrin. Il va avoir besoin de soutien

— Il peut compter sur toi.

— Je l'espère.

— Tu es solide, fiston. Il n'y a pas meilleur soutien que toi.

Nous sommes donc allés au Panamint, là où la Mort avait joué et, comme toujours, gagné.

62.

Avec quatre voitures de patrouille, une ambulance, un fourgon de la morgue du comté, trois techniciens de la police scientifique, deux infirmiers, six policiers, le chef de la police et son épouse, et moi-même, nous sommes arrivés au Panamint Resort & Spa.

Je me sentais faible, mais pas au point de m'écrouler, comme plus tôt. Être mort pendant un moment m'avait requinqué.

Quand on a ouvert les portes de l'ascenseur au douzième étage, Danny était content de nous voir. Il n'avait pas touché aux barres énergétiques, et il a insisté pour me les rendre.

Il avait bu l'eau, mais pas parce qu'il avait soif.

— Quand j'ai entendu tous ces coups de feu, nous a-t-il expliqué, j'ai eu une grosse envie de faire pipi.

Karla est montée avec Danny dans l'ambulance. Plus tard, dans la chambre de l'hôpital du comté, c'est elle qui était à mon côté, et non Wyatt, quand j'ai annoncé à Danny la mort de son père. Les épouses des Spartes sont les piliers secrets du monde.

On a trouvé les restes de Datura parmi les décombres du premier étage. Le puma était parti.

Comme je m'y attendais, son âme noire ne traînait pas dans les parages. Ce n'était plus elle qui décidait de son sort. Son esprit appartenait désormais à un collectionneur très exigeant.

Dans le salon de la suite du douzième étage, des éclaboussures de sang et des restes de chevrotines prouvaient que j'avais touché Robert. Sur le balcon, une chaussure au lacet défait. Sans doute s'était-elle accrochée au rail des portes coulissantes lorsqu'il avait été projeté en arrière sous l'impact.

Juste à l'aplomb du balcon, sur le parking, on a retrouvé le pistolet de Robert et son autre chaussure, comme s'il l'avait retirée volontairement pour pouvoir se déplacer sans gêne.

Après une telle chute, son cadavre aurait dû reposer dans une mare de sang. Mais l'orage avait lavé le bitume.

De l'avis de tous, Datura et André avaient dû emporter le corps de Robert pour le mettre à l'abri.

Je ne partageais pas l'opinion générale. Datura et André surveillaient alors l'escalier et n'avaient pas eu le temps de s'occuper de Robert. Et ils n'étaient pas du genre à avoir un grand respect des morts.

J'avais cette chaussure dans les mains. J'ai relevé les yeux pour scruter le désert alentour, en me demandant quelle force, quel pouvoir habitait Cheval Robert.

Peut-être un jour, un randonneur retrouverait ses restes desséchés, vêtus de ses habits noirs, mais pieds nus, en position fœtale, au fond d'un terrier occupé autrefois par des renards – ultime refuge d'un homme désireux de reposer en paix, hors d'atteinte de sa maîtresse.

Après la disparition de Robert, je m'attendais à ce qu'il en soit de même avec André et Tête de serpent.

Au bout du réseau souterrain, la herse était de guingois, tordue, pliée et béante. Au-delà, l'eau tombait en cascades dans une caverne, la première d'une longue série formant une sorte de chapelet de mers souterraines, entouré de roches. Un royaume méconnu, recelant bien trop de dangers pour qu'on y envoie une équipe à la recherche de cadavres.

Voici l'explication retenue : l'eau avait une force terrible ; lorsque les débris avaient obstrué totalement la grille, la puissance du courant avait tordu les barreaux d'acier, déchaussé les gonds, brisé la serrure.

Évidemment ce scénario ne me satisfaisait pas, mais je n'avais pas envie de me lancer dans une enquête parallèle.

Pour ma culture personnelle, toutefois (et Ozzie est toujours ravi de me voir l'enrichir), j'ai mené quelques recherches étymologiques…

Le mot *mundunugu* est un terme récurrent dans de nombreuses langues d'Afrique orientale. Il signifie : sorcier.

Les adeptes du vaudou pensent que l'esprit humain est constitué de deux parties.

La première est le *gros bon ange*, la force vitale commune à tous les êtres vivants. Le *gros bon ange* pénètre le corps au moment de la conception et, au moment de la mort, il retourne aussitôt vers Dieu, là d'où il est issu.

L'autre partie est le *ti bon ange*. C'est l'essence de l'individu, sa personnalité, la compilation de ses choix, de ses actions, de ses croyances.

Au moment du trépas, le *ti bon ange* parfois s'attarde, repousse son voyage vers l'éternité ; il devient alors vulnérable à l'action d'un *bokor*, un prêtre vaudou qui s'occupe davantage de magie noire que de magie blanche. Il peut alors capturer le *ti bon ange*, l'enfermer dans une bouteille et s'en servir pour divers usages.

On dit qu'un *bokor* expérimenté, connaissant les bons sortilèges, peut même voler le *ti bon ange* d'un vivant.

Dérober le *ti bon ange* d'un autre *bokor* ou d'un *mundunugu* serait donc considéré comme une grande prouesse au sein de cette communauté de déments patentés.

Quant au *cheval*…

Pour les pratiquants vaudou, un cheval est un cadavre, prélevé bien frais dans une morgue ou acquis par quelque autre moyen, à l'intérieur duquel on a inséré un *ti bon ange.*

L'ex-cadavre revient à la vie, animé par le *ti bon ange* – qui rêve peut-être de rejoindre le paradis ou l'enfer, mais qui est sous le joug d'airain du *bokor.*

Je ne tire aucune conclusion de la signification de ces termes exotiques. Je la soumets au lecteur pour son édification.

Comme je l'ai dit plus haut, je suis un être cartésien, même si j'ai des pouvoirs surnaturels. Chaque jour que Dieu fait, je marche sur un fil. Je survis parce que je m'efforce de rester sur la frontière ténue entre la raison et la folie, entre le rationnel et l'irrationnel.

Accepter l'irrationalité sans distance, c'est la définition même de la folie. Mais le culte exclusif du rationnel, en niant la dimension mystérieuse de la vie c'est une forme de démence pas moins bénigne que la précédente.

Être cuisinier au Pico Mundo Grill ou monteur de pneumatique à Pneu Univers offre un intérêt certain : pendant la journée de travail, on n'a pas le temps de réfléchir à ce genre de considération existentielle.

63.

L'oncle de Stormy, Sean Llewellyn, est le prêtre de l'église Saint-Barthélemy, à Pico Mundo.

Après la mort de ses parents, Stormy, alors âgée de sept ans et demi, avait été adoptée par un couple de Beverly Hills. Son père adoptif, pédophile, avait abusé d'elle.

Seule, perdue, honteuse, elle avait fini par prévenir les services sociaux.

Finalement, en préférant la dignité au sacrifice, le courage au désespoir, elle avait vécu à l'orphelinat jusqu'à la fin de ses études secondaires.

Le père Llewellyn est un homme doux et gentil malgré son air sévère, et animé de convictions à toutes épreuves. Il ressemble à Thomas Edison interprété par Spencer Tracy, mais avec une coupe à la brosse. Sans sa soutane, on pourrait le prendre pour un vétéran des marines.

Deux mois après les événements au Panamint, Wyatt Porter est venu avec moi rencontrer le père Llewellyn. La réunion a eu lieu dans le presbytère.

Dans un esprit de confession (car il nous fallait nous assurer de la discrétion du prêtre), nous lui avons parlé de mon don. Wyatt a confirmé qu'avec mon aide il avait pu élucider certains crimes et a certifié que je n'étais ni un fou ni un fabulateur.

Je voulais demander au père Llewellyn s'il existait un ordre monastique susceptible d'offrir le gîte et le couvert à un jeune homme prêt à travailler dur en échange de ce traitement mais qui ne désirait pas devenir moine lui-même.

— Tu veux être résident dans une communauté religieuse, a conclu le père Llewellyn, et, à son ton, j'ai compris que c'était là une requête inhabituelle mais pas totalement farfelue.

— Oui, mon père. C'est ça.

Avec son air de sergent instructeur conseillant un soldat en plein doute, le prêtre m'a répondu :

— Odd, tu as subi pas mal d'épreuves cette année. La perte de ta Stormy... de notre Stormy... a été un sale coup, une douleur presque insurmontable parce qu'elle avait... une si belle âme.

— Oui, mon père. Une belle âme. C'est ce qu'elle a.

— Le chagrin est une saine émotion, et il faut l'accueillir à bras ouverts. En acceptant la perte d'un être cher, nous faisons apparaître notre valeur, nous clarifions le sens de nos vies.

— Je ne veux pas fuir ma peine, mon père, lui ai-je assuré.

— Ni t'y enfermer ?

— Pas plus.

— Je n'en suis pas si sûr, a expliqué Wyatt au père Llewellyn. C'est pourquoi je n'approuve pas cette idée.

— Ce n'est pas pour toute la vie, me suis-je défendu. Un an, peut-être. Après je verrai. J'ai besoin de mener une existence plus simple pendant un moment.

— Tu n'as pas repris ton travail au Grill ? a demandé le prêtre.

— Non. Le Grill est bondé de gens, mon père. Et à Pneu Univers, ce n'est pas mieux. J'ai besoin de travailler pour m'occuper l'esprit, mais j'aimerais que ce soit dans un endroit... tranquille.

— Si tu es simplement résident, et que tu ne postules pas à devenir moine, tu devras vivre en harmonie avec la vie spirituelle de l'ordre qui t'aura accueilli.

— Je le serai. En harmonie.

— Quelle sorte de travail t'attends-tu à devoir faire ?

— Du jardinage, de la peinture. Des petites réparations. Récurer les sols, laver les vitres, tout ce qui a trait au ménage en général. Je pourrais aussi faire la cuisine, si les moines le désirent.

— Depuis combien de temps as-tu ce projet à l'esprit ?

— Deux mois.

Le père Llewellyn s'est tourné vers le chef de la police.

— Cela fait deux mois qu'il vous en parle ?

— Oui. À peu près.

— Alors ce n'est pas un coup de tête.

— Odd n'est pas un garçon à prendre des décisions à la légère, a confirmé Wyatt.

— Je ne crois pas non plus qu'il veuille fuir son chagrin, a conclu le prêtre. Ni s'y enfermer.

— Je veux juste simplifier mon existence, ai-je expliqué. La simplifier et trouver le calme pour penser.

Le prêtre s'est de nouveau adressé à Wyatt Porter :

— Vous êtes son ami ; vous le connaissez mieux que moi, et êtes, à l'évidence, un exemple pour lui... Avez-vous une autre raison de vous opposer à ce projet ?

Le chef de la police est resté silencieux un moment.

— Qu'allons-nous devenir sans lui ? a-t-il finalement articulé.

— Quelle que soit l'aide que vous apporte Odd, il y aura toujours davantage de crimes.

— Ce n'est pas à cela que je pense, a répondu Wyatt en se tournant vers moi. C'est juste que... que je ne sais pas comment nous allons pouvoir vivre sans toi, fiston.

* * *

Depuis la mort de Stormy, je vivais dans son appartement. C'était moins les pièces que les meubles, les bibelots, ses objets personnels, qui m'étaient précieux. Je ne pouvais m'en débarrasser.

Avec l'aide de Terri et de Karla, j'ai rangé les affaires de Stormy ; Ozzie m'a proposé de jouer les garde-meubles.

L'avant-dernière nuit chez Stormy, j'ai passé la soirée avec Elvis, sous la douce lumière d'une adorable lampe à abat-jour, à écouter les succès des premières années du rocker.

De son vivant, Elvis aimait sa mère plus que tout au monde. Maintenant qu'il était mort, elle lui manquait toujours autant.

Quelques mois avant sa mort, sa mère lui avait confié ses inquiétudes ; la gloire commençait à lui tourner la tête, lui faisait perdre ses repères.

Gladys était morte jeune ; la gloire de son fils n'avait pas encore atteint son paroxysme, mais le changement était déjà amorcé. Malgré son chagrin, Elvis avait oublié les conseils de sa mère et année après année, il s'était écarté toujours plus du droit chemin, gâchant son talent.

Arrivé à quarante ans – on trouve ce fait également dans les biographies – Elvis était torturé à l'idée qu'il n'avait pas respecté les dernières volontés de sa mère, et qu'elle aurait honte de lui, honte de ses addictions, de ses faiblesses.

Depuis sa mort, à quarante-deux ans, il erre sur terre parce qu'il redoute désormais ce qu'il a le plus désiré : revoir Gladys Presley. Ce n'est pas l'amour de ses congénères qui le retient ici, ai-je finalement compris. Il sait que sa mère l'aime, qu'elle le prendra dans ses bras sans prononcer un mot de reproche, mais il reste pétri de honte ; il est devenu la plus grande star de la planète, mais pas l'homme que sa mère rêvait qu'il soit.

Dans l'Autre Monde, elle sera ravie de l'accueillir, mais Elvis se sent indigne de sa compagnie, parce qu'il sait qu'elle demeure aujourd'hui au royaume des saints.

Je lui ai expliqué ma théorie cette nuit-là, dans l'appartement de Stormy, l'avant-veille de mon départ.

Quand j'ai eu terminé, ses yeux étaient emplis de larmes et il les a fermés un long moment. Quand, enfin, il a trouvé la force de me regarder de nouveau, il a pris ma main dans les siennes.

J'avais vu juste. Mon analyse était la bonne, mais cela ne suffisait à le convaincre que ses craintes étaient infondées. Elvis avait le cœur tendre mais une tête de bois.

Ma décision de quitter Pico Mundo, du moins pour un temps, a levé un autre mystère concernant Elvis... Il hante cette ville non parce qu'elle a une signification particulière pour lui, mais parce que j'y habite. Il croit que je peux être le pont qui lui ouvrira le chemin vers l'au-delà, vers sa mère.

Par conséquent, il veut venir avec moi. Je ne vois pas comment je l'en empêcherais, ni pourquoi d'ailleurs.

L'idée que le King du rock'n roll hante un monastère est cocasse. La présence des moines lui sera peut-être bénéfique ; en tout cas, celle d'Elvis le sera pour moi.

Cette nuit, alors que j'écris ces lignes, est ma dernière à Pico Mundo. Et je vais la passer avec tous mes amis.

Quitter cette ville, où j'ai dormi toutes les nuits de ma vie, va être un déchirement. Ses rues, ses sons, ses odeurs vont me manquer, et j'emporterai avec moi le souvenir ineffable du désert, avec cette lumière et ses ombres si propices au mystère.

Mais plus douloureux encore sera de quitter mes amis. Je n'ai qu'eux dans mon existence. Eux et l'espoir.

J'ignore ce qui m'attend dans ce monde. Mais je sais que Stormy m'attend dans le suivant, et cette certitude rend mon séjour ici moins sombre.

Car, malgré tout, j'ai choisi la vie. Elle et moi, on reste main dans la main.

VOUS ÊTES DESTINÉS

À VIVRE ENSEMBLE

POUR TOUJOURS

Note de l'auteur

Les Indiens Panamint ne possèdent pas de casino en Californie. Mais s'ils avaient été les propriétaires du Panamint Resort & Spa, nulle catastrophe ne serait venue le réduire en miettes, et je n'aurais pu écrire cette histoire.

D. K.

Photocomposition
Asiatype

Impression réalisée par
CPI BRODARD ET TAUPIN
La Flèche
en avril 2010

Imprimé en France
Dépôt légal : mai 2010
N° d'édition : 01 – N° d'impression : 57091